01
인랑 전생,
마왕의 부관
마도 탄생
Hyougetsu 효게츠 지음
ill. Nishi(E)da 니시E다 일러스트
한수진 옮김

Contents

인랑 전생, 마왕의 부관

마도 탄생

01

Der Werwolf

Hyougetsu 효게츠 지음 ill. Nishi(E)da 니시E다 일러스트 한수진 옮김

〈북벽 산맥〉
산악도시
드라우라이
성새도시
슈베름
농업도시
바헨
종교도시
이올로 랑게
농업도시
알료그
〈마족의 수해〉
〈불화의 황야〉
고도
베르네하이넨
그룬슈타트 성
교역도시
륜하이트
해적도시
베르자
〈남정해〉

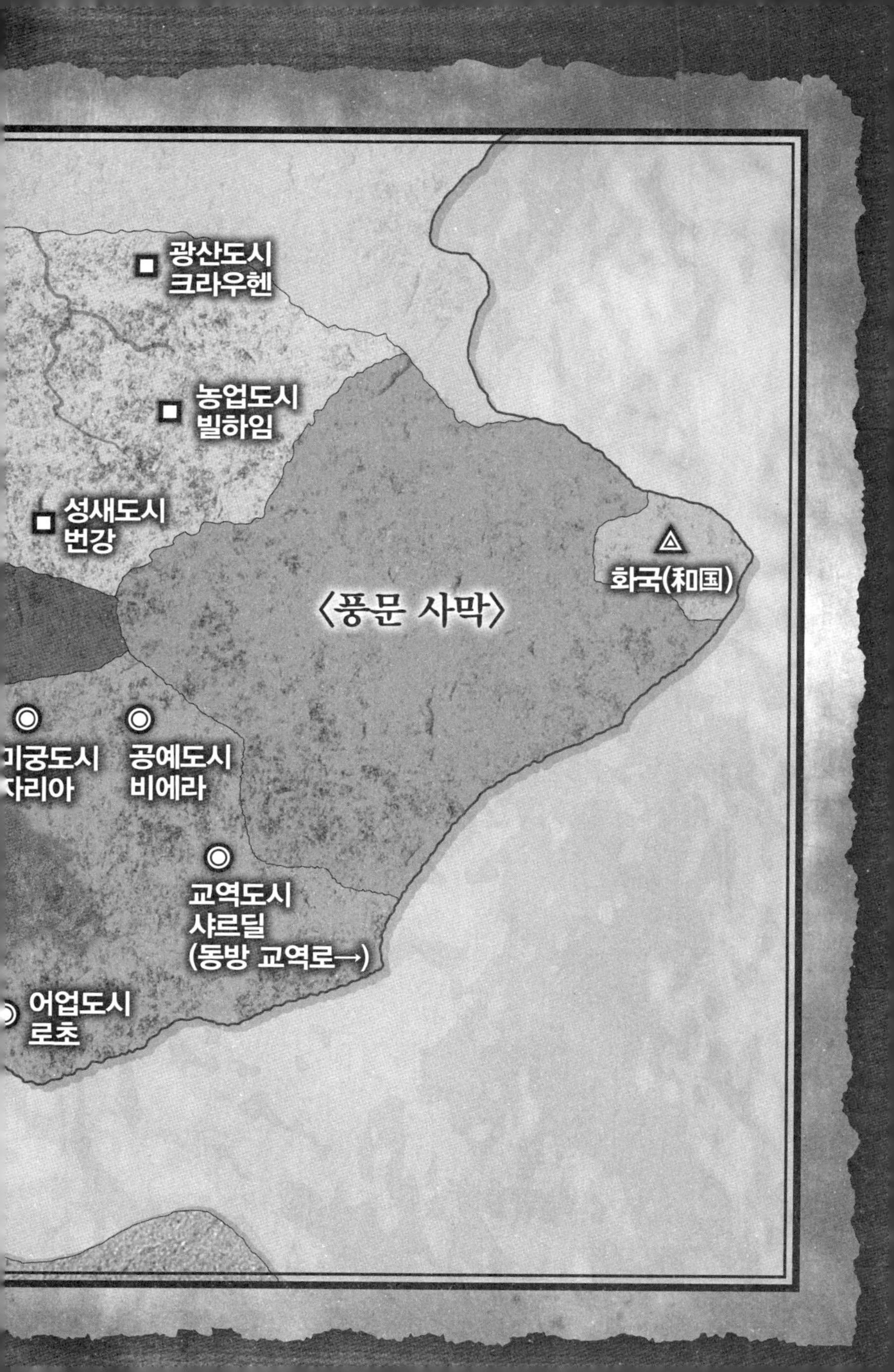
광산도시
크라우헨
농업도시
빌하임
성새도시
번강
〈풍문 사막〉
화국(和国)
미궁도시
자리아
공예도시
비에라
교역도시
샤르딜
(동방 교역로→)
어업도시
로츠

1장

전생(前生)의 삶은 잘 기억나지 않는다. 기억해야 할 필요성도 느끼지 않는다.

현재 나의 이름은 바이트라고 한다. 다들 별로 신경 쓰지 않지만, 개인적으로는 발음에 유의해줬으면 한다.

현재의 나는 마족이다.

"바이트 님, 잠입 완료했습니다."

"알았다. 선발대가 신호하면 내 지시를 기다리지 말고 즉시 돌격해라."

"네!"

——인랑(人狼).

인간에서 늑대인간으로 변신하는 마족.

변신하기 전의 나는 전생과 마찬가지로 평범하게 생겼지만, 변신하면 시커먼 늑대인간이 된다.

인간들은 무서워하지만 나는 꽤 멋있다고 자부한다. 이 정도면 전생(轉生) 운이 좋은 편 아닐까.

현재 나는 마왕의 군대에 소속되어 있다. 마왕군 제3사단 부사단장. 그것이 내가 가진 직함이다.

뭔가 대단해 보이지만, 알고 보면 각 사단은 규모도 작고 부사단장도 여러 명이다.

지금 나는 인랑 부대 56명과 사단장에게서 빌려온 견인족(犬人族) 공병 200명을 거느리고 있다.

공격 목표는 변경의 교역도시. 조촐한 성벽으로 둘러싸인 도시로, 인구는 약 3,000명.

도시 이름은 륜하이트라고 한다.

나는 숲 속에서 언덕 아래의 도시를 내려다봤다.

옆에 있는 견인족 전령들이 새로운 보고를 올렸다.

"주둔하고 있는 적의 규모는 약 200명. 치안유지를 위해 이리저리 흩어져 있습니다."

"틀림없는 사실인가?"

그러자 비글처럼 생긴 소년병이 난감한 듯이 고개를 갸웃거렸다.

"미리 잠입한 인랑 부대에게서 보고받은 내용이므로, 저희도 정확히는 모릅니다……."

"그건 그렇겠군."

우리에게 주어진 임무는 '섬멸'이 아닌 '점령'이다.

나는 걸음을 옮기면서 전령들에게 지시를 내렸다.

"모든 견인 부대에 명한다. 진군을 개시하도록. 예정대로다."

"네!"

전령들이 각자의 부대로 서둘러 돌아가는 것을 확인한 후, 나는 도시를 향해 걸음을 내디뎠다.

륜하이트는 교역을 통해 발전한 도시이므로 성문은 크고 넓었다. 그러나 빈말로도 훌륭하다고는 할 수 없는 허술한 구조였다.

성벽도 낮아서 겨우 몇 미터밖에 안 되었다. 흙벽을 돌과 나무로 적당히 보강해놓기만 한 단순한 구조였다. 공성전에 대비한 성벽이라기보다는, 짐승이나 도적의 침입을 막기 위한 울타리처럼 보였다.

이래도 되는 건가?

성문에서는 위병 몇 명이 행상인이나 순례자를 감시하고 있었다. 행상인들은 대개 아무런 제지도 받지 않고 통과되었다.

위병의 시선이 나에게 닿았다. 그러나 어차피 지금의 나는 어디로 보나 평범한 인간이다. 별 특징도 없는 검은 머리 청년이다.

이대로 통과시켜주지 않을까? 그렇게 생각했는데, 헬멧과 흉갑만 걸친 간소한 차림새의 위병이 짧은 창을 겨누면서 나를 불러 세웠다.

"이봐 당신, 처음 보는 얼굴인데."

나는 등에 진 봇짐에서 조그만 피리를 꺼냈다. 새처럼 생긴 피리였다.

"저는 이 장난감 피리를 납품하러 온 중매인입니다. 페툰 상점에요."

"흠."

위병은 그것을 집어 들고 슬쩍 불어봤다. 피로로로롱 하고 김빠지는 소리가 났다.

"어때요, 재미있죠?"

"재미있나……?"
내가 웃으며 물어보자, 위병은 난처한 듯이 애매하게 웃으면서 피리를 돌려줬다.
"들어가봐."
"네, 고맙습니다."
그때 갑자기 성문 주변이 시끄러워졌다.
"괴물이다――!"
"사람 살려――!"
행상인들이 짐을 끌어안고 미친 듯이 이쪽으로 뛰어왔다.
순식간에 주변이 온통 소란스러워졌다. 위병들이 행상인들을 둘러쌌다.
"괴물이라니, 무슨 괴물?!"
그러자 그들은 새파랗게 질린 얼굴로 대답했다.
"개, 개! 머리통이 개처럼 생긴 놈들인데! 무기를 가지고 있어요!"
"엄청나게 많아요!"
"빨리! 빨리 해치워!"
위병들은 서로 얼굴을 마주 보더니 즉시 행동을 개시했다.
"종을 쳐! 세 번!"
"본부에 전령을 보내! 다른 성문에도 연락해!"
"성문을 닫는다! 다들, 안으로 들어와!"
허둥거리는 여행자, 아이를 끌어안고 도망치는 주민. 그야말로 아수라장이었다.
그러나 위병들은 훈련을 잘 받았는지 침착하게 제 할 일만 했다. 질서 정연하게 통솔된 움직임이었다. 사기도 높고, 꽤 우수해 보였다.

나는 사람들 틈에 섞여 도시 안으로 들어갔다. 그리고 상품인 피리를 하나 꺼냈다. 남에게 들키지 않도록 주의하면서 그것을 힘껏 불었다.

소리는 나지 않았다. 그러나 우리 인랑들에게는 그 소리가 들렸다. 이것은 개피리(개 훈련용 피리)이기 때문이다.

작전은 다음 단계로 넘어갔다.

나는 의심받지 않게 조심하면서 천천히 시내 중심부로 향했다. 그곳에는 태수(太守)의 저택이 있었다.

이윽고 시내에서도 소동이 일어났다.

"괴물이다!"

"미친개가 나타났다——!"

미리 잠입시켜둔 인랑 부대가 변신하여 행동을 개시한 모양이다. 대소동이 벌어졌다.

그러나 저 성가신 위병들은 여전히 성벽에서 떠날 줄을 몰랐다.

덤으로 정보가 마구 뒤섞였다. '도시 밖에 견인이 있다'와 '도시 안에 인랑이 있다'는 정보가 뒤엉켜 혼선을 빚었다.

"개처럼 생긴 괴물이야!"

"괜찮아, 위병이 맞서 싸우고 있으니까!"

"저, 정말?"

혼란의 극치였다. 그나저나 귀여운 견인과 용맹스러운 인랑은 좀 구별해줬으면 좋겠는데. 우리는 개가 아니라고.

상황은 예상대로 전개됐다. 걱정했던 일은 하나도 일어나지 않았다. 이제 슬슬 때가 되었으므로 나도 변신하기로 했다.

크게 심호흡을 하고, 내 안에 잠들어 있는 충동을 해방시켰다.

"우오오오오오!"

변신이란 것은 언제 해도 참 상쾌하다. 온몸에 힘이 넘쳐흐르고 기분이 고양된다. 마치 어린애처럼 가슴이 두근두근 뛴다.

그러나 주위 사람들은 가슴이 두근두근 뛸 리 없었다. 당연하게도.

"히에에엑?!"

"꺄아아아아악!"

"마물이다——!"

앗, 마물 아닌데. 마족인데.

인간들은 흔히 우리를 보고 마물이라고 부르지만, 사실 인랑은 지성과 문화를 가진 통일성 있는 일족이다. 생각을 해보라. 인간이 늑대나 말과 똑같은 포유류라 해도 "포유류다——!"라는 소리를 들으면 싫지 않겠는가.

같은 맥락에서 우리도 마물의 일종이긴 하지만 정확히 '마족'이라고 불리고 싶은 것이다.

당사자에게는 그런 사소한 것도 중요한 문제니까.

"위, 위병님들——! 늑대 마물이 나타났어요!"

마족이라니까 그러네.

당황하여 어쩔 줄 모르는 인간들. 나는 쓴웃음을 지었다. 하기야 난 지금 늑대 머리가 달린 수인(獸人)이니까 이것조차 위협적으로 이를 드러내는 것처럼 보일 테지만.

"걱정하지 마. 안 잡아먹으니까."

안 되겠다. 아무도 내 말을 듣지 않는다. 예상보다 더 심한 패닉 상태였다.

사방에서 온갖 짐과 물건이 이리저리 뒤집어졌다. 겁에 질린 사람들이 바닥을 구르다시피 하면서 도망쳤다.

정신 차려보니 내 주위에는 아무도 없었다.

다들 건물 안이나 좁은 골목길로 도망쳐버렸다.

그래도 인랑의 후각과 청각을 통해 어디에 몇 명이나 숨어 있는지 다 알았다.

확실히 무섭긴 무섭겠지만, 다들 이렇게까지 질겁할 줄은 몰랐다. 원래 인간이었던 나로선 다소 상처받지 않을 수 없었다.

변신 히어로 같아서 은근히 멋있지 않나……?

이것도 앞으로 풀어나가야 할 숙제인가.

나는 한숨을 내쉬면서 돌바닥을 박차고 가볍게 뛰어올랐다.

몸이 허공으로 붕 떠올랐다. 3층 높이에서 도시 전체를 내려다봤다.

예정대로 인랑 부대가 태수의 저택을 포위하고 있었다. 경비병이 몇 명 있나 본데 안타깝게도 변을 당한 것 같았다.

"가능한 한 죽이지 말라고 했는데…… 어쩔 수 없나."

인랑의 완력과 투지는 의도적으로 조절하기 힘드니까.

나는 가까운 건물 지붕을 따라 달리다가 태수의 저택 앞으로 훌쩍 뛰어내렸다.

하필이면 그때 응원하러 온 위병들이 나타났다.

"태수님을 보호해라!"

"돌격!"

검을 뽑아 들고 덤벼드는 병사들이 내 뒤에 5명.

나는 뒷발차기로 맨 앞 사람을 멀리 날려버린 후, 돌아서서 공격을 개시했다.

상대가 내리친 검을 팔뚝으로 튕겨내고 뚝 부러뜨렸다. 손톱으로 할퀴면 상대가 죽을 테니까 그냥 가볍게 잽을 날려 흉갑을 툭툭 쳤다.

"크허억!"

이런, 너무 세게 때렸나? 힘 조절이 생각보다 더 어려웠다.

어쩔 수 없이 나머지 세 사람은 로킥으로 처리했다. 십중팔구 다리뼈가 부러졌을 테지만, 나중에 마법으로 고쳐주면 되니까 괜찮다.

그런 생각을 하는 사이에 다섯 사람이 모조리 돌바닥 위에 쓰러져버렸다.

"나중에 치료해줄게. 거기서 좀 쉬고 있어."

나는 그렇게 말한 뒤 태수의 저택으로 들어갔다. 2층 창문을 통해.

내가 깨뜨린 것은 이전 세계에서는 구경조차 못 해볼 정도로 엉성한 유리창이었다. 두께도 균일하지 않고, 덤으로 기포와 불순물까지 포함되어 있어 투명도가 낮았다.

아마 이쪽 세계에서는 이 유리창이 부유한 시민의 한 달 월급

만큼이나 비쌀 것이다. 그래도 나는 거침없이 창문을 깨부수고 태수의 저택으로 침입했다.

내가 뛰어든 장소는 태수의 집무실이었다. 미리 조사해둔 것이다.

예상대로 그곳에는 태수가 있었다.

"누구시죠?!"

이쪽을 노려보는 그 사람은 스무 살 남짓한 여성이었다. 정장 같은 옷을 입었는데 이것은 귀족계급 남성의 정장이었다. 허리에는 사브르(가볍고 긴 검)를 차고 있었다.

늠름한 모습이었다. 게다가 화려하기도 했다. 남장을 하고 있는데도 마치 평상복을 입은 것처럼 자연스러웠다. 이 옷을 입고 열심히 일한다는 느낌이 물씬 풍겼다.

아차, 넋 놓고 바라볼 때가 아니지.

나는 실내를 둘러봤다. 호위병의 모습은 보이지 않았다. 후각에도 청각에도 아무것도 감지되지 않았다. 집무실 밖에서도 인랑들의 기척만 느껴졌다.

나는 불손해 보이지 않도록 주의하면서 태수에게 인사를 했다.

"나는 마왕군 제3사단 부관, 바이트다. 당신이 아일리아 태수님인가?"

"그렇습니다."

아일리아 태수는 얼굴이 창백해졌는데도 의연하게 그렇다고 대답했다. 그러나 입술이 파르르 떨리고 있었다. 더 이상은 아무 말도 하지 못했다.

제왕의 그릇은 아니어도 훌륭한 장수의 그릇은 되는 것 같다.

적어도 나보다는 더 대단한 인물일 테지.

존경할 만한 적이라고 판단했다. 그래서 나는 최대한 부드러운 말투로 말을 걸었다.

“현재 우리 군대는 륜하이트 시내 전역을 장악했다. 더 이상의 싸움은 무의미할 터. 부디 항복하길 바란다.”

“그럴 수 없습니다!”

태수는 여전히 창백한 얼굴로 주먹을 꽉 쥐고 소리쳤다. 훌륭한 인물처럼 보이는데 성격은 솔직하지 못한 것 같았다.

“이곳, 륜하이트는 우리 도시동맹의 요충지! 마왕에게 복종할 수는…….”

나는 그녀의 입을 봉하기 위해 조금 거친 수단을 사용하기로 했다.

“그럼 죽어라.”

이를 드러내고 공격 자세를 취하는 나.

역시나 태수는 겁에 질려 꼼짝도 못하고 서 있었다. 부들부들 떨고 있었다.

그야 그렇겠지. 상대는 인랑이니까. 두꺼운 갑옷을 손톱으로 찢어버리고, 기병보다 더 빠르게 움직이는 괴물. 이런 가냘픈 아가씨가 싸워 이길 수 있는 상대가 아니었다.

나는 한 발 앞으로 내디디며 계속해서 도발했다.

“태수님. 귀공의 명예를 위해, 결투로 인생의 막을 내릴 권리를 주지. 자, 검을 뽑아라.”

그러자 그녀는 허둥지둥 허리춤의 사브르에 손을 댔다. 그러나 두려움 탓인지 칼을 제대로 쥐지 못했다. 전투에 그다지 익숙하지 않다는 것은 한눈에 알 수 있었다.

"나, 나는, 이등영작(二等領爵)이자…… 류, 륜하이트의 태수……."

심하게 당황했기 때문일까. 벌써부터 자기 이름을 대고 있었다. 분명히 이 세계에서는 검을 뽑은 다음에 이름을 대야 할 텐데.

나는 이를 드러내고 가볍게 으르렁 소리를 냈다. 유리창이 부르르 떨렸다.

그 순간 그녀는 비명을 지르며 사브르를 떨어뜨렸다. 털썩하고 엉덩방아를 찧었다.

"히익……!"

나도 모르게 웃음을 터뜨릴 뻔했다. 하지만 상대가 인랑이니 어쩔 수 없나. 나도 예전 같았으면 무서워서 맥을 못 췄을 것이다.

그래서 나는 으르렁거리는 것을 멈추고, 융단 위에 주저앉아 있는 태수에게 얼굴을 바싹 가져다 댔다.

"그런 사브르 한 자루로 인랑을 쓰러뜨릴 수 있겠나. 게다가 나를 쓰러뜨려도 이 도시를 구할 수는 없어. 그만 포기해."

그러자 아일리아는 사브르를 주워들더니 그 날카로운 칼끝으로 자기 자신을 겨눴다. 새파랗게 질린 얼굴로 입술을 부들부들 떨었다.

"그, 그럼 차라리……."

"자, 잠깐! 기다려!"

나는 허겁지겁 그녀의 손에 들린 사브르를 빼앗았다. 이거 참,

황당한 녀석이다.

당황한 나머지 사브르의 칼날을 움켜쥐고 말았다. 물론 인랑의 강인한 피부는 이 정도로는 쉽게 찢어지지 않았으나, 마치 플라스틱 자를 꽉 움켜쥔 것처럼 조금 아프긴 했다.

"자해해봤자 의미가 없잖은가! 좀 더 냉정하게 머리를 굴려봐라!"

"머리……?"

얼떨떨한 표정으로 나를 쳐다보는 아일리아. 충격이 너무 커서 사고회로가 망가졌나 보다.

나는 한숨을 내쉬고 이렇게 말했다.

"이봐. 우리 마왕군이 이 도시를 점령했단 말이다. 시민을 죽이지는 않았지만, 당연히 그들은 무서워서 벌벌 떨고 있겠지. 이해했나?"

"아, 네…… 이해했어요."

아일리아는 어린아이처럼 고개를 끄덕였다.

나도 고개를 끄덕였다. 그리고 설득을 계속했다.

"우리는 인간을 지배할 생각이지만, 죽이거나 노예로 만들 생각은 없어."

"네?"

왜 그렇게 놀라는 거지?

그녀는 이해할 수 없다는 듯이 나에게 물었다.

"그, 그럼 당신들은, 도대체 무슨 목적으로……."

아무래도 마왕군은 여러모로 오해를 받고 있나 보다.

뭐, 하는 수 없지. 일단 설득이나 하자.

"우리의 목적은 그런 잔인한 짓을 하는 게 아니야. 당신들은 그냥 앞으로도 평소처럼 지내도 돼. 그러려면 인간 측의 지도자가 필요할 테지. 이해했나?"

"어…… 그러니까, 저더러 계속 태수 노릇을 하라는 겁니까?"

"그렇다."

과연 태수님. 이해력이 좋군.

"혼란을 막기 위해 타협해주지 않겠나? 이만 항복하고 마왕군에 협력해주게. 그러면 인간 측의 요구도 어느 정도 수용하도록 하지."

나는 그녀의 대답을 기다렸다.

아일리아는 고민했다. 그러나 곧 그녀의 눈동자에 다시금 활력이 깃들었다.

결단은 빨랐다.

"지금 당신이 하신 말씀이 만에 하나 거짓이라면, 모든 시민에게 철저히 항전하라고 명령할 것입니다. 그래도 괜찮겠습니까?"

"괜찮다. 이 도시에 관한 일은 마왕님께서 직접 나의 재량에 맡기셨으니까."

내가 순순히 받아들이자, 아일리아는 몸을 일으켰다. 그녀가 손바닥을 위로 내보이며 손을 내밀었다. 그래서 나는 사브르를 돌려줬다.

아일리아는 사브르를 두 손으로 받아들더니 공손히 나에게 다시 내밀었다.

"저, 아일리아 뤼테 아인도르프는 륜하이트의 태수로서 정식으로 마왕군에 항복합니다. 부디 관대한 처분을 부탁드립니다."

"수락한다."

나는 고개를 끄덕였다. 이렇게 시가전은 막을 내렸다.

그다음부터는 일이 빠르게 진행됐다.

아일리아는 겁먹은 시녀들을 불러 모아 명령을 내렸다.

"전령을 불러오세요. 전군에 전투 중지 명령을 내리겠습니다. 우리는 마왕군에 항복할 것입니다."

아 참, 그렇지. 나도 부하들에게 명령을 해야겠군.

"실례지만 소리 한번 지르도록 하겠다. 겁먹지 마라. 동료들에게 연락하는 것이니까."

내 얼굴을 보고 겁에 질린 시녀들에게 가능한 한 부드럽게 말해주고 나서.

창밖을 향해 크게 울부짖었다.

"아우우우우——! 우우우——! 우우우——!"

유리창이 덜컹덜컹 흔들렸다.

시녀들이 모두 다 "꺄악?!", "엄마야!" 하고 비명을 지르면서 엉덩방아를 찧었다.

심지어 오줌을 지린 사람도 있었다. ……미안하군.

그래도 이로써 내 명령은 시내 전체에 전해졌을 것이다.

『목표물을 처리했다. 전원 집합.』

곧바로 여기저기서 인랑들의 울음소리가 들려왔다.

『당장 가겠다.』

『대장을 따른다.』

『아군의 피해는 없음.』

내 귀에 들려오는 소리들이 점점 사라져갔다. 시내 곳곳에서 발생하던 일방적인 싸움이 다 끝난 것 같았다.

다들 지나치게 날뛰지 않았으면 좋으련만.

잠시 후, 태수의 저택 앞 광장에 인랑들이 줄줄이 모여들었다.

내 부하들은 하나같이 위압감 넘치는 풍채를 자랑하는 강인한 늑대인간들이었다.

뭐, 정확히 따지면 부하는 아니지만.

"오랜만에 몸을 움직였더니 좀 피곤하구먼. 허리가 아파."

잿빛 털의 인랑이 나를 보고 웃었다. 우리 집 근처에 살고 있는 워드 영감님이었다. 인간일 때에는 호호백발 노인이시다.

"그래도 가끔 몸을 움직이면 기분이 참 좋다니까. 인랑이잖아. 나이 들어서도 열심히 싸워야지, 안 그러면 못써."

생글생글 웃으면서 무서운 소리를 하시는 저분은 잡화점의 메리 할머니. 내가 물건 사러 갈 때마다 항상 값을 깎아주시는 친절한 할머니다.

"어? 뭐야, 벌써 다 끝났어?"

"내내 힘 조절하느라 힘들었어……."

투덜거리면서 잇따라 나타난 것은 나의 사촌들이었다.

요컨대 이 인랑들은 전부 다 나의 지인 또는 친척이었다.

인랑은 무리 지어 사냥을 한다. 한마을에 사는 주민들은 모두

다 동료의식을 가지고 있다. 따라서 무슨 일이 있으면 이렇게 다 함께 나서서 싸운다.

그러나 인랑도 결국 마족은 마족.

마족의 유일무이한 절대적 규칙은 강자에게 절대복종하는 것.

인랑도 예외는 아니었다.

나의 실력을 의심하는 녀석들이 당장 대놓고 불만을 터뜨리기 시작했다.

"이봐, 바이트. 이렇게 미적지근하게 해도 되겠어?"

붉은 털의 거대한 인랑은 도저히 납득할 수 없다는 표정을 짓고 있었다. 나의 사촌인 가니 형제. 아마 동생 니베르트인 것 같은데.

형인 가베르트도 솔직하게 불만을 털어놨다.

"인간 놈들이 우리 조상님들을 얼마나 심하게 사냥했는지 다 잊었어? 그냥 모조리 죽여버리면 될 텐데."

이 녀석들은 나의 소꿉친구이다. 게다가 나보다 더 힘이 세다.

불꽃처럼 붉은 털을 지닌 인랑은 흔히 평범한 인랑보다도 더 강하다고 한다. 오죽하면 '피를 뒤집어쓴 인랑'이나 '선혈의 인랑' 같은 어마어마한 별명이 붙었을까. 또 실제로 이 녀석들은 강했다.

그만큼 실력이 있다 보니, 이 녀석들은 내가 인랑 부대의 지휘관이 된 것을 아직까지도 납득하지 못하는 것 같았다.

하는 수 없지. 인간이었던 전생의 기억을 떨쳐내지 못한 나로선 내키지 않는 일이었지만, 이놈들을 설득하려면 일단 실력을 보여줄 수밖에.

나는 2층 창문에서 뛰어내려 형제 앞에 우뚝 섰다.

"불만인가 보지?"

그러자 두 형제는 한순간 서로의 얼굴을 마주 봤다. 아하, 둘이 한꺼번에 덤비면 이길 수 있다고 생각하나 보군.

아니나 다를까. 형인 큰 가니가 먼저 호전적인 태도를 보였다.

"그래. 내가 너였으면 이런 어중간한 짓은 안 했을 거야. 내가 지휘관이었다면!"

나보다 머리통 하나만큼 더 큰 붉은 털의 인랑은 '내가 지휘관이었다면'이란 부분을 유독 강조했다.

진짜로 한판 하려나 보군.

주위의 인랑들이 이 분위기를 눈치채고 조금 멀리 떨어졌다. 나머지 인랑들은 나에게 반항할 생각이 없는 듯했다.

나는 가니 형제를 노려봤다.

"지휘관은 나다. 불만 있으면 먼저 나를 쓰러뜨려 봐."

"호, 그래도 되나?"

동생인 작은 가니가 히죽 웃었다.

가니 형제는 인랑 부대 내에서도 손꼽을 만한 실력자다. 체격도 좋고 근육도 탄탄하다. 마을 수확제 때 개최되는 인랑 레슬링 대회에서는 해마다 이 형제들 중 하나가 우승할 정도였다.

정식으로 싸우면 일대일로 붙어도 이기지 못할 것이다. 어릴 때에는 아무리 용을 써도 한 번도 이들을 이기지 못했다.

그러나 현재의 나는 마왕군 부사단장이다.

그래서 나는 웃었다.

"그래. 이 소리를 듣고도 마음이 바뀌지 않는다면."

나는 힘차게 울부짖었다.

그것은 평범한 울음과는 차원이 달랐다.

소리로 된 충격파가 주위를 휩쓸었다. 나무와 건물이 한꺼번에 흔들렸다. 태수의 저택 유리창이 모조리 박살이 났다.

"윽?!"

"어억?!"

가니 형제가 몇 걸음 비틀거렸다. 다른 인랑들도 모두들 잔뜩 긴장한 채 제자리에서 몸을 움츠렸다.

본디 인랑의 포효에는 다른 인간이나 짐승을 압도하는 힘이 있다.

물론 싸울 의지를 가지고 있는 인간에게는 그다지 효과가 없고, 또 동격 이상의 마족에게는 통하지 않는다. 같은 인랑에게도 통하지 않는다.

그러나 나의 포효에는 강한 마력이 깃들어 있었다. 마법으로 강화된 포효였다.

나는 전사가 아닌 마술사이다.

마왕군 제3사단의 부사단장이자 인랑인 마술사 바이트. 그것이 현재의 나다.

이 포효는 나의 마법 중 하나인 '소울 셰이커'이다.

한번 울부짖음으로써 주위에 떠도는 마력을 조종하여 마족 전용으로 바꿔버리는 것이다. 이러면 인간은 한동안 마법을 쓰지 못하고, 우리 마족은 더욱 강력한 마법을 쓸 수 있다.

또 부차적인 효과도 있다. 이 포효는 나와 맞서는 상대에게 강렬한 공포심을 심어준다.

상대가 아무리 용감해도 소용없다. 이건 마력으로 심장을 쥐어짜는 것이니까. 마취제에 기력으로 저항하려고 하는 거나 마찬가지였다.

예상대로 가니 형제는 완전히 꼼짝도 못하게 되었다.

"으…… 아아……."

"혀, 형……."

지금이라면 둘 다 한꺼번에 쉽게 죽일 수 있다. 나는 그들에게 다가갔다.

그리고 무방비하게 노출되어 있는 그들의 명치를 툭 하고 주먹으로 슬쩍 건드렸다.

움찔하는 가니 형제. 나는 웃으면서 말했다.

"나를 믿으라니까."

그 순간 마력이 사라졌다. 가니 형제는 자유를 되찾았다.

그러나 그들의 전의는 이미 완전히 사라져버렸다. 늑대 귀가 보기 안타까울 정도로 축 처져 있었다.

큰 가니가 간신히 입을 열었다. 늘 꼿꼿이 서 있는 꼬리도 지금은 힘없이 늘어져 있었다. 복종의 표시였다.

"그, 그래…… 알았어…… 네가 우리의 보스다……. 따르도록 하지."

"좋아."

나는 웃었다. 그리고 새삼스레 인랑 부대 전체에 고했다.

"교역도시 륜하이트는 마왕군 제3사단이 점령했다! 지금 이 시간부터는, 자위(自衛)가 목적이 아닌 전투는 엄격히 금지한다!"

인랑들은 머리를 숙이고 내게 복종할 것을 맹세했다.

나는 인랑들에게 다시 한 번 설명했다.

"우리의 목적은 이 교역도시를 지배하에 두고 마왕군에 협력하게 하는 것이다. 따라서 이 도시의 시민을 해치거나 시설을 파괴하는 것은 무의미한 짓이다. 알겠나?"

"모르겠어."

작은 가니가 고개를 갸웃거렸다. 그는 반항하는 것이 아니라 진심으로 이해를 못 하는 것뿐이었다.

가니 형제는 용맹하다. 그러나 딱 잘라 말해 바보였다. 옛날부터 그랬다.

나는 이 녀석들도 알아들을 수 있도록 쉬운 말로 또다시 설명했다.

"들어봐라. 이 도시는 마왕군 입장에서는 맛있는 사슴이나 마찬가지다. 그러니까 맛보기도 전에 걸레짝으로 만들어 시궁창에 처넣지 말란 말이다. 그랬다간 죽여버린다."

"아하, 그렇군. 알았다."

작은 가니가 이번에는 끄덕끄덕 고개를 끄덕였다. 정말로 알아들었는지 몰라도, 지금은 이쯤 하고 넘어가야 할 것 같았다.

그때 큰 가니가 팔짱을 끼고 중얼거렸다.

"그런데 현실적으로 그게 말이 돼? 여기 인간들한테서 엄청난 살의가 느껴지는데?"

맞는 말이었다. 나도 주위 사람들의 적의를 느끼고 있었다.

"그걸 어떻게든 해결하는 것이 내 역할이지. 그건 나밖에 못하는 일이다. 그러니까 내 명령에는 절대복종하도록 해."

"아, 알았다."

내가 위엄 있게 말하자, 큰 가니도 고개를 움츠리고 수긍했다.

나는 다른 인랑들에게도 다시 한 번 전달했다.

"여러분, 식량 문제에 관해서는 맛있는 식사를 제공할 것을 약속드립니다. 또 사냥하고 싶으신 분은 이 근처 숲에서 사슴이든 뭐든 마음껏 사냥하셔도 됩니다. 그 대신, 절대로 인간은 공격하지 마세요. 아시겠죠?"

아무래도 이웃집 할아버지, 할머니 같은 분들이다 보니 나로서도 상대하기 힘들었다. 어느새 나도 모르게 존댓말을 쓰고 있었다.

그래도 인랑들은 다들 내 태도를 호의적으로 받아들였다.

"흐흐, 걱정할 거 없네그려. 암, 보스에게는 절대복종을 해야지."

"다음 전투에도 대비해야 하고. 안 그래?"

베테랑 인랑들이 순순히 내 지시에 따르자 젊은 인랑들도 딱히 불만은 없는 듯했다.

"배고파! 바이트 형, 밥 줘!"

"저기, 오늘 밤엔 어디서 자? 밖에서 안 자도 되지?"

"아—— 시끄럽다, 이 꼬맹이들아! 알아서 잘해줄 테니까 입 다물고 있어!"

인랑 부대는 인원이 부족하다. 그래서 노인부터 어린아이에 이르기까지 전력이 될 만한 자들은 모조리 다 데리고 왔다. 예외라

곤 장로님과 환자, 또 아직은 명령에 복종할 줄 모르는 진짜 꼬마들과 그 보호자들뿐이었다.

뭐, 사정이 이렇다 보니 우리 인랑 부대는 겉보기엔 위압적이고 실제로도 무지무지 강하지만, 어차피 그 멤버는 소풍 나온 자치회 멤버나 다를 바 없었다. 방금 떠들어댄 2명은 아직 10대 초반의 소년이었다.

이 도시의 인구는 3,000명이고 우리들 인랑 부대는 56명. 바깥에 있는 견인 부대 200명까지 더해봐도, 이 도시를 지배하기에는 턱없이 모자란 숫자였다.

이거 정말 괜찮은 걸까. 나도 좀 불안해졌다.

륜하이트 침공 작전은 겨우 한 시간 내에 성공적으로 막을 내렸다. 그러나 뒤처리가 골치 아팠다.

우선 예상과는 달리 전투에 의한 사망자가 발생한 것이 문제였다. 아, 인랑 부대 멤버는 아니다. 륜하이트 위병대 사람이었다.

인랑들이 나름대로 적당히 봐주면서 싸웠는데도 7명의 위병들이 순직하고 말았다.

부상자는 100명이 넘었다. 아마 우리가 봐주지 않았더라면 위병대는 전멸했을 것이다.

아무튼 부상자들은 내가 서툴게나마 치유마법을 써서 치료해줬다. 이전 세계의 병원에서 치료받는 것에 비하면 아주 조금 나은 편일 테지만, 이 세계의 의료는 그야말로 형편없는 수준이었다. 부상자들이 감염증이나 예후 불량으로 인해 죽으면 곤란하니까. 뭐, 이 정도면 그럭저럭 괜찮겠지.

나는 마지막 위병에게 손을 내밀었다. 뼈가 부러진 곳을 천천히 쓰다듬었다. 강화마법을 습득하기 위해 덤으로 배운 마법이었지만, 이만한 부상은 충분히 치료할 수 있을 것이다.

아픔이 가신 걸까. 위병은 놀란 표정으로 내 손바닥과 얼굴을 번갈아 쳐다봤다. 좋아, 이 정도면 됐겠지.

"이걸로 끝인가?"

나는 인간 모습으로 돌아와 법의(法衣)를 펄럭이면서 말했다. 치료 도중에 습격당할까 봐 걱정했는데 다행히 기우였나 보다.

이 세계에서 마술사는 이전 세계의 의사나 변호사보다도 더 대단한 엘리트다.

륜하이트는 웬만큼 규모가 큰 지방도시지만, 그래도 나랑 비슷한 실력의 마술사는 한 명도 없었다. 인간은 마족만큼 마법을 잘 다루지는 못하는 것이다.

그래서 나의 서툰 치유마법조차도 위병들에게는 놀라운 비술처럼 보였나 보다. 상처가 나았는데도 그들은 여전히 굳은 표정을 짓고 있었다.

나는 위병들을 향해 말했다.

"인랑을 두려워하지 않고 맞서 싸울 수 있는 자는 많지 않다. 하물며 인랑과 싸워서 살아남은 자는 거의 없다. 우리가 좀 봐줬다고는 하나, 자네들은 충분히 존경받을 만한 전사들이다."

우리가 적당히 봐줬는데 실력을 칭찬받아봤자 그들도 기쁘진 않겠지만, 일단 여기선 실력 차이를 강조해둘 필요가 있었다.

그와 동시에 위병들의 자존심을 지켜주려면 그들에게도 찬사를 보내야 했다. 어렵군.

"전사한 7명의 위병들에 대해서도 아일리아 태수님이 장례를 치러줄 것이다. 그들은 가장 용감하고 강한 전사들이었다."

실제로는 우리가 적당히 봐줬는데도 못 견디고 죽어버린 불행한 녀석들이었지만, 순직한 동료에 관한 험담을 듣고 기뻐할 놈은 없을 테니까. 일단 치켜세워줬다.

나는 위병들에게 가볍게 인사한 뒤 위병 숙소를 나왔다.

아, 역시 불편해…….

그 외에도 할 일이 산더미처럼 많았다.

견인 부대를 도시 안으로 데려올까 말까 고민한 끝에, 나는 그들을 성문 근처에서 야영시키기로 결정했다.

견인은 몸집이 작고 약하다. 숫자와 장비가 엇비슷하다면 평범한 인간 농부한테도 패배할 정도다.

그들을 시가지로 데려왔다가 혹시 대규모 반란이라도 일어난다면, 나는 그들을 지키기 위해 인랑 부대를 파견해야 할 것이다. 현실적으로 그건 불가능하고. 그래서 그들을 도시 밖에 대기시키기로 했다.

그 대신 그들에게는 성벽을 조사하는 임무를 맡겼다. 은세공사인 그들은 인랑보다 훨씬 더 공병 일에 적합했다. 뭔가 이상한 점이 있으면 금방 발견할 것이다.

견인 부대는 소식가이고 식량도 알아서 가져왔으므로 한동안 문제 될 것이 없었다. 그러나 인랑 부대는 달랐다. 그들은 프로레슬러만큼이나 잘 먹었다. 나도 그렇지만.

다행히 숫자는 적었으므로, 태수가 사비로 식사를 제공해준다고 했다. 인랑들은 고기만 배불리 먹여주면 만족하는 놈들이다.

숙소는 안전을 위해 두 군데로 나누기로 했다. 내가 이끄는 그룹은 태수의 저택에 상주할 것이고, 다른 그룹은 견인 부대를 호위할 것이다.

자, 이제 문제는 성문 측으로 보낼 그룹의 리더를 정하는 것이다. 누굴 리더로 임명하면 좋을까.

가니 형제는 논외다. 그놈들은 내가 직접 감시하지 않으면 위험하므로 지금은 내가 이끄는 분대에 넣었다. 뭐, 그 녀석들은 바보니까.

나이든 인랑에게 도움을 청할 수도 있지만. 그들은 인간 모습이 되었을 때에는 그 나이에 맞게 체력도 떨어진다.

오늘은 전투도 하셨으니까 푹 쉬게 해드리고 싶었다.

이래저래 망설이고 있는데, 나보다 조금 나이가 많은 여성이 다가왔다. 이웃집 누나 판이었다.

그녀는 이 세계에서의 내 첫사랑이기도 하다. 내가 다섯 살 무렵에 "결혼해줘!"라고 말했을 때 그녀가 "응, 좋아"라고 웃으면서 대답해줬던 것이 아직도 기억난다.

"바이트, 나를 별동대 리더로 임명해주지 않을래?"

"괜찮겠어? 판 누…… 판."

실수로 어릴 때처럼 편하게 말할 뻔했다. 나는 허둥지둥 말투를 고쳤다.

그러자 판은 쿡쿡 웃으면서 고개를 끄덕였다.

"견인 부대를 호위하고 성문을 경비하는 것이 임무잖아? 견인 부대하고는 사이가 좋으니까. 나한테 맡겨줘."

그러고 보니 이 누나, 개를 무지무지 좋아하지. 행군 도중에도 복슬복슬한 견인을 신나게 주물럭댔던 것 같고.

판 누나라면 인격으로 보나 능력으로 보나 신뢰할 만했다.

솔직히 말해서 마법을 안 쓰고 싸운다면 나는 판 누나를 이기지 못한다. 누나는 그 정도로 강하다.

숨겨진 우리 마을에서는 여자 레슬링 챔피언으로 군림했었고. 어쩌면 가니 형제보다 더 강한 게 아닐까. 그놈들도 판 누나한테는 반항하지 않으니까.

지휘관으로는 딱 알맞은 인재였다. 그래서 냉큼 부탁하기로 했다.

"그럼 부대장으로 임명할게. 여기, 이게 멤버 목록인데. 바꿔도 돼."

"어디 보자…… 흠. 괜찮을 것 같네. 나한테 맡겨둬."

판 누나가 윙크했다. 나도 모르게 가슴이 뛰었다.

그러나 나는 침착한 태도를 유지하면서 위엄 있게 고개를 끄덕였다.

"부탁할게. 판."

"명령을 받들겠습니다. 부관님."

판 누나는 웃는 얼굴로 정중하게 인사하고 나서 멤버 목록을 가지고 밖으로 나갔다.

한 번만 더 결혼해달라고 부탁해볼까?

"의외로 힘든걸……."

태수의 객실을 점거한 나는 석양이 지는 도시를 내려다보면서 한숨을 쉬었다.

만약 주민들이 반란을 일으킨다면, 현재 우리에게는 그것을 평화적으로 진압할 만한 능력이 없었다. 반항하는 자는 모조리 죽일 수밖에 없을 것이다.

부디 아무 일도 일어나지 않기를. 지금으로선 그저 기도할 수밖에 없었다.

그때 누군가가 내 방 문을 두드렸다.

"들어오시오."

방문자는 아일리아 태수였다.

나는 그녀의 태수 지위를 박탈하지 않고 그대로 놔뒀다. 그녀는 유능한 인재이며 또 시민들에게도 신뢰받고 있다고 판단했으므로.

문제는 이 사람이 우리에게 제대로 협력해주느냐 마느냐 인데, 이게 참 미묘했다.

태수인 그녀가 민중에게 호소한다면 당장이라도 폭동이 일어날 것이다. 또 위병들을 시켜 우리를 공격할 수도 있으리라.

물론 그런다고 우리 인랑이 어떻게 되지는 않겠지만, 그 결과 륜하이트 지배 작전은 실패로 돌아갈 것이다.

내가 그런 생각을 하고 있는데 아일리아가 고개를 갸웃하며 입을 열었다.

"바이트 님, 왜 그러십니까?"

"아니, 아무것도 아니오. 아일리아 태수님. 무슨 일이신지?"

현재로선 우리 둘 다 최고책임자이므로, 발언에는 신경을 써야 했다.

아일리아가 다소 거북한 얼굴로 상황을 보고했다.

"시내의 혼란은 최소한으로 억제했습니다. 지금으로선 시민들이 반항하거나 도망칠 조짐은 보이지 않습니다."

"그래, 다행이군. 당분간 이런저런 제한을 두겠지만, 가급적 빨리 당신들이 다시 원래 생활로 돌아갈 수 있도록 해주겠소. 노력하지."

내가 그렇게 대답하자, 그녀는 점점 더 거북해하는 것 같았다.

"그쪽은 문제가 없습니다만……."

아일리아는 신중하게 말을 고르고 있었다. 뭔가 말하기 어려운 일이 있나 보다.

"무슨 부탁이라도 있소? 가능한 한 들어주겠소."

"아뇨, 그게 아니라…… 저, 바이트 님……."

상당히 난처해 보이는데.

좋아, 여기선 관대한 태도를 보여줘서 점수를 좀 따야겠다.

"걱정 마시오. 절대로 폭력은 휘두르지 않을 테니까. 착실하게 대처하도록 하지."

내가 진지한 얼굴로 고개를 주억거리자, 아일리아는 드디어 결심한 듯이 말을 꺼냈다.

"실은 위병대를 설득하는 것이 쉽지가 않아서 문제입니다."

"위병대?"

얌전히 항복한 줄 알았더니. 아무래도 일이 그렇게 단순하진 않은 모양이다.

아일리아가 설명해준 사정은 다음과 같았다.

위병대는 아일리아 태수의 사병이 아니라, 륜하이트가 속한 도시동맹국가 미랄디아의 동맹군에 소속된 군대이다. 따라서 위병대를 포함한 군사력 전권은 미랄디아 원로원이 가지고 있다고 한다.

이는 이 도시동맹이 성립되기까지 수많은 전쟁을 거쳤기 때문인데, 그 결과 이제는 어느 태수도 마음대로 위병대를 움직이지 못하게 되었다. 위병대에 평소와는 다른 특별 임무를 맡기려면 먼저 미랄디아 원로원의 허가를 받아야 한다.

이 미랄디아란 국가는 17개의 크고 작은 여러 도시국가들이 합쳐져서 형성된 것이다. 우리 마족들 대부분이 살고 있는 거대한 숲, 대수해(大樹海)의 동쪽에 있는 나라. 우리와는 충돌도 잦았다. 마왕군도 초반에는 이 나라에서 보낸 마물 토벌대와 정신없이 싸우느라 바빴다.

그런데 이제 보니 인간들은 인간들끼리 또 이것저것 복잡한 문제를 끌어안고 있는 것 같았다.

사정을 이해한 나는 아일리아에게 확인을 위해 질문했다.

"그러니까 귀공은 항복 명령은 할 수 있어도, 마왕군에 협력하라고 명령할 권한은 없다는 거요?"

"네, 그렇습니다. 전 어디까지나 부탁만 할 수 있을 뿐입니다."

아일리아의 표정과 이야기는 거짓이 아닌 것 같았다. 거짓말하는 인간 특유의 독특한 냄새가 나지 않았다. 인랑은 아주 희미한 땀 냄새만 맡고도 상대의 은밀한 감정을 파악할 수 있는 것이다.

"난처하군."

나는 팔짱을 꼈다.

위병대는 200명밖에 안 되지만, 치안유지 전문가들이다. 그들이 협력해주지 않는다면 인랑 부대가 나서서 치안을 유지할 수밖에 없다.

그러나 우리는 인원수도, 노하우도 부족하다. 더구나 우리 인랑이 모조리 치안유지에 투입된다면, 언젠가 쳐들어올 미랄디아 동맹군과 싸우는 일은 견인 부대가 혼자 도맡아야 할 것이다. 맙소사, 그럼 승산이 전혀 없는데.

"으음……."

평범한 마족이라면 위병대를 협박하거나 그냥 본보기로 절반쯤 죽여버리든가 하겠지만, 물론 나는 그런 짓은 하지 않는다.

공포에 의한 지배는 반드시 반발을 낳는다. 딱 적당한 레벨의 공포를 유지하기란 어렵다. 자칫하면 역효과가 나서 반란을 초래할 수도 있다.

게다가 난 원래 인간이었으니까. 적어도 전쟁터 밖에서는 사람을 죽이고 싶지 않았다.

내가 고민하고 있는데 아일리아가 조심스레 입을 열었다.

"저, 위병대 사람들한테 심한 짓을 하시지는 않을 건가요?"

"하면 좋겠소?"

내가 쓴웃음을 짓자 아일리아는 고개를 저었다.

"아닙니다. 다만 당연히 강경책을 쓰실 줄 알았거든요."

"마족이라면 그걸로 잘 해결되겠지만, 인간은 그렇지 않으니까."

게다가 그들의 입장도 이해는 갔다. 마왕군에 협력했다가 그게 들통나기라도 한다면, 미랄디아 동맹군이 이 도시를 되찾았을 때 책임을 추궁당할 테니까.

나는 고민 끝에 위병대를 이용하는 것은 포기하기로 결심했다.

"그들의 입장과 심정은 이해할 수 있소. 그들이 무장해제에 동의한다면, 그 이상은 요구하지 않겠소. 그렇게 전해주시오."

"네…… 감사합니다."

내가 폭력을 쓰지 않는다는 사실을 확인하고 아일리아는 진심으로 안도한 것 같았다.

그녀는 내 방에서 나가려고 했다. 그런데 문 앞에서 한동안 머뭇거리더니 다시 뒤를 돌아봤다.

"저, 실은……."

"음? 뭐요, 말씀해보시오."

내가 재촉하자, 남장미인은 각오를 다진 것처럼 입을 열었다.

"치안유지 문제라면 상공회를 이용해서 해결할 수도 있습니다."

"상공회?"

"륜하이트 각 지구의 상공회는 그 지역의 치안유지 및 재해예

방에 협력하고 있거든요. 범죄나 사고가 자주 발생하면 장사하기 힘들어지니까요."

아하, 지역 자치단체 같은 건가. 나는 전생에는 도시에서 살았고, 금생(今生)에는 인랑만이 모여 있는 숨겨진 마을에서 살았기 때문에 그런 조직에 대해서는 전혀 생각해보지 못했었다.

아일리아가 말을 이었다.

"상공회는 저의 직할 조직입니다. 무장한 위병대만큼 강력한 효과는 없을 테지만, 그들에게 순찰을 부탁할 수는 있습니다."

의외의 제안이었다. 나는 잠시 생각해봤다.

이 제안은 우리에게는 매우 도움이 되지만, 아일리아에게는 아무런 이득도 없다. 오히려 상공회에 빚을 지게 될 뿐이다.

따라서 나는 그녀의 진의를 확인해봐야 했다.

"왜 그런 제안을 하는 거요?"

그녀의 대답은 뜻밖이었다.

"바이트 님, 당신에게 감사를 드리고 싶어서입니다."

"가……감사?"

침략자가 감사를 받는다고? 꿈에도 생각지 못한 일이었으므로 무심코 괴상한 소리를 내고 말았다.

그러자 아일리아는 온화한 표정을 지었다.

"여러분은 직접 교전한 위병대를 제외하고는 단 한 명의 희생자도 내지 않았습니다. 마음만 먹으면 얼마든지 시민들을 학살할 수 있었을 텐데도."

"그야 뭐, 그럴지도 모르지만."

확실히 그럴 수는 있었다. 하지만 굳이 그럴 이유가 없으니까 안 했을 뿐이다. 감사를 받을 일은 아니다.

그러나 아일리아는 그렇게 생각하지 않는 듯했다. 그녀는 고개를 깊이 숙여 나에게 인사했다.

"부디 앞으로도 우리 시민들을 관대하게 대해주시길 바랍니다. 이를 위해서라면, 협력을 아끼지 않겠습니다."

륜하이트를 가장 소중하게 여기는 이 태수님에게는 '마왕군에 대한 협력'도 협상용 카드 중 하나인가 보다. 혹시 나중에 이 도시가 미랄디아군에 의해 해방된다 해도 태수의 판단을 가지고 이러쿵저러쿵하는 사람은 없을 것이다.

역시 이 남장여인은 단순한 겁쟁이도 아니고 호인도 아닌 것 같았다. 패닉 상태에 빠지면 약해지지만, 평소에는 만만치 않은 현실주의자인 모양이다.

사정을 알았으니 나로선 그 제안을 거절할 이유도 없었다.

"고맙소. 이번 일은 내가 개인적으로 빚지는 것이니까 언젠가 꼭 갚도록 하지. 그럼 상공회에 손을 써주시오."

"알겠습니다."

아일리아는 안심한 것처럼 미소 지었다.

그 모습이 꽤 귀여웠다.

다행히 아일리아 태수가 협조적인 태도를 보여줬으므로 그날 밤에는 별로 고생하지 않고 푹 쉴 수 있었다. 물론 교대로 불침번을 서면서 불온한 움직임이 없는지 살펴보긴 했지만.

이튿날 아침이 되자 륜하이트도 웬만큼 평온해진 것 같았다.

"간밤에 혼란을 틈타 도둑질을 한 인간이 몇 명 있다고 합니다."

인랑 부대의 한 젊은이가 내 방으로 상황을 보고하러 왔다. 어제 내가 가니 형제와 대립하는 장면을 봤기 때문인지, 이 친구의 시선이 묘하게 뜨거웠다. 마치 영웅을 보는 듯한 눈빛이었다.

"어떻게 할까요? 본보기로 처형할까요?"

그가 인랑으로 변신해 있었다면 지금쯤 꼬리를 파닥거리고 있을 테지. 공놀이를 하고 싶어 하는 개처럼.

그러나 나는 고개를 옆으로 저었다.

"우리는 군인이다. 경찰이 아니야."

"경찰?"

청년이 의아한 듯이 고개를 갸웃거린다. 나는 알기 쉽게 다시 설명했다.

"어, 그러니까 치안유지는 인간이 알아서 하게 놔두라는 거다. 륜하이트의 법률에 따라 처벌하도록. 여기 법률은 어떻게 되어 있지?"

그러자 동석하고 있던 인간 서기관이 허둥거리면서 대답했다.

"절도 및 손괴 행위를 저지른 범인은, 동일한 금액으로 배상하지 않는 한 강제노동을 해야 합니다. 물품을 돌려주지 않았을 경우에는 액수가 두 배가 됩니다."

"그렇다고 한다. 배상액을 마련할 때까지 농사일을 시켜."

"농사일이요?"

"이 도시의 인구는 어제부터 약 256명이나 늘어났으니까."

물론 그 정체는 견인 부대와 인랑 부대다. 식량을 징발하는 것은 쉬운 일이지만, 그것도 지나치게 하면 남들의 반감을 사게 된다. 먹을 것에 대한 원한은 무서운 법이다.

그 후에도 귀찮은 일들이 줄줄이 몰려와 나를 괴롭혔다.

"전투에 휘말린 행상인들이 장사를 다시 시작해야 한다면서 도시 밖으로 나가게 해달라고 합니다."

"견인 부대의 조사에 의하면, 성벽 바로 밑에 있는 하수도가 노후화됐다고 합니다."

"가니 형제가 고기가 부족하다면서 불평하고 있습니다."

나는 그런 일들을 닥치는 대로 열심히 처리해야 했다.

"지금 당장은 인간의 출입은 전면 금지한다. 행상인들의 상품을 조금 비싸게 사주도록. 그 돈으로 한동안 여관에 묵으라고 해."

이 비용은…… 하는 수 없지, 아일리아에게 부탁할 수밖에. 또 다시 빚을 지는구나…….

"그리고 성벽 밑에 있는 하수도는 그냥 내버려두면 위험하니까 당장 개수공사에 착수하도록 해라. 하수도를 통해 적이 침입할 수도 있으니까, 방어기능에도 꼭 신경 쓰라고 일러둬."

200명밖에 안 되는 견인 부대에게 너무 힘든 공사를 시킬 수는 없었다. 3교대제로 한 번에 겨우 60여 명밖에 일할 수 없으니까. 이거 참, 난감하군.

"가니 형제에게는 더 많은 임무를 할당해라. 그 대가로 닭고기를 제공하도록 하지. 먹고 싶으면 일하라고 해."

정신 차려보니 어느새 점심때가 다 되었다. 바빠서 아침밥도 못 먹었는데.

나는 뭐라도 좀 먹으려고 자리에서 일어나 기지개를 쭉 폈다.

"휴……."

"피곤해 보이는구먼."

귀여운 목소리가 들렸다.

당황하여 그쪽을 돌아보니, 등 뒤에 꼬마 하나가 둥실둥실 떠 있었다. 뾰족모자를 쓰고 검은 망토를 두른 여자아이였다.

나는 얼른 바닥에 무릎을 꿇고 앉았다.

"어서 오십시오. 고모비로아 사단장님."

"이놈, 모비라고 부르지 못할까!"

마왕군 제3사단장, 대현자(大賢者) 고모비로아는 불만스럽게 뺨을 부풀렸다. 꼭 어린아이 같았다.

그러나 이 소녀야말로 마왕군 최강의 마술사이며, 일단 인간이면서도 마왕의 측근 중의 측근이 된 인물이었다.

게다가 나에게 마술을 가르쳐준 스승님이기도 하고.

"어떻게 모비라고 불러요. 하다못해 스승님이라고 부르게 해주세요."

"허, 그대도 참 고집스럽구나."

고모비로아 스승님은 한숨을 쉬었지만 금세 또 환하게 웃었다.

"그래, 됐다. 아무튼 륜하이트 공략에 성공한 모양이구나."

"스승님 덕분입니다. 그런데……."

스승님이 오셨다면 그녀의 직속부대도 함께 왔을 것이다. 나는 기대감을 품었다.

그러자 스승님은 생글생글 미소 지었다.

"나의 골창(骨槍) 부대가 몹시도 그리웠나 보구나. 이미 부하들 2,000명을 견인 부대와 합류하게 해놓았다."

"역시 우리 스승님이세요."

스승님은 사령술(死靈術) 전문가이다. 그녀가 만들어낸 해골 병사는 그녀의 뜻대로 움직이는 베테랑 전사다.

2,000명의 해골 창병이 있으면 인간 군대 수천 명과 맞서 싸우는 것도 가능했다. 더구나 그들에게는 식량도 필요 없었다.

스승님이 한숨을 내쉬었다.

"그대는 또 시시한 생각을 하는 것 같구나. 안 그런가? '해골은 밥을 먹지 않으니까 유지하기 쉬워서 참 좋아~'라든가."

"으음, 그렇죠."

"만드느라 수고하는 자의 입장도 생각해주지그래. 한 마리 한 마리, 애정과 정성을 들여 만들고 있단 말이다."

"하루에 100마리씩 만들어내잖아요."

"지금 뭐라고 했나?"

"아무것도 아닙니다."

스승님은 마법의 달인이지만 군사전략 전문가는 아니다. 그래서 내 고충을 정확히 이해해주지 못하신다.

"애초에 식량이야 강제로 징발하면 그만 아닌가. 어차피 인간들도 다 하는 짓일 텐데?"

"저는 징발하고 싶지 않아요. 미움받잖아요."

"침략을 해놓고서 미움받기 싫다고? 제법 뻔뻔한 이야기로군."

흐흐흐 웃는 스승님. 스승님은 본디 인간이었으나 사고방식은 진짜 마족과 똑같았다.

마음만 먹으면 손가락 하나 까딱해서 태수의 저택을 통째로 원자분해 할 수도 있다. 륜하이트 전체를 황무지로 바꾸는 일쯤이야 반나절 안에 뚝딱 해치울 것이다. 이미 인간과는 격이 다른 존재였다.

그래도 뭐, 처음에는 인간이었으니까. 마왕군 내에서는 우리 스승님은 손꼽힐 만한 온건파에 속했다.

"하기야 그대의 그런 성격이 마음에 들어서 내 제자로 삼아준 거다만. 나는 피를 보기 좋아하는 자에게는 마법을 가르쳐주지 않으니까."

"황송합니다."

내가 스승님 밑에 들어갈 때 나눴던 대화는 지금도 똑똑히 기억하고 있다.

『뭐, 마술사가 되고 싶다고? 그대는 인랑이 아닌가?』

『저는 별로 강한 편이 아니라서…… 하지만 강해지고 싶어요.』

『무엇을 위해서?』

『우리 마을 동료들을 지키기 위해서입니다. 그리고 동료들에게 존경받고 싶다는 사심도 좀 있습니다.』

『거참, 솔직한 녀석이구먼……. 그래, 좋다. 그대에게 마술의 재능이 있는지 일단 한번 봐주마.』

『와! 감사합니다!』

『재능이 없으면 순순히 포기하고…… 이봐, 듣고 있느냐?』

스승님도 똑같은 것을 떠올리셨는지 나를 보고 쓴웃음을 지었다.

"인랑에게 마력을 다루는 능력이 있으리란 것은 이론상 확신하고 있었지만, 설마 여기까지 해낼 줄이야. 뭐, 하긴 사령술 쪽의 재능은 한 톨도 없었다만."

"전 인랑이니까요."

내가 사용할 수 있는 마법은 육체강화에 도움이 되는 강화마법이다. 즉, 마력이 내부적으로만 작용하는 것이다.

이전 세계의 표현을 빌리자면 'Buffer'이라고 해야 하나. 어디까지나 버프, 보조기술에 불과하지만 그래도 치유마법도 조금은 쓸 줄 안다.

약간이나마 마법을 배운 덕분에 나는 인랑으로서는 최강의 존재가 될 수 있었다.

인랑 자체가 상당히 강한 종족이므로, 마족들 중에서도 몇 손가락 안에 들 만큼 강하다는 뜻이다.

그래 봤자 부사단장에 지나지 않지만…….

"그런데 스승님, 스승님께서 여기까지 오실 줄은 몰랐는데요."

전에 마왕군의 성에서 만났을 때에는 스승님은 성에 주둔할 예정이라고 하셨다. 현재 제2사단과 제3사단은 여러 도시를 동시에 공략하고 있으며, 각 사단장은 도움이 필요할 때 그쪽으로 출동하기로 했었다.

내 질문에 대해 스승님은 웃으며 대답했다.

"아무리 봐도 그대에게 내 도움이 가장 절실할 것 같아서. 안 그런가? 다른 제자들은 병력도 충분하니까 나의 원군은 필요 없을 게야."

"그, 그런가요?"

확실히 병력을 너무 심하게 줄인 걸지도 모른다. 하지만 어차피 내 지휘능력은 겨우 이 정도다.

나는 애써 허세를 부리며 가슴을 쫙 폈다.

"최소한의 병력으로 도시를 공략했으니까 칭찬해주시죠. 게다가 손해는 제로라고요, 제로."

"인랑의 은밀성을 최대한 활용한 것은 인정해주마. 뭐, 간밤에는 혹시라도 반란이 일어날까 봐 벌벌 떨고 있었을 테지만."

"어떻게 아셨죠?!"

"그대의 성격이야 내가 잘 알지."

대현자 고모비로아는 웃었다. 그리고 둥실둥실 날아와 내 어깨에 얍 하고 앉았다.

"그래, 공무 대리인은 있나?"

"아, 네. 성문 근처에 있는 판이라는 인랑에게 지휘권의 일부를 넘겨줬습니다. 만나보고 오셨나요?"

"아, 그대의 이상형처럼 보이는 그 여자 말인가."

"어떻게 아셨죠?!"

"그대의 이상형쯤이야 내가 잘 알지."

스승님은 어린애 같은 표정을 지으며 싱글싱글 웃었다.

"아무튼 좋아. 그럼 잠시만 나와 같이 가자. 마왕님께 보고를 드려야겠어."

"저도 가야 합니까?"

일개 부관이 직접 보고하러 가는 것도 드문 일인데. 나는 의아하게 여겼다. 보통은 사단장이 보고하지 않나?

그런데 스승님은 고개를 가로저으며 나에게 이렇게 말했다.

"마왕님께서 실제로 이번 작전을 지휘한 장수의 이야기를 듣고 싶다 하셨다. 군말 말고 따라오너라."

스승님은 귀여운 목소리로 노래하듯이 주문을 외웠다.

곧이어 눈앞의 세상이 흐물흐물 일그러졌다.

*　　　　*

〈고모비로아의 회고록, 106페이지〉

소생(小生)의 제자들도 이제 훌륭히 성장하여 마왕군의 장수로 활약하게 되었다.

인랑 강화술사인 바이트도 그중 하나.

인랑 마술사라니, 소생이 아는 한 전례가 없는 일이다. 상당히 개성적인 인재라고 할 수 있다.

그런데 그의 개성적인 일면은 단지 그것만이 아니다.

강화술사로서의 바이트의 재능은 육체에 대한 깊은 이해에 바탕을 둔 것이다.

이를테면 해독술. 이는 우측 옆구리에 마력을 집중시키는 방식으로 시술하면 효과가 좋아진다는 것이 경험적으로 증명된 바 있다. 아마도 우측 옆구리에 독소를 모으거나 무효화하는 장기가 존재하는 것이리라.

바이트는 수련생 시절에 이미 이러한 이치를 알고 있었다. 이론에 관한 강의를 듣고 나서 곧바로 당연하다는 듯이 우측 옆구리에 손을 대고 해독술을 사용한 것이다.

이때는 소생도 참으로 놀랐다.

바이트는 강화술을 공부했는데, 어떤 기술을 어디에 사용하면 좋은지에 대한 센스가 매우 뛰어났다.

피로회복 기술은 해독술과 마찬가지로 오른쪽 옆구리에 마력을 집중시키는 것이 좋다.

갈증을 없애는 기술은 목이 아닌 허리 부근.

근력증강 마법은 팔다리에 거는 것보다는 등이나 허리에 거는 것이 싸울 때 더더욱 효과적이다.

이 모든 사실은 어느 정도 마법을 부리는 데 익숙해졌을 때 비로소 깨닫는 것들이다.

그러나 바이트는 이론을 배우자마자 즉시 요령을 터득한다.

소생은 상상을 초월하는 천재를 발견한 것일지도 모른다.

단, 소생은 바이트를 평범한 마술사로 여기지 않는다.

이 녀석의 관점이나 생각은 마족에게선 찾아볼 수 없는 것이다. 인랑치고는 다소 지나치게 온화하다. 신체적으로는 결코 약하지 않으나, 성격이 이러하니 인랑끼리의 투쟁에서는 빛을 보지 못할 것이다.

그러나 이런 자야말로 마왕군에 꼭 필요한 인재다.

그렇기 때문에 소생은 바이트에게 일부러 오의(奧義)를 가르치지 않았다. 한낱 마술사, 한낱 인랑으로 대강대강 완성시키기에는 너무나 아까운 인재이므로. 지혜로운 선인이 말씀하시길 큰 잔에 한 모금의 포도주를 붓는 자, 옥배(玉杯)에 흙탕물을 붓는 자는 어리석은 자라고 했다.

하기야 그 때문에 바이트는 자신이 다른 제자들보다 열등하다고 생각하게 된 것 같지만, 언젠가 이 오해도 풀어줘야 할 것이다. 소생도 실은 그를 완벽한 강화술사로 만들어주고 싶은 것이다.

그러나 소생은 마왕에게 바이트를 추천했다. 나머지 제자들도 모두 다 우수한 인재이나, 이자는 특별하다. 이자를 대신할 자는 없다.

이 젊은 인랑이야말로 언젠가 분명히 큰일을 해낼 것이다.

소생은 그렇게 확신하고 있다.

*　　　*

마왕군 본거지, 그룬슈타트 성.

이름은 왠지 거창하지만 실제로는 변경에 위치한 버려진 성에 불과하다. 수백 년 전 인간들끼리의 싸움으로 인해 파괴됐다가 이제는 마왕군의 거점으로 사용되고 있었다.

본디 부서진 성이었지만, 마법의 힘으로 재건되어 난공불락의 철옹성으로 탈바꿈했다.

성 주변은 마력을 띤 안개로 뒤덮여 있었다. 그래서 아무도 이곳을 보지 못하고 다가가지도 못한다. 안개는 그것에 닿은 인간을 마비시키며, 또 동시에 센서 역할도 하고 있다.

아마 대군이 몰려와도 성의 문턱도 밟지 못하고 전멸될 것이다.

우리 마족에게는 기분 좋게 느껴지는 이 안개. 나는 어깨 위에 스승님을 올려놓고 안개 속을 걷고 있었다. 성 안으로 직접 텔레포트 하는 것은 금지되어 있었으므로 성문을 통해 들어가야 했다.

나는 경비병이 오해하지 않도록 인랑으로 변신한 후 스승님을 받들고 걸었다.

"좀 음산해 보이기는 해도 이곳 공기는 꽤 기분 좋죠?"

"나는 인간이지 않느냐. 뭐, 불쾌하지는 않다만."

역시 스승님. 이미 반쯤은 인간이 아닌 듯했다.

성문을 수호하는 용인병(龍人兵)은 우리의 얼굴을 보자마자 쉽게 통과시켜줬다. 이 성의 수비는 전적으로 정예 용인병들이 담당하고 있었다.

그들은 제1사단 소속이다. 그리고 제1사단의 보스는 다름 아닌 마왕이다.

성 안뜰을 걷고 있는데 안개 너머에서 누군가가 이쪽으로 걸어왔다. 거대한 인영이었다.

"그 녀석인가."

스승님이 중얼거린 순간, 나도 상대의 정체를 눈치챘다. 피비린내 때문에 금방 알 수 있었다.

"흥, 제3사단이었나."

짐승처럼 생긴 거한이었다. 신장은 3미터가 넘었다. 나보다 거의 두 배나 더 컸다. 수귀족(獸鬼族). 내 전생의 지식에 의하면 대충 오거나 트롤과 비슷한 종족일 것이다. 반쯤 벌거벗은 차림새로 강철 곤봉을 들고 있었다.

이놈은 제2사단의 부관으로서 수귀 부대를 이끄는 보스였다. 이름은 도그라고 한다.

웃기다고 생각하면 안 된다. 이것은 수귀들 언어로는 '미친 자'를 뜻한다고 한다. 즉, 미친개란 뜻이다.

쓸데없이 더 웃기잖아.

광견 도그는 스승님께 형식적으로만 인사하고 나를 내려다봤다.

"이제야 보고하러 온 건가?"

바보 취급을 하는 말투였다. 아무래도 이 녀석은 보고를 마치고 돌아오는 길이었나 보다. 몇 분 차이인지는 몰라도, 어차피 이놈은 오로지 '이겼느냐 졌느냐'에만 관심이 있는 녀석이다.

내가 심드렁한 태도를 보이자, 도그는 지치지 않고 시비를 걸었다.

"교역도시인지 뭔지는 몰라도, 겨우 그딴 걸 공략했다고 일일이 보고하러 올 필요는 없단 말이다. 알았냐? 이 몸은 광산도시

볼츠를 공략했다고.”

도그는 애용하는 곤봉을 힘차게 휘두르면서 잘난 척을 했다. 뭐가 저렇게 좋을까.

“광산이라고, 광산. 알겠냐? 철을 캐낼 수 있잖아. 교역도시에선 아무것도 캐낼 수 없어. 아무런 가치도 없다고.”

아하, 그런 뜻이군.

요컨대 자신의 전리품이 좀 더 가치가 있다고 주장하고 싶은가 보다.

이 멍텅구리가 교역의 가치를 알 리가 없지. 다른 마족들도, 또 이 세계 사람들도 거의 다 마찬가지다. 그 가치를 제대로 이해하지 못하는 자가 대부분이지 않을까.

나는 유통이 얼마나 중요한지 알고 있다. 하지만 그것을 설명하기란 쉽지 않고, 애써 설명해줄 이유도 없었다.

그래서 나는 그저 어깨만 한 번 으쓱했다.

“넌 참 단순해서 좋겠다.”

그 순간 도그의 얼굴이 시뻘게졌다. 아, 그래. 수귀도 피는 붉구나.

“이 자식, 감히 나를 뭐로 보고! 이 몸은 수귀의 힘을 가진 천재, 도그 님이시다!”

천재…… 아, 하긴 수귀의 지능은 초등학생 수준이니까. 이 녀석은 중학생이랑 비슷한 수준이니 천재는 천재인가.

“나는 인랑의 힘을 가진 마술사인데, 누가 더 강하다고 생각해? 천재라면 당연히 알 테지?”

"그야 물론! 이 몸이다!"

이 멍청이를 어쩌면 좋지.

나는 슬쩍 스승님을 쳐다봤다. 그러나 그녀는 둥실둥실 떠올라 저쪽으로 물러났다.

"부관들끼리 사이좋게 지내지 그러냐."

"스승님……."

스승님도 싸우긴 귀찮으신가 보다.

나는 별수 없이 수귀를 쳐다봤다.

마족에게는 힘이 전부다. 패배한 자는 지위가 낮아진다.

적당히 상대해줘야겠군. 나는 도그를 노려봤다.

"약해빠진 주제에 그 덩치로 길 막지 말고 비켜."

"뭐라고?!"

상대가 즉시 곤봉을 내리쳤다. 다짜고짜 공격하네.

물론 당하고만 있을 내가 아니었다. 인랑의 눈에는 그 공격이 슬로 모션으로 보였다.

상대의 곤봉은 발밑의 돌바닥을 부수고 사방으로 파편을 튀겼을 뿐이다.

"이봐, 마왕님의 성을 부수지 말라고."

상대가 먼저 공격했으므로 나는 조금만 놀아주기로 마음먹었다.

"살짝 벌을 줘야겠군."

인랑과 수귀.

힘은 수귀가 좀 더 강하다.

체격 자체가 다르니까 어쩔 수 없다. 수귀는 거대한 곤봉을 가볍게 휘둘러 광범위한 공격을 퍼부을 수 있다. 파괴 전문가랄까.

그러나 수귀의 체격은 장점인 동시에 약점이었다.

몸집이 크다 보니 움직일 때 동작이 느려지는 것이다.

물론 동작이 느려진다 해도, 그 틈에 상대보다 먼저 공격하려면 상당한 수준의 실력과 용기가 필요하지만. 또 무엇보다도 단 한 번의 공격으로 수귀의 강인한 육체에 치명상을 입히는 것이 쉽지가 않았다.

게다가 치명상을 입혔어도, 상대가 일단 휘두른 곤봉을 멈추게 할 수는 없다. 참 무서운 괴물이다.

뭐, 인간 입장에서는 말이지.

나는 그런 생각을 하면서 두 번째 공격도 피했다. 부사단장이라고는 해도 어차피 수귀는 수귀. 겨우 이 정도인가.

칼날도 없는 곤봉은 완전히 내리쳐진 상태에서는 별로 위협적이지도 않았다.

나는 관대한 부처님이 아니니까 세 번째 공격까지 받아줄 생각은 없었다.

가볍게 뛰어올라 그놈의 턱에 발차기를 먹였다.

"크억?!"

아마 인간이었으면 얼굴 전체가 박살났을 테지만. 역시 수귀는 강했다.

그냥 턱뼈가 부서지는 정도로 끝났나 보다. 꽤 튼튼하네.

보통 녀석이라면 당장 항복해도 될 만한 부상이었으나, 도그도 어엿한 마왕군의 무장이었다.

그의 투지는 조금도 약해지지 않았다. 오히려 그는 무시무시한 기세로 곤봉을 휘둘렀다.

"오오?"

마구잡이 공격이었으나 저걸 맞으면 나도 무사하진 못할 것이다. 정성을 다해 피해드리고 마지막 결정타를 날리기로 했다.

그러고 보니 스승님께서 보고 계셨지.

조금만 마법을 쓸까?

나는 간단한 인(印)을 맺고 손바닥에 마력을 집중시켰다.

"원망하지 마라."

인랑의 손톱이 흉악한 빛을 띠더니 순식간에 시커먼 폭염에 휩싸였다. 일시적으로 무기의 날카로움을 강화하는 기술이었다.

나는 상대의 깨진 턱에다가 검은 불꽃 손톱을 박아 넣었다.

"쿠어어어어억!"

수귀의 턱에 인랑의 손바닥이 푹 박혔다. 부서진 뼈를 꽉 움켜쥐었다.

그 대단한 도그도 이 공격에는 격통을 느끼는 것 같았다. 그의 투지가 완전히 사라져버렸다. 곤봉이 툭 떨어졌다.

인간끼리의 싸움이라면 벌써 옛날에 승부가 났겠지만, 상대가 마족일 때에는 철저하게 밟아두지 않으면 꼭 뒤탈이 생긴다. 내가 상대보다 훨씬 더 강하다는 사실을 똑똑히 알려줘야만 한다.

그래서 나는 매우 비정하게도 도그의 몸뚱이를 한 손으로 붙잡아 거꾸로 들어 올렸다. 턱을 붙잡아 올렸으므로 상대의 자세는 끔찍하게 뒤틀렸다. 아마 이 녀석이 인간이었으면 목뼈가 부러졌을 것이다.

"자, 항복해."

내가 항복을 권해도 이 고집쟁이는 비명만 질러댔다.

할 수 없군.

"잠시 잠이나 자라."

나는 도그의 부서진 턱을 꽉 움켜쥐고 그대로 바닥에 메다꽂았다.

도그가 제아무리 바위조차 깨부수는 돌대가리라 해도 이번에는 못 버티고 기절하고 말았다. 뇌진탕을 일으킨 거겠지. 도그는 쿵 소리를 내며 바닥에 나동그라졌다. 더 이상 일어나지 않았다.

수귀가 파괴 전문가라면, 인랑은 살육 전문가이다.

참고로 이번 싸움 말인데, 사실 마족들끼리 힘겨루기를 할 때에는 보통 이 정도는 한다.

툭하면 이런 짓만 하니까 인간들이 무서워하는 거겠지.

"옳지, 거기까지. 그래그래, 훌륭한 시합이었다."

승패를 확인한 스승님이 둥실둥실 이쪽으로 날아 내려오면서 무심한 말투로 나의 건투를 칭찬해주셨다.

그녀는 치유마법으로 도그의 턱을 능숙하게 치료하고 나서 그 놈의 어깨를 톡톡 두드렸다.

"도그, 그대의 용맹무쌍한 무사로서의 기개는 잘 봤다. 과연 부사단장다운 풍격이구먼."

"아, 아야…… 으윽…… 아야……."

상처는 나았을 텐데도 도그는 여전히 신음하고 있었다.

아무래도 스승님이 숱한 치유마법들 중에서도 일부러 제일 아픈 놈을 골라서 사용하셨나 보다. 상대의 자연치유력을 강화시켜 적은 마력으로 상처를 막아주는 대신, 완치될 때까지는 계속 격통이 느껴지는 방식이었다.

스승님도 참, 은근히 음험하다니까.

스승님이 나를 돌아봤다. 그리고 불만스런 얼굴로 내 머리를 탁탁 때렸다.

"방금 왜 그런 식으로 싸운 것이냐? 반성 좀 해라."

"아, 네……."

멋지게 싸워 이겼다고 생각했는데 스승님은 성에 안 차셨나 보다.

그분은 두둥실 날아가면서 투덜거렸다.

"거참, 간 떨어지게 하고 말이야. 늙은이 건강을 존중할 줄도 모르나……."

아, 나를 걱정해주셨던 거구나.

우리 스승님은 은근히 음험할 뿐만 아니라 비교적 과보호를 하시는 분이었다.

바닥에 널브러져 있는 수귀는 그냥 내버려두고 마왕 앞에 출두했다.

솔직히 말하자면 내가 마왕을 만나는 것은 이번이 두 번째다.

위압감 있는 강철 문 앞에서 나는 심호흡을 했다.

상대는 마족 최강의 존재이자 만 명이 넘는 마족들을 지배하는 마왕이다. 아마 호흡 한번 흐트러뜨리지 않고 손쉽게 나를 죽일 수도 있으리라.

"제3사단장 고모비로아, 부사단장 바이트. 보고하러 왔습니다."

스승님이 침착한 목소리로 고하자, 거대한 문이 천천히 열렸다.

마왕의 알현실은 수수하지만 장엄했다. 반들반들한 거울 같은 흑요석 기둥에는 견인족 특유의 은세공 기술이 적용되어 있었다. 검은색이 주를 이룬 공간에 약간의 은장식을 조화롭게 가미해놓은 방이었다.

내 생각에는 은색이 좀 더 많아도 좋을 것 같은데, 아마 이런 느낌을 주려고 일부러 은색을 조금만 사용한 것 같았다. 은이 넉넉하게 사용됐다면 보는 이에게 강렬한 인상을 주지 못했을 것이다.

게다가 이런 인테리어에는 실용적인 의미도 있었다.

이곳을 수호하는 용인 근위병들은 까만 비늘을 가지고 있으며, 단창(短槍)으로 무장을 했다. 그 검은 비늘과 은빛 창날이 주위의 풍경 속에 완벽하게 녹아들어 있었다.

나는 저절로 기가 죽었다. 그때 저 안쪽에서 묵직한 목소리가 울려 퍼졌다.

"들어오너라."

나는 흠칫했다. 그러나 내가 무슨 잘못을 한 것도 아니었고, 옆에는 스승님도 계셨다.

내가 말실수를 해도 스승님이 어떻게든 해결해주실 것이다.

게다가 만에 하나 죽는다 해도 또다시 환생하지 말란 법은 없었다.

나는 마음 편하게 먹고 최대한 당당하게 걸음을 옮겼다.

커다란 홀 같은 공간에 내 발소리가 울려 퍼졌다. 이상하다. 뭔가 눈으로 보는 것과 소리의 반향이 일치하지 않는데.

아마도 이 까맣게 빛나는 흑요석과 은장식은 일종의 착시 현상을 일으키는 듯했다.

일부러 발소리를 숨기지 않고 당당하게 걸어간 덕분에 또 하나의 수확을 얻었다. 용인족은 실용주의자란 소문은 들었지만 진짜로 참된 실용주의자인 모양이다.

용인족이란 한마디로 리저드맨이다. 그러나 도마뱀 인간이라고 부르면 싫어하니까, 어디까지나 용처럼 생긴 인류로서 대해야 한다.

그들이 마왕의 근위대가 된 이유는 딱 하나.

마왕도 용인족 출신이기 때문이다.

마왕이란 것은 종족이 아니다.

그리고 지금 옥좌에 걸터앉아 있는 자가 바로 마왕 프리덴리히터였다.

과연 마왕님은 평범한 용인과는 차원이 달랐다. 체격은 수귀와도 비슷했다. 보통 용인의 신장은 2미터가 안 되니까 아주 특출한 거한인 셈이다.

비늘 색깔도 수수한 갈색이나 녹색이 아니라 불타오르는 듯한 붉은색이었다. 마치 불꽃을 두른 것 같았다.

머리에 자라난 뿔은 용인들 중에서도 수십 년을 살아온 장로급에게만 생겨나는 위엄의 증거였다.

그러나 그 무엇보다도 나를 압도하는 것은 그의 엄청난 마력이었다.

마술사인 내 눈에는 마왕의 주위에 흐르는 마력이 보였다. 마왕이 숨을 내쉴 때마다 압도적인 밀도의 마력이 흘러넘쳤다.

흔한 마족들과는 격이 달랐다. 한 용인이 가질 수 있는 마력의 수준을 훌쩍 뛰어넘는 것이었다.

내가 인랑 부대 전원을 이끌고 공격하고, 또 스승님이 전력으로 도와주신다 해도 결코 이자를 이기지는 못할 것이다. 그만큼 실력 차이가 났다.

그래서 나는 마족으로서 그에게 경의를 표할 수밖에 없었다.

나는 자꾸만 위축될 것 같은 나 자신을 격려하면서 큰 소리로 말했다.

"제3사단 부관, '마랑(魔狼)' 바이트입니다."

마랑이란 내가 마왕에게서 받은 칭호다. 마왕군의 장수는 모두 다 고유의 칭호를 가지고 있다. 칭호가 없는 자는 졸병이다.

마왕은 금빛으로 빛나는 눈동자로 힐끗 나를 내려다봤다. 나는 반사적으로 등을 꼿꼿이 세웠다.

"교역도시 륜하이트를 공략했습니다. 현재 그곳은 우리 군대의 지배하에 놓여 있습니다."

"수고했다."

나직한 목소리였으나 기둥이 흔들릴 정도로 위압감이 넘쳤다.

이제 보고는 다 끝났다. 당장 돌아갈 수 있을 줄 알았는데 실제

로는 그렇지 않았다.

마왕이 이어서 나에게 말했다.

"어떤 전술을 사용했는지 간결하게 설명해봐라."

"네, 네에?!"

나도 모르게 고개를 꾸벅하고 재빨리 머리를 굴렸다. 예상치 못했던 이 질문에 어떻게 대답하면 좋을까.

일단 결론부터 말하자.

"태수를 기습하는 작전을 사용했습니다. 인랑 부대를 여행객으로 위장하여 미리 잠입하게 하고, 견인 부대를 이용해 양동작전을 펼쳤습니다."

마왕은 여전히 나를 내려다보면서 한동안 침묵을 지켰다. 설명이 부족했나?

그러나 예상과는 달리 마왕은 살짝 고개를 끄덕였다.

"인랑의 특성을 활용한 전술인가. 그래, 그 이점은?"

이건 대답하기 쉬운 질문이군.

"아군의 피해를 최소화하고, 도시를 점령한 후 통치하기가 쉬워진다는 이점이 있습니다."

"전자의 필요성을 설명해봐라."

생각보다 끈질기네. 뭐, 이것도 쉬웠다.

"인랑 부대는 정예군입니다만, 인원을 보충하기가 쉽지 않습니다. 앞으로의 전황을 생각해볼 때 여기서 전력을 소모하는 것은 적절치 않다고 판단했습니다."

"그럼 이번에는 후자와 전술의 관련성을 설명하도록."

역시 이것도 물어보시는구나. 수험생 시절이 생각나는데…….

마족은 강자에게 복종하는 것이 상식이므로, 싸움에서 어떤 식으로 패배하든 화근은 남지 않는다. 불만이 있으면 다시 한 번 싸워서 이기면 그만이다.

그러나 인간은 다르다. 동료가 적에게 살해됐을 때에는 겉으로는 복종하는 척하면서도 속으로는 이를 간다. 그런 생물이다.

"가능한 한 적에게도 피해를 적게 줘서, 인간들이 공포나 원한을 가지지 않게끔 하려고 노력했습니다. 태수의 지위도 그대로 유지하면서 우리의 통치에 협력하도록 했습니다."

마왕은 나에게 시선을 고정한 채 으르렁거리듯이 말했다.

"무력에 의한 지배보다도 그 방법이 더 낫단 말인가?"

그 순간, 분위기가 완전히 변했다.

위험해. 이 질문은 위험하다.

무력에 의한 지배는 마족에게는 상식이다. 물론 마왕도 예외는 아닐 것이다.

그런데 내가 지금 하고 있는 행위는 그 상식에 어긋나는 짓이다.

비상식적인 방법을 사용하고 있는 이상, 그 방법이 상식적인 방법보다 더 낫다는 사실을 증명해야만 한다.

하지만 그것은 곧 마왕을 비판하는 거나 마찬가지다.

마왕의 목소리가 무겁게 울려 퍼졌다.

"대답해라."

"네…… 네!"

나는 각오했다. 설명하지 않으면 어차피 궁지에 몰릴 것이다.

"불필요한 싸움을 피하고 인간들도 우리 편으로 만드는 것이야 말로 가장 확실한 승리를 얻는 방법입니다. 저는 그렇게 확신합니다."

아아, 기어코 말해버렸다.

예상했던 대로 용인병들의 태도가 확 달라졌다.

표면적으로는 변함없이 무기물처럼 똑바로 서 있을 뿐이지만, 그들이 풍기는 냄새가 달라졌다. 전투를 의식한 것이다.

어쩌지. 여기서 살해될 바에야 차라리 도망칠까, 아니면 반격이나 해보고 다음 환생을 기대해볼까.

그런데 마왕은 격분하지도 않고 담담하게 고개만 끄덕였다.

"그렇군. 좋아, 수고했다."

그걸로 끝이었다.

거대한 홀을 꽉 채웠던 살기가 거짓말같이 사라져버렸다.

다행히 죽지 않고 끝났나 보다. 나는 휴 하고 가슴을 쓸어내렸다.

그때 마왕이 또다시 입을 열었다.

"그 통치 방법을 사용하려면 풍부한 자금이 필요할 테지. 통치 비용으로서 일단 은화 1만 닢을 주도록 하겠다."

"네! 성은이 망극하옵니다!"

"부족할 경우에는 추가 지원을 요청하도록."

확실히 군자금이 부족해서 고생하고 있었는데, 방금 내가 한 설명만 듣고도 그걸 알아내실 줄이야.

역시 마왕님, 대단하시다. 그만큼 지적 능력도 탁월하시다는 건가. 과연 우리 스승님께서 주군으로 모실 만한 인물이다.

그러자 지금까지 침묵을 지키던 스승님이 확인하듯이 질문을 던졌다.

"하오나 마왕님, 괜찮으시겠습니까? 그만한 군사비를 일개 교역도시에 투자하시다니."

"괜찮다."

마왕은 한 치의 흔들림 없이 차분하게 대답했다.

"제2사단은 점령 행위에 돈을 쓰지 않고 은화 1만 닢을 전리품으로 헌상했다. 따라서 이 돈은 필요한 부대에 지급하도록 하겠다."

"알겠습니다. 저도 크나큰 성은에 감사드립니다."

스승님이 깊이 고개를 숙이셨다. 이로써 상황 보고가 끝났다.

마왕의 알현실을 빠져나오자 그제야 살 것 같았다.

"스승님. 죽는 줄 알았습니다."

"여전히 소심한 녀석이구나."

스승님은 웃으면서 내 어깨 위에 올라탔다.

"마왕님은 위압적으로 행동하시지만 실은 매우 상냥한 분이시다. 별다른 실수도 안 했는데 쓸데없이 처벌을 하시지는 않아."

"이왕이면 그걸 미리 말씀해주시지 그러셨어요……."

내가 토라져서 투덜거리자, 어깨 위에 올라탄 스승님이 내 머리를 탁탁 두들기셨다.

"이 미숙한 놈아. 그 정도야 당연히 아는 줄 알았다."

"미숙한 놈이라 죄송합니다……."

그런 대화를 나누면서 안뜰을 걷고 있는데 안개 속에서 수귀가 나타났다. 제2사단의 부관, 도그였다.

나는 은근슬쩍 경계태세를 취했다.

"설마 또 덤빌 셈이냐?"

그런데 그놈은 고개를 가로저었다.

"분하지만 이번에는 이 몸이 졌다."

그러면서 도그는 우리를 위해 길을 비켜줬다.

마족 세계에서는 강자가 곧 법이다. 이 규칙에 따르지 않는 자는 살아남지 못한다.

"의외로 고분고분하네."

나는 경계를 늦추지 않고 도그의 옆을 지나쳤다. 그러나 그 녀석은 조금도 적의를 내비치지 않았다.

그 대신 이런 말을 했다.

"다음에는 꼭 쓰러뜨릴 테다."

"또 덤비게?"

그토록 철저하게 짓밟아줬건만 이놈은 질리지도 않나 보다. 이게 바로 마족이다.

기가 막히긴 했지만, 강자는 누구의 도전도 다 받아들여야 하는 법이다.

"알았어. 다음에 다시 싸우자."

"좋아."

수귀는 기분 나쁘게 생긴 얼굴을 일그러뜨리며 웃었다.

성 밖으로 나왔을 때 스승님이 나에게 말을 걸었다.
“방심하지 마라. 저 녀석도 수귀치고는 독특한 걸물이니.”
“전술도 다소나마 이해하고 있는 것 같고요.”
내가 동의하자, 스승님은 다음과 같이 말씀하셨다.
“게다가 저놈은 단련의 의의를 이해하고, 실제로 잘 단련하고 있어. 몸놀림만 봐도 평범한 수귀들과는 차원이 다르지 않느냐. 몸집이 거대하면 빈틈이 생기게 마련인데, 저 녀석은 빈틈도 거의 없어.”
“저게 빈틈이 없다고요?”
“물론 인랑 앞에서는 의미가 없겠지만.”
스승님은 유쾌하게 웃었다. 그리고 내 머리를 가볍게 두드렸다.
“저놈도 수귀치고는 역사에 이름을 남길 만한 천재이지만, 그대에 비할 바는 아니지. 그대는 나의 제자 아닌가.”
스승님은 그렇게 말씀하시고 나서 내 어깨에서 내려왔다.
“자, 나는 군무가 있으니 여기서 작별하자꾸나.”
“그럼 해골병은 누가 지휘합니까?”
“그대의 명령을 듣도록 해놨으니까 알아서 적당히 사용하려무나. 무슨 일 있으면 곧바로 달려갈 테니.”
“그래요…….”
스승님께서 안 계시면 불안하고 또 조금은 쓸쓸하기도 하지만, 스승님은 마왕군의 최고 간부다. 어쩔 수 없지.
“그럼 륜하이트의 통치 및 방어에 전념하도록 하겠습니다.”
“흠, 그래. 미랄디아 군대의 동향에는 주의해라. 그리고 인심을 무시하지 말고."

"네."

스승님은 웃는 얼굴로 손을 흔들고 주문을 외웠다.

나는 다시 륜하이트로 돌아왔다. 태수의 저택에 있는 내 방으로.

내가 외출한 사이에 아무 일 없었는지 걱정되었다.

외출한 시간은 고작 한 시간도 안 될 것이다. 그러나 시계가 존재하지 않는 이 세계에서는 정확한 시간을 알 수 없었다.

"오, 벌써 왔네."

방구석에 대량의 은화 자루가 수북이 쌓여 있었다. 나는 마왕의 빠른 일처리 솜씨에 새삼 놀랐다. 누군가가 마법으로 여기까지 보내 준 모양이다.

오늘 당장이라도 돈을 지불해야 할 안건이 여러 개 있었는데. 마침 잘됐다.

"좋아, 얼른 해치워버리자."

나는 인간 모습으로 돌아와 또다시 집무를 보기 시작했다.

지도를 꺼내놓고 앞일에 대해 생각해봤다.

미랄디아는 17개의 도시국가가 하나로 묶인 도시동맹국가다. 원로원이 강한 권력을 쥐고 있긴 하지만, 따지고 보면 통일성이 없는 집단이다.

현재 마왕군은 미랄디아 공략에 총력을 기울이고 있었다.

제2사단은 미랄디아 북부, 제3사단은 남부를 공략하는 중이었다.

이미 우리는 북부의 세 도시와 남부의 두 도시를 제압했다.

"제2사단이 약진하고 있군……."

참고로 제2사단의 도그가 공략한 곳은 실제로는 도시가 아니라 한낱 광산마을이었다. 이곳은 계산에 넣지 않았다.

이러한 도시 이외의 중요한 거점도 제2사단은 적극적으로 공략하고 있었다. 제2사단이 우리보다 더 화려하게 맹활약을 하는 것처럼 보였다.

하지만 그놈들은 그저 죽이고 파괴할 뿐이니까. 그걸로 족하다면, 우리도 충분히 똑같은 짓을 할 수 있다.

아무튼 이 상황에서 문제가 되는 것은 미랄디아 동맹군의 움직임이다.

동맹군의 목적은 치안유지 및 도시방어이다. 평상시 규모는 작은 편이고, 도시를 탈환하는 일은 해본 적이 없을 터이다.

게다가 그들은 소속 도시를 완전히 떠날 수는 없다. 그러니까 각 도시에서 조금씩 병력을 차출할 것이다. 당장 동원할 수 있는 숫자는 기껏해야 수천 명.

그렇다면 북부와 남부에 동시에 군대를 파견하지는 못할 것이다.

"어느 쪽인가 하면, 역시 북부겠지?"

북부에서는 제2사단이 맹위를 떨치고 있다.

피해도 점령도 죄다 무시하고 무조건 불도저처럼 진격하는 중이었다. 그리하여 제2사단은 북부의 요충지인 슈베름까지 함락시켰다.

그곳에는 미랄디아가 자랑하는 정예 중기병(重騎兵) 2,000명과 3,000명의 보병이 있었을 텐데. 용케도 함락시켰네. 과연 어떤 광경이 펼쳐졌을지 상상하고 싶진 않지만.

미랄디아 동맹군이 북부로 파견된다면 이 지역은 당분간 안전할 것이다.

……아냐, 그래도 일단 이쪽 병력도 확인해둘까.

우선 내가 이끄는 정예 인랑 부대가 56명. 정예 중의 정예이지만 숫자가 너무 적다.

견인 부대가 200명. 몸집이 작고 약하므로 전력으로 따지면 인랑 부대에 미치지 못한다.

그래도 다행히 우리에겐 스승님이 빌려주신 골창 부대 2,000명이 있었다. 이 녀석들은 강하다. 화살 공격 따윈 먹히지도 않는다. 완벽하게 통솔된 군대. 공포에 질려 주춤거릴 일도 없다.

약 2,250명의 전력. 그러나 식비는 250명분만 있으면 충분하다. 해골 병사에게는 식사도 수면도 필요 없으니까.

정말 고마울 따름이다.

"바이트 군, 왜 그렇게 히죽거려?"

갑자기 누군가가 말을 거는 바람에 나는 화들짝 놀라 고개를 들었다. 판 누나였다.

"어, 어? 판, 웬일이야?"

"실은 문제가 좀 생겼거든. 그 뭐냐, 휘양교(輝陽教) 때문에."

"아, 그 녀석들."

미랄디아에는 여러 가지 종교가 존재하는데 그중에서도 가장 큰 종교가 휘양교다.

협조와 박애를 중시하는 교리. 나쁘게 해석하자면 전체주의에 가까운 종교다. 박애주의자치고는 이교도에 대해 냉담한 편이기도 하고.

판 누나는 포니테일로 묶은 머리카락을 만지작거리면서 한숨을 쉬었다.

"이 도시의 휘양교 신관이 신앙상의 이유로 이것저것 요구하더라고. 예배와 순례의 의무 문제를 어떻게든 해결해달라고."

"으음."

나는 무의식중에 팔짱을 꼈다.

예배야 상관없다. 예배 집회에서 수상한 짓을 하려는 놈들이 나타날지도 모르지만, 그런 것은 억지로 금지해봤자 소용없다.

그러나 순례 의무는 용인해주기 어려웠다.

휘양교에는 가까운 성지를 순례해야 할 의무가 존재한다. 그 성지는 또 여러 군데다. 내가 좀 전에 서둘러 가져오게 한 자료에 의하면, 2년에 한 번씩은 어딘가를 순례해야 하는 것 같았다.

"륜하이트의 인구가 3,000명이고 그중에서 약 40퍼센트가 휘양교도라고 하니까, 1,200명이잖아?"

"그중 절반인 600명이 올해 어딘가로 순례를 떠나야 한다는 거지."

판 누나도 곤란한 듯이 얼굴을 찌푸리고 있었다. 그야 그렇겠지.

나는 목을 쓰다듬으며 생각에 잠겼다.

"혼잡한 틈을 타서 도망치는 녀석이 100명 단위로 나올 것 같은데."

"순례자인 척하면서 이 도시로 잠입하는 녀석도 있을 테고."

"아, 그 문제도 있구나."

나는 고민에 빠졌다. 판 누나가 내 얼굴을 들여다봤다.

"금지할 수밖에 없겠지?"

"그건 그런데, 신앙의 자유를 함부로 제한하는 것은 위험해."

나는 자리에서 일어났다. 이전 세계에서 지긋지긋할 정도로 공부했던 피투성이 역사가 떠올랐다.

"륜하이트의 종교 지도자를 전원 소집해달라고 태수에게 부탁해야겠어."

"전원?"

판 누나는 눈을 휘둥그레 떴다. 나는 힘차게 고개를 끄덕였다.

"휘양교, 정월교(靜月教), 그 외 토착신앙까지 전부 다."

예상대로 회의 분위기는 썩 좋지 않았다. 참석자들은 하나같이 경계하는 눈빛으로 나를 보고 있었다.

휘양 성당의 사제. 도시 시민의 40퍼센트를 지도하는 입장이다.

정월 신전의 관리자. 도시 시민의 20퍼센트가 그녀를 따르고 있다.

그 외에는 토착 정령신앙이나 자연숭배 등등. 교역도시이므로 외부에서 유입된 사람도 많아서 멤버가 꽤나 다채로웠다.

심지어 그중에는 인랑 숭배자도 있었다. 나를 보고 감격하여 흐느껴 우는 것까진 좋은데, 경배하지는 말아줬으면 좋겠다.

맨 먼저 위엄 있는 법의를 입은 휘양 사제가 자리에서 일어났다. 풍채가 좋은 초로의 남자였다.

"저는 휘양교 사제, 유히트라고 합니다. 마왕군의 지휘관인 바이트 님이시지요?"

"그렇소. 마왕군 제3사단 부관, 바이트요."

나는 가능한 한 위엄 있게 행동하면서 그가 보내온 탄원서를 테이블 위에 올려놨다.

"유히트 사제님의 탄원서는 잘 읽었소. 개별 사안에 대답하기 전에, 먼저 이 자리에 모인 각 종교의 지도자 여러분 전원에게 전달하고 싶은 사항이 있는데. 괜찮겠소?"

그러자 휘양 사제는 침착하게 고개를 끄덕였다.

"네, 좋습니다. 대답을 해주신다면."

의외로 냉정하군. 일부러 탄원서를 제출할 정도니까 광신도 같은 사람일 줄 알았는데. 꽤 당당해 보였다.

나는 그들에게 결정 사항을 전달했다.

"륜하이트의 신앙 문제에 대해 마왕군 제3사단에서 결정한 내용을 말씀드리겠소."

전원의 표정이 굳어졌다. 아니, 인랑 숭배자는 유일하게 눈을 반짝반짝 빛내고 있었다. 나 참, 경배하지 말라니까.

나는 그 사람을 보지 않으려고 애쓰면서 말을 이었다.

"우리는 여러분의 신앙에 경의를 표하여, 륜하이트에서의 신앙의 자유 및 종교적 행위를 기존과 같은 범위 내에서 인정하기로 했소."

내가 싱긋 웃자 모두들 안도한 표정을 지었다. 덩달아 미소 짓는 사람들도 많았다.

아니, 잠깐. 여기서 못은 박아둬야지.

"단, 다음 세 가지는 금지할 것이오. 첫째, 마왕군에 대한 모든 적대행위. 반란을 선동하는 행위나 마왕님을 모욕하는 행위 등도 여기서 속하는데, 그렇다고 마왕님을 숭배하라고 하지는 않겠소. 세속의 권력을 인정해준다면 그걸로 족하오."

나는 일동의 얼굴을 훑어봤다. 별다른 이견은 없는 듯했다.

"둘째, 륜하이트의 법률에 저촉되는 모든 행위. 어디까지나 속세의 법에 따라주길 바라오."

이에 대해서도 이견은 없을 것이다. 있으면 아일리아한테 한마디 해줘야지.

자, 중요한 건 마지막이다.

"셋째, 이교도에 대한 모든 박해 행위. 자기들의 신앙이 인정받길 원한다면, 타인의 신앙도 허용해야 하오."

이에 반응한 것은 휘양교를 제외한 나머지 종교의 지도자들이었다.

휘양교는 가장 큰 파벌이며 동조 압력도 강하다. 휘양교도들이 이교도에게 집요하게 개종을 강요하는 일이 많다는 것은 이 세계에서는 상식이었다.

당사자들은 순수한 선의로 그런 짓을 한다는 것이 특히나 골치 아픈 문제였다.

그래서 나는 그들에게 그러지 말라고 못을 박음과 동시에, 다른 종파를 위해 서비스를 해준 것이다.

"마왕군은 결코 개종을 강요하지 않을 것이며, 그런 행위를 인정하지도 않을 것이오. 우리가 마왕님을 숭배하는 것과 마찬가지로 당신들도 각자 선택한 신을 숭배하도록 하시오."

인랑 숭배자가 감격에 겨워 울음을 터뜨렸지만 나는 무시하기로 했다.

딱 한순간 떨떠름한 표정을 지은 사람이 있었다. 물론 휘양 사제였다. 앞으로는 그들이 '포교'라고 부르는 집요한 개종 강요는 하지 못하게 될 것이다.

나는 그를 향해 미소 지었다.

"그런고로 우리는 휘양교도의 예배와 순례도 전적으로 인정할 것이오. 전시(戰時)에는 순례를 제한할 수도 있으나, 이는 륜하이트 법률에도 명기되어 있는 사항이오. 자, 혹시 뭔가 하실 말씀이라도 있으신지?"

휘양 사제는 어두운 표정을 금세 미소의 가면으로 덮어버리고 정중하게 고개를 한 번 꾸벅했다.

"관대한 배려에 감사드립니다. 설마 이 정도로 저희의 자유를 인정해주실 줄은 미처 몰랐습니다."

이 녀석, 꽤 대단한 능구렁이군.

나는 미소를 유지하면서 일침을 가했다.

"그러니까 반란 같은 것은 일으키지 말아주셨으면 좋겠소."

"하하하, 그야 물론이죠."

유히트 사제는 그제야 인간미 있는 미소를 지었다. 아직 완전히 신용할 수는 없지만, 일단 이 녀석이 불온한 생각을 품지 못하도록 신경 써야겠다.

이번에는 이쪽의 결정 사항을 통보하는 것이 목적이었으므로 회의는 순식간에 끝났다.

다른 종교 지도자들도 뭔가 탄원하고 싶었던 것 같은데, 내가 선수 쳐서 모든 것을 인정해줬으므로 더 이상 할 말이 없는 듯했다.

참가자들이 줄줄이 떠나가는 가운데 정월교 지도자가 나에게 다가왔다. 서른 살쯤 되어 보이는 여성이었다. 화려하게 차려입은 휘양교 사제와는 달리 사복을 입고 있었다.

"바이트 님, 고맙습니다. 륜하이트의 모든 정월교 신자들을 대신하여 감사의 인사를 올리겠습니다."

깊이 고개를 숙이는 여성. 별다른 말은 하지 않았지만, 역시 휘양교의 개종 강요 때문에 그동안 마음고생을 많이 했었나 보다.

그녀는 말을 이었다.

"저희 정월교도들은 바이트 님에게 전면적으로 협력할 것입니다. 어디까지나 바이트 님, 개인에 한해서입니다만."

아무리 그래도 마왕군에 협력하는 것은 불가능하지만, '나'라는 개인에게 감사하는 식으로 협력해주겠다는 뜻인가.

"고맙소. 개인을 중시하고 학문 연구에 매진하는 것을 미덕으로 삼는 정월교의 교리는 상당한 감명을 주더구려. 특정 종파를 비호할 수는 없으나, 다른 종파들과 마찬가지로 정월교에 대해서도 최대한 편의를 봐주겠소."

스스로 생각해도 참 정치가 같은 코멘트였다. 뭐, 실제로도 정치가이니까 어쩔 수 없나. 지금의 나로선 이렇게 말하는 것이 고작이었다.

정월교 지도자는 웃는 낯으로 고개를 끄덕이고 나에게 악수를 청했다. 나는 그것을 받아들였다. 인랑으로서 인간과 악수하는 것은 처음일지도 몰랐다.

"바이트 님, 혹시 어려운 일이 생긴다면 저의 마법을 이용해 주시길 바랍니다. 미숙자의 보잘것없는 힘이나마 빌려드리겠습니다."

"마법……?"

그러자 그녀는 여전히 웃는 얼굴로 새삼스레 자기소개를 했다.

"인사가 늦었군요. 저는 미티라고 합니다. 륜하이트에서 점성술 학원을 운영하고 있죠."

사실 내가 정월교의 편을 들어준 데에는 이유가 있었다.

개인주의, 불간섭, 자기 연구를 중시하는 정월교에는 예술가나 마술사가 많다. 그들은 숫자는 적어도 민중이나 지배자를 움직이는 힘을 가지고 있다.

물론 소수파이기 때문에 세력은 약하지만, 적으로 돌리면 골치 아픈 존재다.

"고맙소. 미티 님. 나도 일단 마술사 나부랭이니까 서로 말도 잘 통할 것 같군. 앞으로 잘 부탁하겠소."

인랑인 나는 자기 강화마법이 특기인데, 과거나 미래를 보는 예지마법은 인간이 가장 잘 다루는 마법이다.

인간이 점술을 유난히 좋아하는 것도 아마 그런 이유 때문일 것이다.

미래에 대한 불안과 기대가 그들을 예지마법의 길로 인도하는 것이다.

어쨌든 나는 이렇게 이번 회의에서 뜻밖의 수확을 얻고 자기 방으로 돌아갔다.

륜하이트의 시민들이 반항하지 않도록 다음 인심 장악 작전을 생각해봐야겠다.

미랄디아 동맹군이 오기 전에.

마왕에게서 받은 은화 1만 닢은 예상보다 더 크게 도움이 됐다.

우선 나는 인랑 부대와 견인 부대의 숙소를 마련했다.

아일리아를 통해 오래된 집과 여관을 사들이고 싶다는 포고를 내리자, 태수의 저택 근처에 있는 민가와 여관이 앞다투어 응모했다.

"현재 이 저택은 마왕군의 거점이니까요. 이사 가고 싶어 하는 부자들이 많을 겁니다."

아일리아가 쓴웃음을 지었다. 확실히 옳은 말이었다.

"귀공도 가능하다면 어디 조용한 곳으로 빨리 이사 가고 싶은 게 아니오?"

"저는 태수니까요. 그럴 수는 없습니다. 여러분이 시민의 안전을 잘 지켜주시는지 확인해야 하니까요."

참 성실한 여자다.

나중에 가서 뒷말이 나오지 않게끔, 선정한 건물을 시세보다 더 높은 가격으로 사들였다. 이제 견인 부대도 시내로 데려올 수 있을 것이다.

"바이트 님, 감사합니다!"

"와, 멋진 집이네요! 앗, 은화다!"

"그건 집 살 돈이야! 멋대로 가공하면 안 돼!"

한껏 신이 난 견인들에게 어찌어찌 숙소를 배정해주고 겨우 성문을 닫을 수 있었다. 그대로 놔두면 무척 위험했을 것이다.

해골 병사들은 외모가 너무 무서우니까 도시 바깥의 숲 속에 한꺼번에 배치했다.

미랄디아 동맹군이 온다면 북쪽에서 올 것이다. 그런데 북쪽에는 숲이 없으므로, 하는 수 없이 서쪽 숲에 그들을 숨겨놓았다. 그곳은 우리가 이 도시를 침공할 때 잠복했던 장소였다.

자, 이제 언뜻 보면 성벽 밖에는 아무것도 없는 것처럼 보일 것이다.

해골 병사들은 밥 짓느라 연기를 피우지도 않고, 기분 전환 삼아 어슬렁어슬렁 돌아다니지도 않는다. 명령이 내려질 때까지 숲 속에서 계속 대기하고 있을 것이다.

건물 대금으로 지불한 은화는 총 3,000닢. 약 250명을 문제없이 수용하려면 역시 그만한 돈이 필요했다.

그다음은 식비다. 이 세계에서는 일반적인 일의 일당은 은화 한두 닢이다. 그 정도만 있으면 어떻게든 살아갈 수 있다는 뜻이다. 은화 한 닢의 가치는 어림잡아 수천 엔에서 1만 엔 사이일 것이다.

경리 일은 인랑 부대의 멤버이자 잡화점 주인인 메리 할머니에게 맡겼는데…….

"다들 밥을 참 잘 먹으니까. 하루에 300닢 정도는 쓸걸?"

"그렇게나 많이?"

앞으로 20일만 지나면 군자금이 거의 다 바닥날 판이었다.

추가 지급을 요청해야 하나?

하지만 사실 마왕군의 수중에 있는 화폐는 그리 넉넉하지 않았다. 대부분의 마족은 인간이 만들어낸 화폐 따윈 사용하지 않기 때문이다. 마족은 약탈을 할 때에도 오로지 식량과 의류만 노린다.

정말로 힘들어지면 추가 군자금을 달라고 해야겠지만, 지금은 일단 자력으로 힘내서 해결해보자.

어쩌면 나의 통치력이 시험당하고 있는 건지도 몰랐다.

"일하지 않는 자, 먹지도 말라!"

나는 200명의 견인 부대 앞에서 소리 높여 말했다.

"하수도 보강공사가 끝나자마자 자네들은 곧바로 농사일을 시작하게 될 것이다!"

륜하이트에는 장기적으로 머물 예정이다. 이렇게 된 이상, 식량은 자급자족하게 만들어야겠다.

"이는 우리 군의 병량을 조달하기 위해 꼭 필요한 군무이다. 물론 불만이 있을지도 모르지만…….”

견인들은 눈을 반짝반짝 빛내고 있었다.

그중 하나가 조심스럽게 입을 열었다.

“바이트 님, 저희를 믿고 맡겨주십시오. 그 군무, 멋지게 해내겠습니다!”

“그, 그래……. 묘하게 의욕이 넘치는군.”

그러자 그들은 일제히 대답했다.

“저희는 땅파기를 무지 좋아하니까요!”

그렇군. 하긴, 기본적으로는 개니까.

우리는 지배자인 동시에 식객이다. 아무튼 약탈 같은 짓은 절대 금물이다.

대다수의 시민들이 우리를 원망하는 상황에서 미랄디아 동맹군이 쳐들어오기라도 한다면, 내부에서 봉기가 일어나 방어전이고 뭐고 아예 불가능해질 것이다.

그런데 단순히 원망만 사지 않는다고 해결될 일은 아니었다.

좀 더 적극적으로 서비스를 해줘야 한다.

“우리가 도둑을 퇴치한다고?”

큰 가니가 불만스러운 소리를 냈지만 나는 신경 쓰지 않았다.

“위병대가 협력해주지 않으니까 우리가 도둑을 잡아야지. 잡으면 패도 돼. 죽지 않을 정도로만.”

“넌 꼭 까다로운 주문을 하더라…….”

작은 가니가 투덜거렸지만 나는 신경 쓰지 않았다.

"마왕군이 오는 바람에 이 도시가 엉망이 됐다고 한다면, 우리 자존심이 상하지 않겠어? 마왕군이 와준 덕분에 더욱 살기 좋아졌다는 소리가 나오도록 열심히 일하라고. 그만큼 고기는 잘 먹여줄 테니까."

"좋았어, 해볼까!"

다루기 쉬운 녀석들이다.

그로부터 며칠 동안은 눈코 뜰 새 없이 바빴다.

우리가 갑자기 이곳을 점령하는 바람에 애꿎은 여행자들도 이 도시 안에 갇히고 말았다. 휘양교도들에게는 순례의 의무도 있었다.

그들은 도시 밖으로 나가고 싶어 했지만, 인랑을 이용한 기습 작전에 대해 알고 있는 그들을 도망치게 놔둘 수는 없었다.

그래서 하는 수 없이 '현재 마왕군의 흉포한 마물이 돌아다니고 있으므로 도시 바깥은 위험하다. 생활은 보장해줄 테니 당분간 도시 밖으로 나가지 말라'고 공지했다.

휘양교의 순례 문제에 관해서는, 아일리아 태수와 유히트 사제의 이름으로 전시 사면 포고를 내렸다.

그 외에도 법률 개정이나 상공회와의 협의 등등 할 일이 산더미같이 쌓여 있었다. 그러나 태수와 종교 지도자들을 잘 포섭해 둔 덕분에 어찌어찌 난국을 타개할 수 있었다.

인간 세상에는 이빨이나 발톱만으로는 해결되지 않는 일들이 참으로 많다.

어쨌든 고생한 덕분에 륜하이트는 조금씩 일상의 모습을 되찾아갔다. 교역이 중단됐으므로 활기가 사라지긴 했지만, 이것도 일시적인 문제일 것이다.

"바이트 님, 성문 경비대의 보고입니다! 남문에 접근하는 집단 발견!"

견인 부대의 전령이 헐레벌떡 뛰어와 혀를 내밀고 헉헉거리면서 보고했다.

나는 서류에 사인하던 손을 멈추고, 시바견(몸집이 작은 일본의 토종개)이랑 꼭 닮은 그에게 질문을 던졌다.

"냄새는?"

"저희랑 비슷합니다!"

나는 싱긋 웃었다.

"왔구나."

교역도시에 꼭 필요한 존재가 드디어 도착한 것이다.

대상(隊商)이었다.

"당신이 바이트 대장님, 맞아요?"

성문으로 달려갔더니, 비글처럼 생긴 견인이 나를 쳐다보며 물었다.

나는 고개를 끄덕였다.

"그래, 마왕군 제3사단 부관 바이트. 이곳의 최고 책임자이다."

내가 손을 내밀자 견인은 내 손을 붙잡았다.

"내 이름은 쿠. 잘 부탁해. 동생이 언제나 신세를 지고 있어."

"조이는 우수한 병사야. 일을 아주 잘하고 있지."

조이는 륜하이트 공략전에서 전령으로 활약한 소년병이다. 우수한 인재이므로 언젠가 견인 부대의 간부로 만들어줄 생각이다.

내가 부하의 누나와 이렇게 만나게 된 것은 우연이 아니었다.

나는 교역도시를 점령한 다음의 일까지 미리 생각해서 사전에 견인 무역조합과 교섭을 했다. 조이의 누나가 무역상이라는 이야기를 듣고 즉시 연락을 취했다.

교섭은 쉽게 이루어졌다. 인간과 무역을 할 수 있다는 파격적인 조건이 그들의 마음을 단번에 사로잡은 것이다.

물론 마왕군이 안전을 보장한다는 것이 전제조건이지만.

쿠의 등 뒤에서는 부하들이 짐을 내리고 있었다. 리어카처럼 생긴 짐수레에 짐을 싣고 여기까지 온 모양이다. 양이 꽤 많아 보였다.

"저 짐은 뭐지?"

"사슴고기 육포와 뿔세공품. 그리고 은세공품과 나무쪽세공품."

쿠는 자신만만한 얼굴로 나를 쳐다봤다.

"세공품이 많지? 우리는 인간 기술자보다 훨씬 더 실력이 좋거든."

이 녀석들은 손이 작으니까. 천연 가죽장갑도 가지고 있고. 타고난 기술자다.

나는 혹시 몰라서 일단 견인병에게 명령했다.

"짐을 확인해봐라. 뇌물은 받지 말고. 알았지?"

"네!"

닥스훈트를 닮은 견인병이 뛰어갔다.

미랄디아 밖에서 들어온 물건, 심지어 마족이 만든 귀중한 물건들이다. 륜하이트의 상인들이라면 당연히 군침을 흘릴 것이다.

아, 맞다. 또 하나 부탁할 것이 있었지.

"이봐, 쿠."

"왜? 대장님."

쿠가 뻔뻔한 얼굴로 이쪽을 돌아봤다. 견인병에게 육포를 먹임으로써 당당하게 상대를 매수하면서.

나는 그녀를 비난하는 대신 부탁을 했다.

"목탄과 유황과 초석이 필요한데. 구해줄 수 있겠나?"

"으음~ 할 수 있을…… 것 같지만. 그런 물건을 어디다 쓰려고?"

의아한 표정을 짓는 그녀. 나는 빙그레 웃었다.

"군사기밀이다."

이제 자금도 확보했으니 슬슬 화약 개발에 착수해볼까.

나는 과학이 발달한 세계에서 온 사람이다.

가끔 스스로도 잊어버리곤 하지만.

*　　*

〈아일리아 태수의 집무 기록〉

나, 아일리아 뤼테 아인도르프는 놀라움을 금치 못하며 이 기록을 남긴다.

겨우 며칠 전에 이 도시 륜하이트는 마왕군의 공격을 받았다.

병환으로 돌아가신 아버님의 뒤를 이어, 원로원의 승인하에 내가 륜하이트의 태수로 임명된 것이 약 1년 전.

마왕군을 경계하고는 있었으나, 그들이 다짜고짜 교역거점을 공격할 것이라고는 미처 예상치 못했다. 교역로의 중요성을 이해하는 자가 마족들 중에 존재할 리 없다. 그렇게 믿고 방심하고 있었던 것이다.

그래서 미숙한 나는 갑작스런 습격에 대해 속수무책이었다.

마왕군의 지휘관은 칠흑 같은 털로 뒤덮인 인랑이었다.

나는 인랑에 대해 아는 바가 별로 없다.

보름달이 뜨는 밤에 늑대인간으로 변신하여 인간을 덮치는 괴물이라는 것.

은제 무기를 사용하지 않으면 그들에게 유효한 타격을 줄 수 없다는 것.

그리고 벌써 수십 년 전에 인간에 의해 멸망한 종족이라는 것.

단지 그뿐이다.

그러나 인랑은 실제로는 멸망하지 않았으므로 내 지식은 전혀 도움이 안 된다. 그들은 백주 대낮에 나타나 무서운 힘을 발휘하여 이 도시를 제압했다.

인간을 잡아먹는다고 알려진 인랑. 그 앞에서 나는 죽음을 각오했다.

그런데 그 새카만 인랑은 나의 사브르를 빼앗아 가더니 이렇게 말했다.

"혼란을 막기 위해 타협해주지 않겠나?"라고.

그는 무익한 살육은 하지 않겠다고 약속하면서 내게 항복을 권했다.

나에게는 선택의 여지가 없었다.

그가 이끄는 인랑 부대는 륜하이트의 정예 위병대를 쉽게 물리쳤지만, 의외로 전사자는 7명밖에 나오지 않았다.

그들은 부상병을 치료해줬다. 또한 이쪽을 무장해제 시킨 다음에는 약속대로 아무 짓도 하지 않았다.

그들이 본보기로 위병대를 모조리 죽일지도 모른다고 각오했건만. 나도 위병들도 안도함과 동시에 당황했다.

마왕군 제3사단 부관, 바이트의 점령 방침은 매우 특이했다.

그는 갑자기 종교 지도자들을 불러 모으더니 신앙의 자유를 인정했다. 모두들 개종을 강요당할까 봐 걱정했으므로, 이 조치에 대해 안도감과 동시에 당혹감을 느꼈다.

이러한 자유를 인정하는 것이 그들에게 무슨 이득이 될까.

그러나 시민들이 기뻐한 것은 사실이다. 최초의 두려움이 컸던 만큼 안도감도 크나클 수밖에 없었다.

이러한 감정이 착실히 마왕군…… 아니, 바이트라는 한 개인에 대한 지지로 바뀌어가고 있는 듯하다.

그 외에도 특이한 점이 많다. 그들은 약탈을 일절 하지 않는다. 필요한 물건은 거침없이 가져가지만, 반드시 정당한 대가를 치른다.

병사들의 숙소가 부족하다고 하기에 내가 빈집을 제공하려고 했는데도 바이트는 판매 희망자를 모집한 뒤 고액으로 그 건물을 구입했다.

이렇게 예의 바른 점령군은 본 적이 없다. 비상식적인 느낌마저 든다.

조부님께서 말씀해주신 미랄디아 통일전쟁의 참상은 이런 것이 아니었다.

바이트는 이곳이 교역도시란 사실도 잘 알고 있었다. 치안유지에도 각별히 신경을 쓰고, 교역을 재개하기 위해 마족 대상을 이곳으로 불러왔다.

처음에는 무역상들도 불안해했지만 이내 기꺼이 그들과 거래하게 되었다.

견인족은 성실하고 약속을 잘 지키는 종족이며, 또 진귀하고 질 좋은 물건들만 가져온다고 한다. 트러블은 하나도 없다.

왠지 신기한 느낌이다.

그러나 나는 방심하지 않을 것이다. 그는 마족이고, 마왕을 섬기는 무장이다. 그들이 무력으로 이 도시를 지배하고 있다는 사실을 잊어서는 안 된다.

그는 이성적이고 총명하며 온화한 인물이다. 어쩌면 륜하이트를 전보다 한층 더 발전시켜줄지도 모른다.

하지만 그와 동시에 그에게서는 정체불명의 엄청난 뭔가가 느껴진다. 나 같은 인간은 도저히 범접할 수 없는 뭔가가.

경계해야 한다.

그렇게 생각하지만, 이 평화로운 륜하이트를 보고 있자니 점점 마음이 흔들린다. 마왕군에 점령된 이후로 오히려 일이 더 편해진 것 같은 느낌이 든다…….

바이트에게 협력하여 이 도시를 통치하는 것이 묘하게도 편안한 느낌을 주는 듯하다.

그러므로 나는 륜하이트가 미랄디아 동맹군에 의해 해방되기를 간절히 바라고 있다.

내가 그 검은 늑대에게 더 이상 매료되기 전에.

어서.

어서.

*　　*

우리가 륜하이트를 점령한 지 보름 정도 지났다.

륜하이트는 교역도시로서의 모습을 되찾았고 시내에서도 조금쯤은 활기가 느껴졌다.

그러나 이곳은 우리에게 점령되기 전에는 교역로가 겹쳐지는 거점으로서 대상이 빈번하게 드나들던 도시였다. 역시 그때에 비할 바는 아니었다.

하지만 지금은 마족과의 교역이라는 새로운 상업 기회를 얻었다.

"경기는 어때?"

나는 지금 남문에 모여 있는 견인들의 대상을 시찰하러 나와 있었다.

군인이 아닌 견인들이 약 수십 명. 짐수레도 여남은 대 세워져 있었고, 그 주위에 사람…… 아니, 견인들이 모여 있었다.

"아, 바이트 군."

남문의 책임자인 판 누나가 나를 보고 웃었다.

"경기야 좋지. 이거 봐, 이 은세공품. 선물 받았다!"

"뇌물은 받으면 안 된다니까……."

판 누나가 가지고 있는 은반지와 목걸이를 보고 나는 한숨을 내쉬었다.

강자가 절대적인 권력을 쥐는 마족 세계에서는 뇌물이 왜 나쁜지 설명하기란 어려웠다. 나는 일찌감치 포기했다.

"있잖아, 바이트 군. 견인들은 은을 망가뜨리는 거 아니었어?"

판 누나가 의아해하면서 은반지를 살짝 집어 들었다. 그래서 나는 설명해줬다.

"그건 인간들이 퍼뜨린 유언비어야."

"유언비어?"

이해를 못 하고 얼떨떨한 표정을 짓는 판 누나. 나는 좀 더 자세히 설명했다.

"견인의 은세공 실력은 평범한 인간들은 흉내조차 낼 수 없는 수준이거든. 그걸 질투한 인간들이 헛소문을 퍼뜨린 거지."

그 바람에 견인들은 광산지대에서 쫓겨나 숲 속에 숨어 살게 되었다. 안타까운 이야기다.

그런 수난을 당했는데도 정작 견인들은 별로 상대를 원망하고 있지도 않으니 더더욱 안타깝게 느껴지는 것이었다.

나는 판 누나에게 이곳의 상황을 물어봤다.

"어때? 인간들을 상대로 장사는 잘되고 있어?"

"응, 최고야. 처음에는 다들 무서워했지만, 견인들의 겉모습과 태도 덕분에 금방 익숙해졌나 봐."

자세히 보니 인간 상인들의 모습도 드문드문 보였다. 그들은 아직 두려움을 완전히 떨쳐버리진 못했지만 그래도 가격 흥정은 잘만 하고 있었다.

"이 은수저 말인데, 50개를 전부 다 사면 5개 값은 깎아줄 수 없나?"

"3개 값은 깎아줄게."

"좋아, 그렇게 하자."

"이봐요, 견인 씨. 남방 해안에서 만든 소금이나 사 가지 그래?"

"어── 글쎄, 소금보다는 설탕이 더 좋은데."

"오, 그것도 있어. 좀 비싸지만."

좋아. 분위기가 나쁘지 않군. 전력에는 그다지 도움이 안 되지만, 역시 견인들을 데려오길 잘했다.

나는 은세공품을 보고 히죽거리는 판 누나에게 일단 못을 박아 뒀다. 혹시 모르니까.

"무슨 말썽이 생기면 륜하이트 상공회에 꼭 보고해줘. 폭력으로 해결하지 말고."

"응~."

판 누나는 진지함이 좀 부족하긴 해도 정의감이 강한 편이다. 괜찮을 것이다. 아마도.

그럼 잠깐 쉬어볼까. 나는 대상이 가져온 남국의 과일을 샀다. 이전 세계의 파인애플과 비슷하게 생겼는데, 단면은 선명한 초록색이었다.

"이거 맛있어?"

"글쎄? 난 좋아하는데."

보르조이처럼 생긴 견인이 둥글납작하게 썬 과일을 내밀었다. 나는 그것을 받고 값을 치렀다.

냄새는 더할 나위 없이 좋았지만 당도는 그저 그랬다. 이전 세계의 과일은 참으로 많은 연구를 거쳐 그토록 달콤해진 거였구나. 새삼 그런 것을 실감했다.

이름도 모르는 초록색 파인애플을 우물우물 씹고 있는데, 돌연 견인과 인랑들이 술렁거리기 시작했다.

"무슨 일이지?"

부하가 대답하기도 전에 내 귀가 이변을 감지했다.

비상용 개피리. 북문 근처에서 그 소리가 희미하게 들려오고 있었다.

경적은 세 번.

적의 습격이다.

내가 명령하기도 전에 판 누나가 먼저 몸을 일으켰다.

"남문을 닫아! 근처에 있는 대상은 도시 안으로 피난하라고 해!"
나는 녹색 파인애플을 꿀꺽 삼키고 곧바로 변신했다.
"우오오오오!"
주위의 인간들이 질겁했지만 지금은 그걸 신경 쓸 틈이 없었다. 이 모습으로 변신하지 않으면 큰 소리로 울부짖을 수 없으니까.
"아오오오오——!"
인랑 부대와 견인 부대 전군에 비상소집 명령을 내렸다. 내 목소리를 들었으니 다들 즉시 행동을 개시할 것이다.
나는 곧장 남문에서 출동할 인원을 선발했다.
"제릭 부대, 몬더 부대, 하맘 부대는 나를 따르라! 나머지는 다른 명령이 내려질 때까지 이곳을 지켜라! 시민들을 지켜!"
그 순간, 지명된 부하들이 일제히 변신했다. 여기저기서 비명이 터져 나왔으나 현재로선 어쩔 수 없었다.
"가자!"
나는 3개 부대, 12명을 데리고 남문을 뒤로했다. 지붕을 밟고 뛰어가는 동안 곳곳에서 인랑의 울음소리가 들려왔다.
『**적이다.**』
『**가까워.**』
『**만만치 않아.**』
울음소리의 내용은 하나같이 적의 습격을 알리는 것이었다. 인랑이기 때문에 이처럼 순식간에 서로 연락할 수 있는 것이다.
단, 이 울음소리는 단순하기 때문에 시제(時制)의 개념이 없다.

이를테면 방금 그 '만만치 않다'는 한마디는 실제로 적과 교전하고 느낀 감상인지, 아니면 상대가 만만치 않아 보인다는 것인지 알 수 없었다. 그저 상상할 수밖에.

제발 부탁이니 아직 교전하지 않았기를.

나는 태수의 저택으로 돌아가 여기서도 3개 부대를 선발했다. 도합 24명, 인랑 부대의 절반에 가까운 숫자였다.

우리가 북문 성벽으로 달려가 보니, 당직 견인들이 벌벌 떨고 있었다.

"바이트 님, 적이 왔어요!"

"알았으니까 이제 개피리는 그만 불어도 된다. 어디 있지?"

나는 점프하여 성벽의 감시탑으로 뛰어 올라갔다. 다른 인랑들도 저마다 다른 장소에서 적을 관찰하기 시작했다.

갈색 털로 뒤덮인 인랑, 하맘이 냉정한 어조로 중얼거렸다. 사막 출신인 그는 인랑인데도 눈이 참 좋았다.

"대장님. 깃발을 보니 미랄디아 동맹군인 듯합니다. 소속 도시는 투반."

투반은 륜하이트 북쪽에 있는 공업도시다. 아마 궁기병(弓騎兵)을 보유하고 있을 텐데.

그나저나 이상하군.

성격이 느긋한 몬더가 느긋하게 고개를 갸우뚱했다.

"투반이라니, 거긴 별로 큰 도시도 아니잖아? 보니까 보병과 기병을 합쳐서 400명쯤 되는 것 같은데?"

"공성병기도 보이지 않는군."

대장장이의 아들 제릭도 마찬가지로 고개를 갸웃거렸다.

고작 400명밖에 안 되는 인원으로, 인구에 비해 땅덩이가 넓은 륜하이트를 포위한다는 것은 불가능했다. 그렇다고 저들에게 성문을 부술 만한 능력이 있는 것 같지도 않았다.

그러나 저들이 단체로 미치지 않고서야 승산도 없는 싸움을 벌일 리 없었다.

저만한 병력으로도 륜하이트를 충분히 공략할 수 있다는 뜻이겠지.

그렇다면 생각할 수 있는 가능성은 딱 하나다.

"몬더 부대와 스쿠지 부대는 당장 성문 앞을 경비해라! 수상한 움직임을 보이는 녀석이 있으면 모조리 체포해!"

"오케이."

"네!"

8명의 인랑들이 북문으로 내려갔다.

내가 잘못 생각한 거라면 좋겠는데…….

다소 망설이긴 했지만, 결국 여기서 비장의 카드를 쓰기로 했다.

나는 다른 인랑들에게 계속 경계하라고 명령한 후 주문을 외웠다.

"게헤나(지옥)의 문에서 돌아오고, 하우란(성서 중 에스겔서에서 묘사한 이스라엘 땅의 경계)의 문에서 거부당한 자들이여. 내 오른손을 보라. 이것이 얼어붙은 태양이니라."

딱 한순간 마력이 나의 온몸을 감쌌다. 이어서 내 오른손이 차갑게 빛났다.

자신의 지배하에 있는 언데드에게 명령을 내리는 기술. 사령술의 초보적인 기술이다. 이것은 마술사의 입장에서는 가전제품 스위치를 누르는 것과 비슷하므로 나도 쓸 수 있었다.

나는 오른손을 휘둘러, 서쪽 숲 속에 숨겨둔 골창 부대에게 진군을 명했다.

겨우 400명 규모의 보병과 기병을 상대로 2,000명이나 되는 골창병을 출동시키는 것은 어리석은 짓일지도 모른다. 실은 언젠가 다가올 결전의 날에 대비하여 그 존재를 계속 숨겨놓고 싶었다.

그러나 전력을 아끼려다가 적들이 시내로 쳐들어오기라도 한다면 끝장일 것이다.

방심하지 말고 온 힘을 다해 적을 쳐부수자.

그런데 문제가 하나 있었다. 해골 병사들의 진군 속도가 느리다는 것이다.

그들은 경보 속도로밖에 진군하지 못한다. 말하자면 매복 전문이라고나 할까.

아니나 다를까, 미랄디아 동맹군은 서쪽 숲에서 줄줄이 걸어나오는 골창 부대의 존재를 눈치챘다.

이건 못 따라잡겠는데…….

그 순간, 종대 형태로 행군하던 적들의 대형이 무너지더니 기병들만 횡대로 늘어서서 새로운 진형을 짰다. 그들은 그대로 단숨에 속도를 높였다.

설마 보병은 버려두고 진격할 셈인가?

보병도 속도를 높이긴 했지만, 저 정도면 골창 부대도 충분히 때맞춰 공격할 수 있을 것이다. 어떻게든 진로를 가로막는 데 성공할 것이다.

이쪽으로 접근하는 적을 뚫어져라 바라보면서 하맘이 중얼거렸다.

"기병은 50명……인 것 같군요."

엄청나게 적군. 뭐, 기병은 돈이 드니까. 게다가 궁기병이라면 더더욱 그렇고.

"부관님, 어떻게 할까요? 궁기병은 성문을 돌파하지 못할 텐데요……."

그냥 가만히 있자고 암암리에 권유하는 하맘. 나는 고개를 저었다.

그리고 성벽 위에 남아 있는 16명에게 다음과 같이 명령했다.

"궁기병을 성문 앞에서 영격한다! 하맘 부대, 워드 부대, 슐레인 부대, 제릭 부대, 나를 따르라!"

인랑들은 일순 놀란 표정을 지었다. 그러나 무리의 리더에게는 절대복종해야 하는 법. 그들은 즉시 힘차게 고개를 끄덕이고 성벽에서 몸을 날렸다.

4층 건물의 옥상만큼이나 높은 곳에서 뛰어내려 소리 없이 착지한 인랑들. 4명 단위의 분대 형태를 유지하면서 전투태세를 취했다.

"하맘 부대, 워드 부대, 슐레인 부대, 좌익으로 전개! 적의 우측으로 돌아 들어가라!"

오른손잡이 궁수는 활을 왼손에 든다. 따라서 오른쪽에 있는 목표물을 노리려고 하면 말 위에서 자세가 흐트러져 명중률이 떨어진다.

점점 다가오는 궁기병들. 그러나 12명의 인랑들은 망설임 없이 적군의 오른쪽을 향해 질주했다.

"대장, 우리는?"

제릭과 그의 부하 3명이 나를 보고 있었다.

나는 적과의 거리를 가늠하면서 대답했다.

"제릭 부대는 나를 호위해라."

"오케이, 대장. 맡겨둬."

쇳빛 털을 가진 대장장이의 아들이 시원스럽게 웃었다.

투반의 궁기병들은 눈 깜짝할 사이에 이쪽으로 다가왔다. 슬슬 화살이 닿을 만한 거리인데도 그들은 활을 쏘지 않았다.

이유는 몰라도 이건 기회였다.

나는 숨을 크게 들이마시고 소리를 버럭 질렀다.

나의 제일가는 특기 마법인 '소울 셰이커'였다.

물론 이렇게 먼 거리에서는 마력의 포효도 완벽한 효과를 발휘하진 못했다.

지근거리에서는 영혼조차 뒤흔드는 위력의 '소울 셰이커'도 이번에는 적을 완전히 마비시키지는 못한 것 같았다.

체력적으로도 연발할 수 있는 기술이 아니니까. 사용법을 좀 더 연구해볼 필요가 있겠군.

그래도 다행히 이번 상대는 기병이었다.

나의 포효를 듣고 겁먹은 병사는 별로 없었지만, 적을 태운 말들이 당황하기 시작했다.

적군의 돌격 속도는 눈에 띄게 느려졌다. 개중에는 완전히 공황 상태에 빠져 기수를 떨어뜨리는 말도 있었다.

뒤따라오던 말이 그 소동에 휘말리면서 낙마 사고가 속출했다.

대혼란이었다.

적군의 우측으로 파고든 12명의 인랑들은 그 틈을 놓치지 않고 돌격했다.

자, 그럼 다음 일을 해볼까.

"지원마법을 쓸 거다. 원호해줘."

"알았어, 대장. 화살은 내가 막아줄게."

제릭이 나를 감싸듯이 내 앞에 섰다. 나머지 3명도 나를 보호하기 위해 내 주위를 빈틈없이 에워쌌다.

나는 호흡을 통해 주변에 떠도는 마력을 흡수했다. 심호흡을 반복하여 충분한 마력을 모은 뒤 그것을 마법으로 변환했다.

"피로 물든 만월이여, 광란하는 우리를 비추어라."

그 순간 주위가 어두워졌다.

그리고 전장에 떠도는 마력이 우리를 향해 흘러 들어오기 시작했다.

"오…… 온다, 온다!"

제릭이 희색이 가득한 얼굴로 꼬리를 흔들었다. 나머지 3명도 마찬가지였다.

나 자신도 안쪽에서부터 끓어오르는 힘을 느꼈다. 그와 동시에 시원한 바람이 온몸을 감싸면서 나를 지켜주는 것 같아 안도감이 들었다.

나의 특기인 자기강화마법. 이것은 그중 하나인 '블러드 문'이다.

주위에 있는 아군을 적의 공격으로부터 지켜주고 힘을 북돋워 주는 마법이다.

공격에 나선 12명에게도 틀림없이 이 가호의 힘이 미치고 있을 것이다.

나는 그들을 돕기 위해 제릭 부대에 돌격을 명했다.

"가자, 섬멸전이다!"

"좋았어!"

'적을 모조리 죽여도 되는 싸움'은 마왕군에 소속된 이후로 처음이었다. 인랑들은 싸움의 환희에 차서 부르르 떨었다.

"크어어어어어!"

"으, 으아악!"

미랄디아 동맹군의 궁기병 부대는 대혼란에 빠졌다.

화살을 제대로 쏘기도 전에 인랑들이 준마보다 더 빠르게 그들에게 덤벼들었기 때문에.

궁기병은 기동력과 긴 사정거리를 자랑하는 정예병이지만, 말이 혼란에 빠져 움직임이 둔해진 현재 상황에서는 궁보병과 크게 다를 게 없었다.

그들이 들고 있는 활은 마상용 쇼트보이므로 롱보만큼 강력하지도 않았다.

그들의 장점은 완벽하게 사라졌다.

그래도 결코 승리를 낙관할 수는 없었다.

나는 날아오는 화살을 피하면서 질주했다. 화살 속도와 나 자신의 속도가 더해져서 화살을 피하기가 쉽지 않았다.

나는 무사했지만 제릭 부대의 누군가가 화살에 맞아 쓰러졌다. 먼저 돌격한 12명 중에서도 화살에 맞은 녀석이 있는 듯했다.

제발 살아 있기를. 나는 속으로 기도하면서 뒤돌아보지 않고 달렸다.

무조건 근접전이 아니고서야 이길 방법이 없었다. 그래서 우리는 적군의 한가운데로 뛰어들었다.

"크아아아!"

나는 울부짖으면서 마상의 사수(射手)를 향해 갈고리발톱을 휘둘렀다.

사슬 방호복을 찢어발기자, 조그만 사슬 조각과 핏방울이 사방으로 튀었다. 끔찍한 절규는 피바다에 잠겨 금세 들리지 않게 되었다.

나는 머리부터 목까지 두 동강이 나버린 적을 휙 내던지고 곧바로 다음 적을 찾았다.

누군가에게 화살을 날리려고 하는 녀석이 있었다.

"놔둘까 보냐!"

나는 말 위로 뛰어올라 스쳐지나가면서 활시위를 끊어버렸다. 동시에 그놈의 손가락도 몇 개 끊어버렸는지 비명이 울려 퍼졌다.

미안하지만 어쩔 수 없었다. 먼저 공격한 것은 네놈들이니까.

전투불능이 된 적은 일단 내버려두고, 나는 계속해서 인간과 말 사이로 헤치고 들어가 닥치는 대로 적을 손톱으로 찢어버렸다.

가벼운 방어구만 걸친 궁기병들은 우스울 정도로 픽픽 쓰러졌다.

어느새 나도 피의 광희(狂喜)에 도취되어 가고 있었다.

정신을 차려보니 싸움이 끝나 있었다. 똑바로 서 있는 적은 하나도 없었다. 살아남은 말은 모두 다 기수를 잃어버린 상태였다.

"대장, 다 끝난 것 같은데?"

적군의 피를 뒤집어쓴 제릭이 웃으면서 말했다.

아무래도 그는 아까부터 내내 나를 보호해주고 있었나 보다. 그래서 내가 이렇게 멀쩡한 거구나.

먼 곳을 살펴보니 적의 보병대와 나의 골창 부대가 싸우고 있었다. 압도적으로 전력 차이가 나기 때문에 그것은 싸움이라고 하기도 뭐했다. 일방적인 섬멸이었다.

이대로 도망치게 해주고 싶었지만 인랑의 모습을 들킨 이상 그럴 수도 없었다. 저들이 정보를 가지고 돌아가는 것은 곤란했다.

그냥 놔둬도 틀림없이 승리할 테지만, 나는 오른손을 들어 골창 부대의 진형을 변경했다.

"포위해라."

방어에서 포위 섬멸로. 횡대로 벽을 만들고 있던 골창 부대의 양끝이 동시에 전진을 개시하면서 적의 보병대를 둥글게 에워쌌다.

압도적 숫자를 자랑하는 2,000명의 골창 부대는 적의 등 뒤를 막아 포위망을 완성했다.

이제 도망칠 방법은 없다. 남은 것은 숫자와 통솔력을 내세워 상대를 압살하는 것뿐.

싸우는 소리가 한동안 이어졌으나 그것도 잠시 후 뚝 그쳤다.

해골 병사는 포로를 붙잡지 않는다. 생존자가 있는 한 공격을 멈추지 않는 것이다.

이리하여 최초의 륜하이트 방어전은 적을 완전히 섬멸함으로써 막을 내렸다.

싸움의 결말은 다소 찝찝했다. 나는 마왕군의 지휘관으로서 최선의 판단을 했다고 생각하므로 후회는 없지만, 이렇게 많은 사람이 죽었으니 가슴이 아플 수밖에 없었다.

그러나 그만한 숫자와 무장을 갖춘 군대가 다짜고짜 쳐들어온 이상, 교섭의 여지가 없었던 것은 확실하다. 내가 설득해서 상대가 얌전히 돌아가준다면 얼마나 좋았겠냐마는.

하지만 역시 우울했다.

누구냐. 이런 무모한 작전을 세운 적장은.

인랑 부대의 부상자는 3명. 화살을 정통으로 맞은 자들이었다.

"셋 다 용감하게 잘 싸웠다. 괜찮아. 금방 나을 거야."

나는 부상병들에게 치유마법을 걸어주면서 그들의 건투를 칭찬했다.

그 외에도 찰과상을 입은 자들이 몇 명 있었지만 그래도 다들 건강해 보였다. 역시 인랑은 대단하다.

나는 뒷일을 제릭에게 맡기고 서둘러 성문으로 돌아갔다. 신경 쓰이는 것이 있었으므로.

"아, 대장."

몬더가 난처한 얼굴로 나를 맞이해줬다. 결국 내 예상이 맞았던 건가.

"이 녀석들 좀 봐. 나이프를 들고 이 근처에서 어슬렁거리던데?"

그녀의 발치에는 남자들 몇 명이 꿇어앉아 있었다. 주변에 은세공 나이프가 굴러다니고 있었다.

남자들의 얼굴이 엉망진창이 되어 있었으므로 나는 조심스럽게 몬더에게 물었다.

"너무 심하게 한 거 아냐?"

"도망치려고 하기에 살짝 손봐준 건데?"

생긋 웃는 몬더. 그녀는 성격이 느긋하긴 하지만, 아무리 잔인한 행위라도 여유롭고 느긋하게 실행할 수 있는 여자였다.

나는 그 남자들에게 질문했다.

"너희들은 누구냐?"

그러자 그들이 사납게 대들었다.

"우리는 그냥 바깥이 소란스러워서 살펴보러 온 것뿐이야!"

"인랑이 울부짖으니까 다들 완전히 겁에 질렸다고!"

"무슨 일인지 설명해봐!"

꽤나 강경한 태도군.

"뭐, 그건 그렇고. 나이프는 왜 들고 있었던 거지?"

그들은 입을 다물었다.

륜하이트에는 일반인의 무장을 금지하는 법률이 존재하지만, 식칼 같은 것은 생활도구이므로 누구나 가지고 다닐 수 있다.

나는 나이프를 집어 들고 은세공 칼집을 뺐다.

"흠."

칼날도 은으로 되어 있었다. 아마도 견인 세공사가 만든 듯한 아름다운 꽃무늬가 새겨져 있었다.

다른 나이프들도 모두 다 칼날이 은으로 되어 있었다.

은은 무겁고 무르다. 실용성은 떨어지는 편이다.

단, 인간들 사이에서는 '은으로 된 무기로만 인랑에게 상처를 입힐 수 있다'는 속설이 퍼져 있었다.

'견인이 은을 망가뜨린다'는 것은 인간들이 퍼뜨린 유언비어인데 이건 그 반대였다. '은으로 된 무기로만 인랑에게 상처를 입힐 수 있다'는 것은 인랑이 퍼뜨린 유언비어다.

이렇게 해놓으면 적들이 무르고 약한 은제 무기로 우리를 공격할 테니까.

나는 그 남자들을 내려다보면서 힐문했다.

"이봐, 너희들. 뭔가 꾸미고 있었지?"

대답이 없었다. 나는 좀 더 강한 어조로 말했다.

"은제 나이프로 요리하거나 짐을 포장할 리도 없고. 도대체 뭐

하러 이런 것을 들고 다녔던 거냐. 대답해라."

침묵하는 그들을 향해 나는 날카로운 이를 드러냈다.

그들은 무표정했지만 분명히 공포에 질려 있었다. 공포를 느낄 때의 땀 냄새가 났다.

마침내 한 남자가 입을 열었다.

"그…… 그건 종이를, 편지를 뜯을 때 쓰는 물건이다."

"편지?"

페이퍼 나이프란 말이지. 하긴, 은제 나이프는 약하니까 기껏해야 그런 데에나 쓰겠지.

하지만 너무 사치스런 이야기잖아?

그걸 누가 믿겠냐.

"바깥이 소란스러워서 상황을 살펴보러 나올 때 너희들은 보통 편지 뜯는 도구를 들고 나오나?"

나는 웃었다.

그들은 여전히 말이 없었다.

그래서 나는 고개를 들고, 주위에 있는 시민들에게도 들리도록 큰 소리로 선언했다.

"이 녀석들의 신원을 철저히 조사해라. 그 후 태수에게 넘기도록. 이들의 처분은 태수에게 일임한다."

최종적인 처분은 어디까지나 태수에게 맡길 것이다. 그런 태도를 보여줄 필요가 있었다.

몬더 부대가 그 남자들을 구속하여 끌고 갔다.

그 모습을 지켜보던 스쿠지가 나에게 질문을 던졌다.

"바이트 씨, 이래도 되는 거예요? 태수는 인간이잖아요? 일부러 관대한 처분을 내리지 않을까요?"

나이 어린 그는 이 처분이 불만스러운가 보다.

그래서 나는 난처한 표정을 지으며 대답했다.

"하는 수 없지. 우리가 시민을 처형하기라도 하면 반감이 심해질 테니까. 저놈들은 매우 수상하지만, 실제로 무슨 짓을 한 것도 아니고."

"그건 그렇지만……."

스쿠지는 납득하지 못한 것 같았다. 그야 그렇겠지.

마족의 세계에서는 강자가 약자를 그렇게까지 배려할 이유가 없었다. 단지 반항할 기미를 보였다는 이유만으로도 충분히 상대를 몰살시킬 수 있었다.

하지만 여기서 그랬다가는 분명히 나중에 뒤탈이 생길 것이다.

"인간이란 생물은 참 단순하거든. 그들은 금방 누군가를 원망하지. 또 반대로 누가 잘 대해주면 금방 고분고분해져서 지배하기 쉬워. 실은 나도 저놈들을 때려죽이고 싶지만……."

"그런가요……."

아직 완전히 납득하지 못한 표정이었지만 그도 결국 인랑이다. 의견을 내놓기는 해도 최종적으로는 보스의 결정에 따른다.

"아무튼 나한테 맡겨둬라. 우리에게 가장 유리한 방향으로 잘 해결할 테니까."

"네!"

내가 스쿠지의 어깨를 두드리며 웃자, 그도 그제야 미소를 지었다.

그때 성문이 열리고 제릭 일행이 돌아왔다. 싸움이 벌어진 장소를 조사해달라고 부탁했는데 그게 다 끝났나 보다.

"뭔가 이상해. 대장. 이거 봐. 은 화살이야."

그가 내민 것은 적이 가지고 있던 화살이었다.

자세히 보니 확실히 화살촉이 은으로 되어 있었다.

제릭은 화살촉을 손끝으로 탁 튕기면서 비웃는 어조로 설명했다.

"이건 주물(鑄物)이군. 은화를 녹여서 만든 것 같은데 어지간히 급하게 만들었나 봐. 단조(鍛造)가 제대로 안 되었어."

나는 잠시 생각해봤다.

"이 화살은 아무리 봐도 인랑을 잡으려고 만든 것 같군."

"그래, 맞아. 은은 철보다 무른 금속이야. 굳이 무기를 은으로 만들 이유가 없지."

"그렇다면 인랑이 여기 있다는 사실을 투반 사람들이 알고 있다는 뜻인데."

"글쎄, 난 모르겠어. 단지 이 물렁한 은제 화살촉 덕분에 우리 동료들이 크게 다치지 않아서 다행이란 것밖엔 모르겠군."

제릭은 어깨를 으쓱했다.

그는 어디까지나 대장장이로서의 포지션을 고수했다.

그러나 나는 그럴 수 없었다. 팔짱을 끼고 중얼거렸다.

"투반 사람들이 어떻게 알았을까? 여기 인랑이 있다는 사실을."

우리는 륜하이트를 점령하고 나서 인간의 출입을 완전히 차단했다. 밖으로 나갈 수 있는 것은 오로지 견인 대상뿐이었다.

견인 대상은 마왕군의 세력권 내에서만 움직인다. 그러니 투반 사람들에게 정보가 전해질 리 없는데.

"이상하군."

나는 불길한 예감에 휩싸인 채 륜하이트의 시가지를 바라봤다.

어딘가에서 정보가 새고 있는 것 같았다.

그때 또다시 성문이 열리더니 워드 부대가 돌아왔다.

"전사자들을 장사 지내고 왔어. 설마 인간의 장례를 치러주게 될 줄은 몰랐구먼."

"수고하셨어요. 워드 영감님."

워드 영감님은 지금이야 평화롭게 은거하고 계시지만 이전에는 용병 일을 하셨다. 인간들 틈에 섞여 세계 각지의 전쟁에 참가하셨다고 한다.

"그런데 바이트, 이것 좀 보거라."

역전(歷戰)의 용사인 하얀 늑대는 싸움터에서 주워 온 듯한 활을 들고 있었다.

"이거요? 적의 활이잖아요."

"그렇지. 조금 작긴 하지만."

워드 영감님은 즐겁게 웃으며 말을 이었다.

"이놈은 기병용 쇼트보인데, 쇼트보치고도 좀 지나치게 짧아. 야전용 활이 아닌 것 같아."

"……그럼 시가전용?"

"그렇다고 봐야겠지."

워드 영감님의 설명에 의하면 투반의 궁기병들이 들고 온 활은 조작의 편리성에 중점을 둔 것이라고 한다.

그만큼 사정거리와 위력은 줄어들 테지만, 그 대신 좁은 시가지에서도 편하게 쓸 수 있다.

"그렇다면 공성전(攻城戰)에는 부적합하다는 거죠?"

"부적합하지. 또 다른 장비들도 마찬가지고. 마치 성문을 통과한 이후의 전투에만 신경 쓴 것 같더구먼."

소름이 끼쳤다.

겨우 400명밖에 안 되는 병사들이 쳐들어온 것은 역시 성문을 돌파할 수단이 있었기 때문이었다.

그리고 방금 전에 체포한 은제 나이프 소지자들.

나는 아까 내통자를 경계하여 몬더와 스쿠지, 2명의 분대를 경비대로 남겨뒀었다. 그런데 그 예상이 적중했던 모양이다.

아마 투반 측의 전술은 이러했을 것이다.

그들은 마왕군이 성벽 바깥에 포진해 있지 않다는 것을 전제로 부대를 편성했다.

은제 화살을 장비한 궁기병 50기는 인랑을 물리치기 위한 시가전 부대.

보병 350명은 그 후 도시를 제압하기 위한 후속 부대였다.

그래서 그때 궁기병만 먼저 돌격을 개시한 것이다.

궁기병대는 기동력을 살려 륜하이트 북문으로 돌격. 그러면 내

통자가 성문을 열어 궁기병대를 안으로 유도한다.

궁기병대는 륜하이트의 대로와 광장으로 몰려 들어온다. 이때 인랑들이 반격하러 나오면, 치고 빠지는 전법으로 은제 화살을 쏘려고 한 것이다.

교역도시인 륜하이트의 출입문과 대로는 넓게 만들어져 있으므로 궁기병이 마음껏 활개치고 다니기 딱 좋았다.

그들이 인랑을 적당히 쓰러뜨린 다음에는 보병대가 시가지로 돌입. 견인 부대를 수적으로나 질적으로나 압도하여 륜하이트를 탈환한다.

그런 작전이었을 것이다.

뭐, 그 전제 중에 잘못된 것이 많아서 작전도 부대도 모조리 무너지고 말았지만.

정보를 충분히 수집하지도 않고 군대를 움직이다니, 적의 우두머리는 무능한 바보인가. 아니면 무슨 사정이 있는 걸지도 모른다.

이럴 줄 알았으면 포로를 붙잡아 심문이라도 해볼 걸.

인랑의 피가 끓어오르면 저절로 흉포해지는 게 문제라니까…….

이리하여 륜하이트 방어전은 싱겁게 끝나버렸지만, 변함없이 전투 자체보다도 전후 처리가 더 골치 아팠다.

주민들 대부분은 무슨 일이 일어났는지는 몰라도 도시 바깥에서 전투가 벌어졌다는 사실은 어렴풋이 눈치챈 것 같았다.

마왕군과 싸우는 세력이라면 물론 인간일 터.

우리가 전투를 통해 인간을 죽였다는 사실도 당연히 눈치챘을 것이다.

우리 입장에서는 정당한 전쟁이었지만, 시민들은 '마물이 인간을 죽였다'고 감정적으로 생각할 게 뻔했다. 인간들끼리 벌이는 전쟁과는 뭔가 좀 다른 것이다.

자, 이제 어떻게 할까.

일단 부하들이 성벽 바깥에 전사자들을 합장해준 것을 직접 확인하러 가봤다. 음, 그래. 꽤 괜찮은 무덤이다.

다만 여기다 묘비 하나쯤은 세워줘도 좋았을 텐데……. 너무 살풍경하지 않나. 이것이 인랑과 인간의 차이인가.

나중에 석공조합 사람들과 상의를 해봐야겠다.

나는 좀 전까지만 해도 살아서 싸웠던 적병들을 위해 두 손 모아 기도한 후 태수의 저택으로 향했다.

아, 맞다. 슬슬 인간 모습으로 돌아가야지.

태수의 저택에 도착하자마자 분노에 찬 목소리가 나를 맞이했다.

"바이트 군!"

가니 형제를 이끌고 불도저처럼 이쪽으로 달려온 사람은 판 누나였다.

이렇게까지 화가 난 누나의 모습을 보는 건 거의 10년 만이었다. 무슨 일이 있었던 걸까.

"바이트 군, 거기 앉아!"

앗, 나 때문에 화난 거였어?

이유는 몰라도 어쨌든 판 누나에게는 반항할 수 없었다.

나는 시키는 대로 의자에 앉아 그녀를 쳐다봤다.

“왜, 왜 그래?”

“왜는 무슨 왜야, 정신 나갔어?!”

판 누나가 책상을 쾅쾅 두드렸다. 오른팔에 들러붙어 있는 큰 가니까지 마구 휘두르면서.

“바이트 군, 좀 전의 전투에서 스스로 적진 한복판에 뛰어들었다면서?!”

“으, 응.”

나는 순순히 인정했다.

그 순간 판 누나의 안광이 화살처럼 나를 꿰뚫었다.

“지휘관이 난전에 직접 뛰어들면 어떡해?! 아니, 혹시라도 바이트 군한테 무슨 일이 생기면 해골병은 대체 누가 조종하라고?!”

그건 그렇다. 내가 병사들을 지휘하는 입장이란 것을 까맣게 잊고 있었다.

인랑으로 환생한 다음부터는 싸움만 나면 쉽게 흥분하는 경향이 생긴 것 같았다.

전생의 기억은 가지고 있어도, 이 두뇌는 인랑의 두뇌이니까 역시 아드레날린 같은 것이 펑펑 솟구치는 걸까. 흥미롭군.

“내 말 듣고 있어?!”

“앗, 네, 듣고 있습니다!”

허리를 쭉 펴고 반사적으로 존댓말로 대답했다.

판 누나는 여전히 우락부락한 가니 형제를 양옆에 단 채 나에게 얼굴을 바싹 들이댔다.

"넌 이제 이웃집 꼬맹이 바이트가 아니라고, 알아? 우리들의 보스란 말이야."

"응…… 맞아, 그렇지."

이건 전적으로 내 실수였다.

판 누나는 내 얼굴을 보고 다소 부드러워진 말투로 말했다.

"진짜로 조심 좀 해. 바이트 군, 너밖에 믿을 게 없으니까. 우리는 인간을 어떻게 다뤄야 할지 모른다고……."

확실히 내가 사라져버리면, 현재의 점령 방침을 그대로 유지해줄 인물이 없을 것이다. 그럼 어떻게 될지 불 보듯 뻔했다.

그래서 나는 새삼스레 판 누나에게 고개 숙여 사과했다.

"판, 미안해. 내가 경솔했어. 앞으로는 철저히 지휘만 할게."

"그래, 싸움은 우리에게 맡겨."

판 누나가 드디어 웃는 얼굴을 보여줬다.

여름날의 태양처럼 눈부신 미소였다.

아무튼 참, 책임자라는 것도 골치 아프구나…….

이제 판 분대장님의 분노가 가라앉은 것 같았으므로 나는 얼른 집무를 재개했다. 빨리 처리해야 할 일이 있었다.

"어——…… 저기, 체포된 남자들은 지하실에 있나?"

그 질문에 작은 가니가 고개를 끄덕거렸다.

"응, 다 합해서 6명. 시킨 대로 각각 별실에 가둬놓았어."

"잘했어. 감시는?"
"몬더 부대가 하고 있어."
몬더라면 아무 문제없을 것이다. 혹시 내가 인랑 비밀경찰을 조직한다면 그 녀석을 장관으로 임명할 것이다. 몬더는 그런 녀석이다.
나는 자리에서 일어나 3명에게 지시를 내렸다.
"좋아, 내가 가서 심문하고 올게. 그때까지는 태수를 지하실에 들여보내지 마."
"그럼 내가 나서야겠네?"
판 누나가 기지개를 쭉 펴더니, 파이팅 포즈를 취했다.
"일단은 내가 바이트 군 다음으로 높은 사람이라고 소문났으니까. 적당히 대응해줘야겠다."
"그래, 잘 부탁할게."
이제 지하실로 가보자.

*　　　*

〈판의 추억〉

바이트 군의 어린 시절은 똑똑히 기억하고 있다.
참 특이한 아이였다. 남자애인데도 묘하게 얌전했지.
미친 멧돼지 사냥도 거의 안 하고. 숨겨진 마을의 남자애들 중에서 미친 멧돼지 사냥을 좋아하지 않았던 녀석은 아마 바이트 군 하나밖에 없지 않을까?

재미있는데. 미친 멧돼지 사냥.

이렇게 확——! 하고 달려오는 놈을 꽉 붙잡는 건데. 미리 변신해버리면 그놈이 도망치니까 진짜 아슬아슬한 순간까지 인간 모습으로 버텨야 하는데, 그게 스릴 넘쳐서 좋단 말이지.

꽉 붙잡지 않고 퍽 때리는 걸 즐기는 녀석들도 있지만, 개인적으로는 '쿵', '꽉' 하는 그 강렬함이야말로 미친 멧돼지 사냥의 키포인트라고 생각한다. 재미있다니까.

뭐, 아무튼…… 그런 나는 지금 마왕군에 소속되어 충실한 나날을 보내고 있는데.

어쩌다 이렇게 된 걸까…….

바이트 군이 마술사의 제자가 됐다는 이야기를 들었을 때에는 왠지 자연스럽게 납득했다. 나보다 어린데도 훨씬 더 똑똑하니까. 아는 것도 많고.

게다가 든든한 구석도 있었지, 아마? 나를 진짜 여자처럼 대해주기도 했고.

아, 맞아. 바이트 군이 나를 지켜주려고 한 적도 있었어.

그때 바이트 군이 열 살이었던가? 산나물을 캐서 돌아오는데 큰곰이 나타나서 내가 해치우려고 했더니, 마침 같이 있었던 바이트 군이 곰한테 달려들었지.

나한테 맡겨주면 순식간에 해치울 수 있었을 텐데. 바이트 군도 참, "누나는 내가 지킬 거야!"라고 하면서.

정말 대단했지.

평소에는 늘 얌전한 바이트 군이 변신해서 목숨 걸고 미친 듯이 싸웠다니까. 그리고 진짜로 그 큰곰을 쓰러뜨렸지. 옷이 너덜너덜해지긴 했지만. 생각해보니 바이트 군은 그때부터도 무모한 짓을 자주 했었구나…….

하지만 말이야. 동료들은 모두 다 나를 남자처럼 취급했으니까, 이렇게 누군가에게 보호받는 것은 처음이었어. 굉장히 신선한 경험이었지.

그때의 바이트 군은 진정한 꼬마 기사님이었어.

그러고 보니 아주 옛날에 "누나, 나랑 결혼해줘!"라는 말을 들었었지.

그거 아직도 유효한 걸까?

누나는 쌍수를 들고 환영인데. 기다릴게, 바이트 군.

*　　*

"아, 대장."

지하실 계단에 걸터앉아 있던 몬더가 태평하게 나를 돌아봤다.

"심문하려고?"

"해야지. 내용을 기록해줘."

"오케이."

이곳을 감시하는 일은 나머지 셋에게 맡겨두고 우리는 심문을 하러 갔다.

나는 6명 중에서 가장 나이가 많은 남자를 끌고 나와, 지하의 어느 한 방에서 심문을 시작했다.

상대는 40대처럼 보였다. 말쑥한 옷차림. 옷감도 최고급은 아니어도 상등품이었다.

"이름이 뭐지?"

대답이 없었다.

말하기 싫다면 그래도 상관없었다. 차림새를 보아 하니 륜하이트에서 나름대로 잘사는 축에 속하는 것 같았다. 남들에게 물어보면 누군지 알 수 있으리라.

"몬더, 이놈을 시내 광장에다가 매달아놓으면 누군지 알 수 있을까?"

몬더는 내 의도를 파악했는지 펜을 빙글빙글 돌리면서 느긋하게 대답했다.

"글쎄, 차라리 이 사람은 빨리 죽이고 다음 사람한테 물어보면 어떨까? 시간 아깝잖아."

"흠."

상대는 무표정했지만 땀 냄새가 났다. 공포를 느낄 때의 냄새였다.

나는 좀 더 위협해보기로 했다.

"어차피 죽일 거면 이놈의 가족들도 조사해보고 나서 해야지."

나는 딱 그 말만 했을 뿐이다. 그러나 남자의 안색은 눈에 띄게 변했다. 공포의 냄새가 급격히 강해졌다.

전생에 봤던 영화에서 이런 장면이 나왔었지. 설마 내가 이런 짓을 하게 될 줄은 꿈에도 몰랐지만…….

상대를 실컷 겁주고 나서 조용히 입을 열었다.

"이봐, 너. 인랑을 죽일 작정이었지? 솔직히 대답해. 안 그러면 죽인다."

이건 협박이 아니었다. 여기서 상대가 타협하지 않는다면 다음 녀석을 심문하면 그만이다.

그 남자는 고뇌하는 표정을 지었다. 입을 열었다 도로 닫았다. 이어서 다시 한 번 입을 열고 이렇게 대답했다.

"그…… 그건 아니야."

"그럼 목적이 뭐였지? 대답하지 않으면 죽이겠다."

이번에도 그는 한참 망설인 끝에 간신히 대답했다.

"사, 상황을 살펴보러 갔을 뿐이다……."

"거짓말쟁이는 딱 질색인데. 확 죽여버릴까?"

몬더가 기막힌 타이밍에 그런 말을 중얼거렸다. 상대는 겁먹은 표정을 지었다. 나도 점점 몬더가 무서워졌다.

몬더가 악역이 돼준다면 나는 착한 사람 역할을 해도 괜찮겠지. 마침 잘됐다.

"아니, 잠깐만. 몬더. 이놈들은 아직 아무 짓도 안 했잖아. 협력적인 태도를 보여준다면 굳이 죽일 이유는 없다고 봐."

"하지만 협력적이지 않잖아……? 아, 그래. 이놈의 가족들부터 죽이면 되나?"

"정신 차려. 그거야말로 이유 없는 살인이잖아."

어디까지가 진심인지는 몰라도 몬더의 태도 때문에 남자는 공포에 질렸다. 아마 처자식이 있는 거겠지. 자기 목숨보다도 그들이 더 소중한 것 같았다.

나는 굳은 표정을 풀고 그에게 말했다.

"너는 편지 뜯는 데 사용하는 은제 나이프를 들고 바깥 상황을 살펴보러 나갔다. 그렇지?"

"그, 그래."

그는 내 안색을 살피면서도 마지못해 내 말을 인정했다. 체포됐을 때 이놈이 스스로 말한 내용이니까.

나는 싱긋 웃었다.

"그렇다면 이름을 밝히지 못할 이유가 없지 않나? 정말로 단지 그뿐이라면, 마왕군은 륜하이트의 시민을 죽이지 않을 거야."

이래도 이름을 밝히지 않는다면, 밝힐 수 없는 짓을 했다는 뜻이다. 그렇게 판단하고 처벌하면 그만이다.

상대도 바보는 아닌가 보다. 마침내 무거운 입을 열었다.

"코즌…… 라포르 상회의 코즌……. 서, 서구(西區)의 지점장으로 일하고 있다."

라포르 상회라면 상공회의 유력 멤버인데. 그쪽 상회에서 고용한 점장인가.

좋아, 그럼 조금 더 이야기를 들어보자.

한번 입을 뗀 순간부터 공포에 굴복한 인간은 쉽게 무너지는 법이다. 무엇을 말하고 무엇을 숨겨야 하는지 정확히 판단하지 못하게 된다.

"서구 지점? 아, 그 노란색 뾰족지붕의 수입 잡화점 말이지? 양심적이고 좋은 가게라고 견인 무역상들이 칭찬하던데."

"그, 그래, 고맙군……."

가벼운 잡담으로 상대의 마음을 조금씩 풀어줬다.

내 등 뒤에서는 몬더가 무시무시한 눈빛을 발사하고 있을 것이다. 상대의 표정만 봐도 알 수 있었다.

"라포르 상회는 상공회 멤버로서 륜하이트의 치안유지에 적극적으로 협조해주고 있지. 정말 고마운 일이야."

너의 고용주는 내 지배하에 있다. 그 사실을 넌지시 일러줬다. 고용된 점장 입장이라면 고용주에게는 반항하지 못할 것이다.

나는 지배자로서의 압력을 충분히 가한 다음에 질문했다.

"다시 한 번 묻겠는데, 정말로 인랑을 공격할 생각은 없었나?"

"어, 없었어! 그럴 생각은 없었어!"

침묵으로 일관하던 최초의 자세는 싹 잊어버린 것처럼 그는 허둥지둥 고개를 끄덕였다.

나는 빙그레 웃었다.

"그렇다면 마왕군은 너에게 아무 짓도 하지 않을 것이다. 너의 가족과 직장에 대해서도."

뒤집어 말하면 '뭔가 나쁜 짓을 꾸미고 있다면 네 가족까지 모조리 죽이겠다'고 협박하는 거나 마찬가지였지만, 뭐, 이 정도 협박이야 괜찮겠지. 우리는 지배자니까.

나는 웃는 얼굴로 말을 이었다.

"사정은 이해했다. 당장 집으로 보내주도록 하지. 오해라서 참 다행이야, 그렇지?"

여전히 얼굴이 굳어 있는 남자의 어깨를 툭툭 두드리면서 나는 심문을 마치기로 했다.

마지막으로 쐐기나 한번 박아놓고.

"아 참, 은제 나이프도 돌려줘야겠군. 소중한 재산이잖아. 혹시라도 잃어버리면 안 되니까 밖에 들고 다니지 말게. 알았지?"

숨은 속뜻은 '이런 물건 들고 어슬렁거리지 말라'는 것이었다. 상대는 재빨리 고개를 위아래로 움직였다.

이러면 다소 겁먹고 얌전해지겠지. 얌전해지지 않으면 다음에는 정말로 죽일 것이다.

본의 아니지만 나도 악역 노릇에 제법 익숙해진 것 같군…….

나는 나머지 5명도 차례차례 심문하면서 조금씩 정보를 모았다.

두 번째 남자를 심문할 때에는 이랬다.

"코즌 씨와 유익한 이야기를 많이 나누고 왔지."

내가 책상 위에 팔꿈치를 얹고 손깍지를 끼자, 청년은 완전히 위축되고 말았다.

"저, 저…… 혹시, 저에 대해서 뭔가……."

나는 빙그레 웃었다.

"자네도 솔직히 털어놓으면 무사히 집으로 돌려보내주겠네.

단, 혹시라도 거짓말을 하면…….”

내 등 뒤에서 몬더가 인랑으로 변신하기 시작했다.

얼굴이 새파랗게 질려 당장이라도 기절할 것 같은 청년. 나는 그를 보고 미소 지었다.

“알겠지?”

심문은 놀랍도록 순조롭게 진행되었다.

그러나 역시 핵심적인 부분에 관해서는 그들 모두 입을 꾹 다물었다.

아무래도 웬만한 협박으로는 도저히 실토하게 만들 수 없는 중대한 비밀을 가지고 있는 것 같았다.

자, 그럼 어떻게 할까.

심문이 끝난 뒤, 몬더가 메모를 훑어보며 중얼거렸다.

“연령도 직업도 다 제각각이네. 틀림없이 다들 ‘한패’일 줄 알았는데, 이제는 확신을 못 하겠어.”

“두 번째로 심문한 녀석은 첫 번째 녀석하고 아는 사이인 것처럼 말했잖아? 그 외에도 서로들 면식이 있는 것 같았고.”

나는 거울을 보고 옷매무새를 정돈하면서 이야기를 계속했다.

“은제 나이프를 들고 인랑들 근처에서 어슬렁거리던 놈들이 생판 남남일 리가 없지. 그놈들은 아직도 뭔가 숨기고 있어.”

몬더는 고개를 들고 생긋 웃었다.

“좋아, 그럼 고문해볼까?”

웃는 얼굴로 살벌한 소리를 하는 몬더. 나는 고개를 가로저었다.

"너무 심하게 괴롭히면 주민들이 반감을 가질 거야. 슬슬 한계다. 전원 석방시켜."

"뭐, 뭐? 그래도 돼?"

몬더는 얼빠진 표정을 지었다. 조금 실망한 것 같았다.

그래서 나는 그녀에게 새로운 지시를 내렸다.

"물론 그냥 돌려보낼 수는 없지. 오늘부터 당분간 그들 전원을 철저하게 미행해줘."

"아하, 곱게 보내주는 척하면서 뒤통수치는 거구나? 좋아."

몬더가 웃으면서 손뼉을 쳤다. 그러다 갑자기 고개를 갸웃거렸다.

"저기, 우리 부대는 4명밖에 안 되는데……."

"워드 영감님이랑 하맘한테 도와주라고 할게. 12명이서 교대로 미행해. 알았지?"

"네~ 대장님."

나는 뒷일은 몬더에게 맡기고 2층의 내 방으로 돌아갔다.

"바이트 님."

예상대로 아일리아 태수가 파랗게 질린 얼굴로 득달같이 달려왔다.

그녀의 등 뒤에서 판 누나가 어깨를 으쓱하고 있었다. 내가 심문하는 동안에 둘 사이에서 이런저런 일이 있었나 보다.

아일리아는 이성을 잃은 것처럼 다급하게 내 앞으로 다가왔다.

뭐, 그야 그렇겠지. 지금 그녀는 마왕군에 복종하고 있는데, 그 마왕군이 동포인 미랄디아군을 전멸시켰으니까. 복잡한 입장이겠지.

"도시 밖에서 전투가 벌어졌다고 하던데, 어찌 된 일인지 자세히 말씀해주십시오! 그리고 그 남자들은 또 뭡니까?"

나는 그녀에게 자리를 권하고, 스스로도 의자에 앉아 설명을 시작했다.

"투반의 군인 400명이 습격해 왔기에 우리 군대가 격퇴했소. 연행한 남자들은 그때 북문 근처에서 어슬렁거리던 놈들이오. 모두 다 은제 나이프로 무장하고 있었지."

"은제 나이프……?"

아일리아는 의아한 표정을 지었으나 이내 그 의미를 깨달았다.

"설마, 인랑을 공격하려고?!"

"글쎄, 모르긴 몰라도 그런 식으로 해석될 만한 행동이었지."

나는 일부러 말을 아끼면서 푹신한 등받이에 몸을 묻었다.

더더욱 당황한 아일리아는 나에게 간청을 하기 시작했다.

"부, 부디 관대한 처분을 내려주십시오. 저는 륜하이트 시민이 피를 흘리는 것은 보고 싶지 않습니다."

"그건 나도 마찬가지요. 아일리아 태수님."

나는 악역 같은 분위기를 풍기며 쓴웃음을 지었다.

"솔직히 말하자면 투반의 군인들도 죽이고 싶지 않았소. 그러나 나는 마왕군의 부사단장으로서 싸울 의무가 있다오."

나는 남장미녀의 당황한 모습을 바라보면서 이야기를 계속했다.

"그와 동시에, 마왕님 대신 륜하이트를 통치하는 몸으로서 마왕님의 지배를 거부하는 자를 엄하게 다스려야만 하오. 이해하시겠소?"

나는 붙잡은 놈들을 처형하겠다는 뜻을 넌지시 비치……는 척을 했다. 실제로는 그놈들을 풀어줘서 배후 세력을 알아낼 계획이지만.

아일리아의 얼굴이 우스꽝스러울 정도로 새파래졌다.

"자, 잠깐! 잠깐 기다려주세요! 좀 더 조사를……!"

"미안하지만 나에게는 진상을 규명하는 것보다도 치안유지가 더 중요해. 수상한 자는 처단할 수밖에 없소."

아일리아가 졸도할 것 같은 표정을 지었지만, 나는 인간과 사이좋게 소꿉놀이나 하려고 여기 있는 것이 아니었다. 필요하다면 협박도 할 것이다.

그러나 너무 심하게 협박하면 역효과가 나겠지. 이쯤에서 교섭을 해보기로 했다.

"하지만 그들은 아직 구체적으로 무슨 짓을 하지는 않았소. 거기에 한 가닥 실낱같은 희망이 남아 있는 셈이지. 그들을 구원해줄 구명줄이."

거미줄 이야기*를 떠올리면서 거드름을 피우는 나.

나 참, 내가 생각해도 음험하군. 하지만 그놈들이 하려고 했던 짓에 비하면, 이 정도는 아무것도 아니었다. 실은 그 자리에서 즉시 처형해도 됐을 텐데.

---

*아쿠타가와 류노스케의 작품. 지옥에 떨어진 죄인 칸다타는 석가모니가 내려준 거미줄을 붙잡고 극락으로 갈 기회를 얻었으나, 결국 이기심 때문에 또다시 지옥으로 떨어진다는 내용

아일리아는 마른침을 꿀꺽 삼키면서 나의 다음 말을 기다렸다. 좋아, 훌륭한 표정이야.

"은제 나이프로 우리의 숨통을 끊어놓으려고 하는 놈들을 살려줄 이유는 없지만, 태수님의 부탁이라면 완전히 무시할 수도 없지. 치안유지 문제 때문에 신세 지기도 했고. 좋소. 그럼 그들의 목숨은 살려주겠소."

"가…… 감사, 합니다……."

내 말을 듣고 안도했는지 아일리아는 힘이 쭉 빠진 자세로 탁자 위에 팔을 올려놓았다. 어지간히 긴장했었나 보다.

좋아, 이것으로 그녀에게 치안유지를 부탁했을 때의 빚은 갚았다.

처음부터 죽일 생각은 없었으니까 비열하다면 비열한 짓이었지만, 뭐, 어차피 교섭이란 이런 것이다.

그래도 비열한 나는 교환조건을 내거는 것도 잊지 않았다.

"단, 그놈들이 두 번 다시 어리석은 짓을 하지 않는다는 것이 절대조건이오. 다음에 또 이런 일이 생기면, 그냥 관대하게 체포하는 것으로만 끝내지는 않을 거요."

다음에 또 이러면 반드시 죽일 것이다. 협박이 아니다. 난 진심이다.

아일리아에게도 내 진심이 전해졌나 보다. 그녀는 즉시 고개를 끄덕였다.

"네, 알겠습니다. 제 관할하에 있는 모든 조직에 명령하겠습니다. 마왕군에게 복종하라고. 그러면 시민들 태반에게도 명령이

전해질 것입니다."

"그래 주면 고맙겠군."

그게 얼마나 효과가 있을지는 나도 모르겠지만, 어쨌든 상대도 더 이상은 양보하지 못할 것 같았다.

협박에서는 물러날 타이밍이 중요하다. 욕심 부리다간 모든 것을 잃는다.

자, 이제 뒷일은 몬더 부대의 활약에 달려 있군.

몬더가 내 집무실의 문을 두드린 것은 그로부터 사흘 후였다.

"대장, 들어가도 돼?"

"그래, 들어와."

서글서글하게 생긴 몬더가 발소리 하나 내지 않고 방 안으로 미끄러지듯이 들어왔다. 그녀는 저래 봬도 뛰어난 사냥꾼이었다.

그녀는 들고 온 서류를 내 책상 위에 올려놓았다.

"이거, 그때 그 6명을 미행한 결과를 기록한 거야. 간단히 말하자면 전부 다 휘양교 신자였어. 같은 시간대에 같은 신전에서 예배를 드리더라. 그 외의 접점은 없고."

"그렇군."

종교가 접점이었구나.

그렇다면 저번의 그 이상한 습격도 이해가 갔다.

성문을 돌파하지 못한다면 궁기병은 우왕좌왕할 수밖에 없다. 그런 의미에선 엉성한 전술이었는데, 아마도 뭔가 불합리한 이유라도 있었던 것이리라.

몬더가 생글생글 웃으면서 나에게 물었다.

"해치울까?"

그 질문은 요컨대 '휘양교도를 몽땅 죽여버릴까?'라는 뜻이었다.

꽤나 살벌한 이야기였지만, 마족 세계에서는 그게 상식이었다. 강자에게 반항한 이상 죽음을 각오하는 것이 당연했다.

그러나 인간에게까지 그런 짓을 하고 싶지는 않았다.

그들은 쉽게 원한을 품으니까.

나는 고개를 저었다.

"닭을 잡아먹을 거면 먼저 달걀부터 낳게 해야지. 상황을 지켜보자."

"뭐라고?"

대놓고 불만을 표시하는 몬더. 보스인 내 앞에서 그런 태도를 취하는 너도 상당히 불손한 반항아처럼 보이는데?

하지만 이건 그녀 나름의 어리광이었다. 나는 쓴웃음을 지었다.

"휘양교 보스…… 유히트 사제였나? 그 녀석을 감시해줘. 무슨 일 있으면 즉시 보고하고. 그놈의 경력도 조사해. 특히 투반과의 관계를 중점적으로."

"네네, 알겠습니다."

몬더는 경례를 붙였다.

그날 하루가 지나기 전에 유히트 사제에 대한 나의 의혹은 확신으로 바뀌었다.

휘양교 륜하이트 신전의 사제인 유히트는 근처의 공업도시 투반 출신이었다. 투반의 부제였다가 사제로 승격되어, 이웃도시인 륜하이트 신전의 우두머리가 된 것이다.

그러므로 당연히 투반의 휘양교도들과도 인연이 있었다.

또 어느 도시에서나 그렇듯이 위병대는 대개 규율과 협조를 중시하는 휘양교도들로 구성되어 있었다.

그리고 결정타는 이거였다.

"체포된 6명은 평소에 유히트를 찬양하고 다녔나 봐. '포교' 활동에도 유난히 적극적이었고. 그래서 근처에 사는 이교도들이 싫어했대."

몬더는 내 방에 있는 찻잎의 냄새를 맡으면서 그런 이야기를 했다.

"이봐, 그건 내가 좋아하는 차야. 함부로 뚜껑 열지 마. 향이 사라지잖아."

이 세계에서 간신히 찾아낸 일본식 차와 비슷한 찻잎이었다. 나는 그것을 몬더에게서 빼앗아 집무용 책상 서랍 안쪽에 집어넣고 열쇠로 잠가버렸다.

몬더는 불만스런 표정을 지으면서 나에게 물었다.

"치, 쪼잔하긴. 아무튼 이제 어떡할 거야? 이번에야말로……."

"안 죽여."

나는 뿌루퉁해진 몬더를 보고 웃었다.

"이제는 내가 활약할 차례야. 너희들은 다시 그 6명을 감시해 줘. 나는 제릭 부대를 데리고 유히트를 만나러 갈 테니까."

"어쩌려고? 앗, 대장이 직접 처리하게?"

"아니…… 도대체 왜 그렇게 죽이고 싶어 하는 거야?"

마족이니까 그게 당연한 거겠지만 나로선 공감하기 어려웠다.

나는 또 다른 서랍을 열고 미리 준비해둔 봉서(封書)를 꺼냈다.

"인간의 일은 인간의 방식으로 처리해야지. 그냥 나한테 맡겨둬."

"대장도 인랑이잖아?"

"뭐, 그건 그렇지."

륜하이트에는 휘양교 예배소는 여러 개 있지만 의식을 거행하는 신전은 딱 하나밖에 없었다. 그것은 장엄한 석조 건물이었다.

밤늦은 시각. 곳곳에 켜진 램프가 환상적인 빛으로 신전을 비추고 있었다. 태양을 본뜬 조각이 어둠 속에 떠올라 있는 광경은 꽤나 신비로워 보였다.

나는 돌계단을 밟고 올라가서, 문 앞에 있는 수위에게 사제와의 면담을 요청했다.

"마왕군 제3사단 부관 바이트다. 유히트 사제님을 만나고 싶다."

나는 잘 꾸며진 응접실로 안내되었다. 의자에 앉아 유히트가 올 때까지 기다렸다.

잠시 후 초로의 사제가 등장했다.

"기도를 하느라 늦었습니다. 죄송합니다."

"아니, 나야말로 불쑥 찾아와서 미안하군."

자, 슬슬 싸움을 시작해보자.

먼저 나는 휘양교도 6명을 체포한 것에 대해 사과했다. 가벼운 잽이었다.

"긴급사태였으므로 그들 6명을 구속하고 문초했소. 이것도 내가 해야 할 일이니, 부디 너그럽게 이해해주시길 바라오."

"아뇨, 아닙니다. 별말씀을요."

흠, 동요하진 않은 것 같은데. 냄새가 나지 않아.

과연 1,000명이 넘는 신도들을 통솔하는 지도자답군.

"그런데 유히트 사제님은 투반 출신이라고 들었소."

사제의 눈썹이 일순 꿈틀거리는 것을 나는 놓치지 않았다.

그는 더없이 냉정하게 나를 흘끗 봤다.

"네, 맞습니다. 그런데요?"

철저히 시치미를 떼려나 보다.

나는 지배자다. 상대가 시치미를 뗄 작정이라면 굳이 번거로운 방법을 쓸 필요가 없었다.

"유히트 사제. 당신이 투반의 휘양교도를 선동했지?"

그는 침묵했다. 부정하지는 않았다.

부정해봤자 내가 그 말을 믿을 리 없다. 그걸 알고 있는 듯했다.

사제는 한숨을 푹 내쉬었다.

그리고 조용히 중얼거렸다.

"투반에 있을 적에 신전에서 비둘기를 길렀습니다."

나는 그의 말을 가로막지 않고 가만히 귀를 기울였다.

유히트 사제는 이야기를 계속했다.

"륜하이트로 부임해 올 때 몇 마리 데려왔습니다. 그놈들은 투

반의 비둘기 집을 기억하고 있으니까."

아, 그래서 전서구(傳書鳩)처럼 사용한 거군.

이번에는 유히트가 나에게 질문했다.

"저를 죽이실 생각이죠?"

나는 대답하지 않고 사실만 지적했다.

"너 때문에 나는 아무 원한도 없는 투반 병사들을 400명이나 죽여야 했다. 그들 전원을."

유히트의 안색이 싹 바뀌었다.

야전이었으니까 설마 400명 전원이 전사했을 거라고는 생각도 못 했던 모양이다. 실제로 100명쯤 사상자가 나오면 얼른 퇴각하는 게 일반적인 일이고.

"저, 전원, 이라고요……?"

사제의 음성이 떨렸다.

나는 그를 위압하기 위해 일부러 히죽 웃었다.

"너는 우리를 모욕했다. 마왕군은 자신에게 반항하는 자를 용서하지 않아."

나는 절망감을 듬뿍 선사하고 나서 유히트 사제를 몰아붙였다.

"어리석은 짓을 했군, 사제님. 그런데 왜 그렇게까지 하면서 우리를 적대하는 거지? 신앙의 자유만으로는 부족한가?"

그러자 유히트는 깊은 한숨을 내쉬고 자신의 뺨을 만졌다.

"인간은……."

그는 거기서 말을 끊었다. 잠시 침묵하다가 단숨에 문장을 쏟아냈다.

"인간은, 인간 이외의 존재에게 지배되어선 안 됩니다."

아하, 그런 건가.

나도 전생에는 인간이었다. 그 심정은 이해가 갔다. 인랑에게 지배당하는 것이 달가울 리 없을 것이다.

그래서 나는 별로 화내지도 않고 필요한 질문만 했다.

"그것은 휘양교 지도자로서의 견해인가?"

유히트는 지체 없이 고개를 흔들었다.

"절대 아닙니다. 이건 어디까지나 저의 개인적인 의견입니다."

"유히트 사제님은 마족을 물리칠 힘도 없으면서 마족과 공존하는 것은 싫으신가 보군."

나는 냉소적으로 말했다.

현재 그의 생살여탈권은 내가 쥐고 있다. 딱 1초만 있으면, 그의 머리를 붉은 융단 위에 데굴데굴 굴러가게 만들 수 있다.

그러나 유히트는 두려워하지 않고 나를 똑바로 바라봤다.

"이 세계는 마족이 아닌 인간이 다스려야 합니다. 지금까지와 마찬가지로."

마족이 들으면 실소할 만한 이야기였지만, 나로선 그의 심정을 충분히 이해할 수 있었다.

그러나 우리는 무력으로 륜하이트를 점령했다. 한낱 언어의 힘으로, 그 권리를 포기할 수도 없었다.

덤으로 마족에 의한 지배 그 자체를 부정당한다면 타협의 여지도 없었다. 아무리 내가 원래 인간이었어도 그것만은 양보할 수 없는 부분이었다.

상대의 심정은 이해가 가나, 이제 협상의 시간은 끝났다.

나는 그에게 얼굴을 바싹 들이대고, 바로 이런 때를 위해 그동안 열심히 연습했던 가장 흉악한 미소를 지었다.

"재미있군. 그럼 인간의 힘으로 다스리게 해보자고."

나는 품속에서 그것을 꺼냈다.

*　　*

〈유히트 사제의 술회〉

나는 멀리 보이는 륜하이트 성문을 돌아본 채 한동안 그대로 서 있었다.

이제는 저 성문을 지나갈 수 없을 것이다.

마왕군이 소수의 인랑과 힘없는 견인들로만 구성되어 있다는 사실을 알았을 때, 나는 투반의 강하고 훌륭한 궁기병들이라면 그들을 이길 수 있을 것이라 생각했다.

투반의 위병대장은 나에게서 휘양교의 가르침을 받은 뛰어난 제자이다. 내가 비둘기를 날려 보내 사정을 밝히자, 그는 은밀히 의용병을 모아주었다.

그러나 원로원의 허가 없이 군대를 출동시킬 권리는 태수에게조차 없었다. 일개 위병대장이 군대를 움직였다가는 반란행위로 간주

되어 처벌당할 것이다.

그런데도 궁기병대에서 50여 명이 지원을 해줬다. 시민들 중에서도 300명 하고도 수십 명이 의용병으로 전투에 참가하겠다고 한 모양이다.

400명쯤 되는 병력이라면, 은제 무기만 있으면 인랑과 견인을 물리칠 수 있을 것이다.

이제는 나의 제자들이 몰래 성문을 열어 그들을 시내로 끌어들이기만 하면 된다. 우리 시민들 중에서도 호응하는 자들이 있을 것이다.

위험한 도박이지만 승산은 충분히 있다.

그렇게 생각했다.

그러나 인랑은 나의 어리석은 계획을 깨끗이 박살내버렸다.

제자들의 보고에 의하면, 인랑들은 겨우 수십 명이서 성벽 밖으로 나갔다고 한다.

그런데 그 인랑 지휘관이 말하기를 투반의 의용병 400명은 완전히 몰살당했다고 한다.

고작 수십 명밖에 되지 않는 인랑들에게.

더 나아가 그들은 내 제자들을 붙잡아, 이 싸움이라고도 할 수 없는 학살을 초래한 장본인이 바로 나라는 사실까지 알아냈다.

나는 그 자리에서 살해될 것을 각오했다. 마족과의 싸움에 뛰어든 그 순간부터 이미 각오는 되어 있었다.

마족에게 협조하기로 한 태수님을 배신하는 한이 있더라도, 나는 이 륜하이트를 마족의 손아귀에서 구해내고 싶었던 것이다.

그 대가로 목숨쯤은 내놓을 수 있었다.

그런데 인랑 지휘관은 나를 죽이지 않았다.

그는 냉정하게 내 이야기를 듣고, 때로는 그것을 이해하는 듯한 태도까지 보여줬다.

스스로 생각해봐도 믿기지 않는 이야기다. 그는 마족이고, 인간의 적이다. 우리의 심정을 이해할 수 있을 리 없다.

그러나 나는 확신한다. 그가 내 주장을 어느 정도 이해하고 있었다는 것을.

물론 그는 그 마음을 언어로 표현하지는 않았다.

인랑 지휘관은 힐문을 마친 후, 딱 한순간 몹시 실망한 표정을 지었다.

그리고 그 표정은 곧바로 강렬한 조소로 바뀌었다.

이어서 그가 한 말을 나는 지금도 똑똑히 기억하고 있다.

『재미있군. 그럼 인간의 힘으로 다스리게 해보자고.』

그는 나에게 편지 한 통을 건네줬다.

『투반 태수에게 보내는 공식문서다. 교전이 이러저러하게 이루어졌으며, 전사자는 정중히 묻어주었다는 내용이 적혀 있지. 투반 시민들과 안면이 있는 성직자로서 당신이 사자(使者) 역할을 맡아주었으면 좋겠군.』

나는 목숨도 신분도 잃지 않았다. 그러나 이건 나를 추방하겠다는 뜻이었다. 그는 아무 말도 하지 않았지만 그 정도는 쉽사리 알 수 있었다.

그런데 어째서 인랑 지휘관은 나를 죽이지 않은 걸까?

나는 인랑 지휘관의 의도에 대해 생각하면서 고향으로 걸음을 옮기기 시작했다.

믿기 힘든 일이지만, 어쩌면 그는 나에게 온정을 베풀어준 것일지도 모른다. 그는 어째서인지 나를 동정하는 눈치였다.

그러나 그 자리에서 죽지 않았다 해도 그건 아무 의미 없다.

투반으로 가면 나는 죽을 것이다. 위병대의 일부와 시민들을 선동한데다가 심지어 그들을 전원 죽게 만들었으니까.

나도 나 자신을 용서할 수 없다.

그러나 모략에 실패하여 적에게 살해될 바에야 차라리 동포인 투반 시민들에게 사죄하면서 죽는 편이 나을 것이다.

아니, 어쩌면 그것이야말로 그의 진짜 목적일지도 모른다.

인간은 인간의 손으로 죽이게 하겠다는 건가. 자기 손은 더럽히지 않고, 또 륜하이트 시민들의 시선이 닿지 않는 곳에서.

내가 떠나버린 휘양교 신전에서는 더 이상 정면으로 마족에게 대들려고 하는 자는 나타나지 않을 것이다. 그래, 이것으로 모든 일이 깔끔하게 해결될 것이다.

정말 무서운 책략가다.

하지만 이제 와서는 아무래도 좋았다.

나는 내 인생 자체를 걸고 마족에게 어리석은 도전을 했다. 그리고 허무하게 패배했다. 이제 나에게 남은 것은 속죄를 위한 약간의 시간뿐이었다.

돌아가자, 투반으로.

돌아가서 죽음을 맞이하자.

*　　*

나는 성벽의 감시탑 그늘 속에 숨어서 유히트 사제를 몰래 송별했다.

그는 틀림없는 적이었고, 어리석은 책략을 꾸민 인물이었다. 하지만 나는 그를 미워할 수 없었다.

우리 같은 괴물이 쳐들어와 도시를 점령한다면, 무모한 방법을 써서라도 도시를 되찾고자 하는 사람이 나타나는 것도 당연한 일이었다.

뭐, 아마 유히트 사제는 괜찮을 것이다.

그에게는 아일리아 태수의 공식 사자라는 신분이 주어졌다. 또 현역 성직자이기도 하니까, 길거리를 헤매고 다닐 염려는 없겠지.

저 성가신 영감님은 고향인 투반으로 쫓아내서 한동안 얌전히 지내게 할 것이다.

옆에 있는 몬더가 불만스런 표정을 짓고 있었지만 나는 철저히 무시하기로 했다.

"있지, 내가 얼른 가서 죽이고 오면 안 돼?"

"안 돼."

나는 몬더의 머리를 꽉 붙잡고 힘주어 빙글빙글 돌렸다.

“인간은 약하지만, 함부로 죽이면 위험해. 어, 그러니까 벌이랑 비슷한 거야.”

“아…… 그래, 벌은 무섭지.”

몬더는 어릴 때 곰을 흉내 내어 벌집을 부쉈다가 진짜로 혼쭐이 났었다.

다행히 이해해준 모양이다.

나는 탑 꼭대기에서 훌쩍 뛰어내려 그대로 시내의 대로를 걷기 시작했다. 몬더도 내 뒤를 따라왔다.

나는 근처에 있는 포장마차에서 꼬치구이를 20개쯤 사서, 그동안 고생한 몬더에게도 절반을 나눠줬다.

“뭐, 이로써 휘양교도들도 좀 얌전해지겠지.”

“흐응. 아, 이 양념 맛있다.”

“이 달콤한 양념은 콩을 발효시켜서 만든 것 같은데.”

“대장, 요리 잘해?”

“먹는 것만 잘해.”

그리운 간장 맛이랑 똑같다는 것은 그녀에겐 비밀이었다.

그 후로는 내 생각대로 휘양교의 태도가 순식간에 얌전해졌다.

이유는 간단했다. 우두머리인 유히트 사제가 부재중이기 때문이다.

그는 태수의 명령으로 사자가 되어 투반으로 갔다. 아마 두 번 다시 돌아오지 않을 테지만, 그래도 그는 휘양교의 지도자다.

따라서 유히트 사제가 없는 동안에는 휘양교도들은 중요한 결정을 하지 못한다.

그렇다고 새로운 지도자를 뽑았다가는 나중에 유히트 사제가 돌아왔을 때 일이 복잡해질 것이다.

그래서 그들은 영원히 돌아오지 않을 유히트 사제를 기다릴 수밖에 없었다.

아일리아 태수는 역시 뭔가 눈치챘는지, "유히트 사제를 만나러 가셨던 그날 밤에 무슨 일이 있었나요?"라고 나에게 질문했다.

하지만 그녀에게 진실을 가르쳐줄 의무는 없었다. 이번에 타깃이 된 것은 륜하이트가 아니라 우리 마왕군이었으니까.

그래서 나는 이렇게 대답했다.

"그냥 비둘기 이야기를 좀 했지."

아일리아가 미심쩍어하자 나는 한마디 더 덧붙였다.

"그는 정말로 인간미 있는 인물이었소."

"그야 그렇겠지만……."

그녀는 점점 더 의심하는 것 같았다.

그래도 언젠가 모든 것을 이야기할 수 있는 그날이 올 때까지는 이 정도로 참으라고 할 수밖에 없었다.

뭐, 어쨌든 이리하여 우리들 마왕군에 불만을 가지고 있는 휘양교도들도 교단 차원에서는 아무것도 하지 못하게 되었다.

이것이 내가 바라던 바였다.

일부러 상대를 죽이지 않는 것이 오히려 효과적인 타격을 줄 수 있다. 내가 전생에 읽은 소설에서 나온 이야기다.

한때는 불안해하던 륜하이트 시민들도 휘양교의 유히트 사제가 사자로 파견되자 상당히 안심한 것 같았다.

그로부터 열흘이 채 지나기도 전에 성벽 바깥의 전투는 이미 과거가 되어 일상 속에 매몰되어버렸다.

계획대로.

나는 집무실에서 책략가가 된 듯한 느낌을 즐기고 있었다. 그때 노크 소리가 들렸다.

"들어오시오."

내가 대답하자마자 뾰족모자를 쓴 꼬마가 방 안에 출현했다.

스승님이었다.

"억! 갑자기 웬일이세요?!"

"방금 노크했지 않느냐."

그래서 오히려 더 놀랐는데요.

대현자로 이름 높은 사령술사 고모비로아는 둥실둥실 허공을 날아 나에게 다가왔다.

"듣자 하니 소규모 전투가 있었다던데."

"네, 보고 드린 내용과 같습니다."

전투가 끝난 직후 견인병 전령에게 보고서를 들려 보냈으니까, 투반 의용병을 괴멸시켰다는 사실은 그쪽에도 전달됐을 것이다.

"스승님께서 빌려주신 골창 부대가 다소 피해를 입고 말았습니다."

2,000명의 골창병은 내 명령대로 적 보병 350명을 완전히 몰살할 때까지 싸웠다. 그만큼 상대의 저항도 격렬했다.

그래도 양과 질의 차이 덕분인지 골창병 중에서는 100여 명 정도만 쓰러졌다. 이만하면 피해가 거의 없는 셈이었다.

그들은 또 다음 방어전을 위해 서쪽 숲 속에 숨겨두었다.

그런데 스승님께서는 불만이 있으신 것 같았다.

"또 내가 하루 종일 고생해서 보충병을 만들어야 한다는 것이냐……."

"왜요, 좋지 않습니까. 그 덕분에 인랑도 견인도 다행히 하나도 죽지 않았으니까요."

"사령술을 쓸 줄 모르는 놈들은 꼭 그런 소리를 쉽게 하지."

어린애 같은 외모 때문에 그냥 투정 부리는 것처럼 보였다.

아 참, 그보다도 추가 보고를 드려야지.

나는 이번 전투가 휘양교의 유히트 사제의 음모였다는 것과, 그를 추방했다는 사실을 상세히 설명했다.

"흠, 그래. 참으로 그대에게 어울리는 방식이구먼."

설명을 들은 스승님은 고개를 끄덕끄덕했다.

"지도자의 부재를 통해 상대의 움직임을 봉쇄하는 책략이라. 그런데 좀 번거롭지 않나?"

"하지만 스승님도 아마 똑같이 하셨을 테죠?"

"그건 그렇지만, 부하들의 불만을 억누르기가 쉽지 않으니까. 상황에 따라 다르지."

스승님은 그러면서 내 얼굴을 쳐다보았다.

"그대는 인간인 나보다도 더 인간 같은 사고방식을 가지고 있구나."

싱글싱글 웃는 스승님. 설마 내가 전생의 기억을 갖고 있다는 사실을 이미 간파하신 건 아니겠지.

삶과 죽음의 비밀을 훤히 알고 계시는 스승님에게는 진실을 밝혀도 괜찮을 테지만, 그러면 내가 전생에 살았던 세계에 대해서도 설명해야 할 것이다.

지금은 아직 그럴 시기가 아니다.

스승님은 여전히 내 얼굴을 뚫어져라 보고 계셨지만 이윽고 어깨를 약간 으쓱했다.

"하긴, 나에게 교육을 받았으니 인간이랑 비슷해지는 게 당연한가."

"그, 그렇죠."

스승님은 더 이상 추궁하지 않았다. 그 대신 티 없이 환하게 웃었다.

"아무튼 이 도시를 잘 지켜냈구나. 뒤처리 솜씨도 꽤 좋았고. 잘했다."

"가, 감사합니다."

"그러니 안심하고 마왕님께 가서 해명을 해보려무나."

"네?"

나는 주위 풍경이 일그러지면서 소용돌이쳐 사라져가는 광경을 멍하니 바라보았다.

안개에 감싸인 마왕의 성, 그룬슈타트.

나는 평소와 같이 인랑으로 변신하면서 한숨을 푹 내쉬었다.

"해명이라니, 구체적으로 무슨……."

나는 뒤를 돌아봤다가 입을 다물었다.
스승님이 안 계셨다.
스승님께서 나 혼자만 여기로 보내신 것 같았다.
"내가 없는 동안 륜하이트를 지켜주려고 그러시나?"
나는 고개를 갸웃거리면서도 성문을 향해 걸음을 옮겼다.

마왕군의 거점인 그룬슈타트 성은 각 사단의 거점이기도 하다.
제1사단은 용인족으로만 구성된 정예. 별명은 '근위사단'이다.
총 전력은 불명이지만 아마 제2사단과 제3사단을 합친 것보다도 더 강력할 것이다. 용인족은 모두 다 마왕 신봉자니까.
제2사단은 수귀나 거인 같은 파괴력 있는 마족들로 이루어져 있다.
호전적이고 흉포하므로 나하고는 이야기가 안 통하는 놈들이다.
전력으로만 따지면 꽤 대단한 편이지만, 부하부터 사단장에 이르기까지 모조리 전투에 미친 돌대가리들이므로 발언력은 별로 없다.
제3사단은 인랑이나 흡혈귀 같은 특이한 마족의 비중이 높다. 하급 병사는 대체로 제2사단과는 성격 자체가 다른 온화한 녀석들이다.
부관들 대부분은 대현자 고모비로아의 제자이다. 다시 말해 그들은 마술사이기도 하다. 자랑은 아니지만 마왕군의 두뇌 역할이라고나 할까.

단, 숫자가 적다는 약점이 있어서 오로지 기습공격을 통해서만 다른 도시를 공략할 수 있다는 것이 아쉬울 따름이다.

평소에는 이러한 3개 사단이 훈련이나 보급을 목적으로 드나들기 때문에 활기가 있는 편이었다.

그런데 오늘은 제2사단 쪽의 분위기가 이상하리만치 삼엄했다. 갓 들어온 신병까지도 번쩍번쩍한 갑옷을 입고 긴장한 얼굴로 열심히 뛰어다니고 있었다.

"뭔가 대단한 작전이라도 수행하나?"

나는 고개를 갸웃거리면서 위병의 안내를 받아 어느 방으로 갔다. 그곳에서 마왕을 기다리기로 했다.

용인들의 전통 철광차(鐵鑛茶)를 홀짝이며 닭고기 쿠키를 집어 먹었다.

이런 말 하긴 미안하지만 사실 철광차는 녹슨 수돗물 같은 맛이었고, 닭고기 쿠키는 아예 음식 같지도 않았다.

그나저나 마왕의 부름을 받고 찾아왔는데도 좀처럼 알현이 시작될 기미가 보이지 않았다.

철광차를 두 잔 마시고 닭고기 쿠키를 모조리 먹어치우고 나서도 한참을 기다렸다. 그제야 문이 열렸다.

나는 마왕이 등장한 줄 알고 벌떡 일어났다. 그런데 안으로 들어온 사람은 용인족 사관이었다.

제1사단 부사단장. 아마 이름은 바르체였을 것이다. 칭호는 '푸른 기사'.

"바르체 님, 오랜만입니다."

내가 가볍게 인사하자, 그 칭호에 어울리게 푸른 비늘을 지닌 용인이 고개를 끄덕였다.

"오랜만이군요. 오래 기다리게 해서 미안합니다."

용인은 도마뱀처럼 생겼기 때문에 표정을 알아보기 어려웠지만, 아무래도 미안해하는 것 같았다. 게다가 지친 것 같기도 했다.

"마왕 폐하께선 방금 전에 군사회의를 마치셔서 다소 피곤하실 것입니다. 부디 잘 부탁드립니다."

"네, 알겠습니다."

뭘 어떻게 잘 부탁한다는 건지는 모르겠지만, 왠지 타이밍이 좋지 않은 것 같았다.

하는 수 없지. 발언에 주의하는 수밖에.

나는 곧 회의실로 안내되었다. 이곳은 사단장급 최고 간부만 들어올 수 있는 특별한 장소였다. 나도 처음 들어온 것이었다.

바르체 부사단장과 함께 입실한 나는 곧바로 정중하게 인사를 했다.

"마왕님. 제3사단 부관, '마랑' 바이트입니다."

"그래, 오느라 수고했다."

원탁 너머에서 마왕이 나를 보고 고개를 끄덕였다. 용인족은 표정을 알아보기 힘들어서 현재 그의 감정을 짐작하기란 불가능했다.

마왕은 입을 열자마자 질문부터 꺼냈다.

"바이토, 그대에게 묻고 싶은 것이 있다."

사실 나는 마왕이 내 이름을 부르는 것이 싫다.

용인족은 구강 구조 때문에 바이트를 외국식으로 정확히 발음하지 못한다. 그래서 구수한 일본식 발음으로 바이토('아르바이트'의 일본식 줄임말)라고 부른다.

아마 자기들은 신경 써서 정확히 발음하고 있는 줄 알겠지만, 나한테는 그 노력이 전혀 와 닿지 않았다.

부사단장이라는 꽤 높은 지위에 올라 있는데도 마치 나 자신이 아르바이트생이 된 것 같아서 자신감이 뚝 떨어진다.

하지만 내가 속으로 씁쓸해하든 말든, 마왕은 말을 이었다.

"견인 상인에게 목탄과 유황과 초석을 주문했다고 하던데."

"네, 그렇습니다."

아, 화약 이야기로군.

견인 부대의 전력을 증강시키기 위해 화승총이라도 만들어보려고 한 것이다. 그들은 힘은 약하지만 손재주가 뛰어나고 학습 능력도 좋다. 그러니까 훌륭한 사격수가 될 것이다.

하지만 이걸 솔직히 말해도 되는 걸까.

내가 잠시 생각에 잠겨 있는데 대화가 뜻밖의 방향으로 흘러갔다.

"'용의 숨결'의 조합 재료를 어떻게 알아낸 것이냐?"

"네?"

어? 설마 이 세계에 화약이 존재하는 건가?

당황한 내 옆에서 바르체가 한마디 했다.

"'용의 숨결'은 불이 붙으면 폭발하는 비약(祕藥). 우리 용인족만 알고 있는 비법 중의 비법입니다. 마왕군 내에서도 최고군사기밀에 속하죠."

"그, 그렇습니까?"

일이 엄청나게 커졌는데.

마왕은 나를 똑바로 응시하면서 내 대답을 기다리고 있었다. 빨리 잘 대답하지 않으면 최고군사기밀을 건드린 죄로 처벌받을 것이다.

나는 각오를 했다.

"실은 수행 시절에 저의 스승이신 고모비로아의 장서(藏書)를 읽고, 이런 재료들을 조합하면 폭발을 일으킬 수 있을지도 모른다고 추측했습니다."

"흠, 고모비로아의 장서라……."

마왕이 고개를 끄덕였다. 나는 기회는 이때다 하고 열심히 변명했다.

"견인 부대의 전력을 증강시키는 데 도움이 될까 해서 연구용으로 주문한 것입니다. 최고군사기밀인 줄은 몰랐습니다."

솔직히 사실을 털어놓을 각오는 하지 못했어도, 일단 스승님께 책임을 전가하고 나서 나중에 사과할 각오는 했다. 내가 생각해도 억지스러운 변명이었지만 그래도 입 다물고 있는 것보다는 훨씬 나았다.

나의 궁색한 변명을 듣고 마왕은 점잖게 반응했다.

"과연 대현자의 애제자답군. 군략뿐만 아니라 약학에도 뛰어난 재능이 있단 말이지. 좋다, 그 견식을 보아 이번 일은 불문에 부치도록 하겠다.”

용서해주시려나 보다. 정말이지, 매번 심장이 남아나질 않는다.

마왕은 이어서 나에게 이렇게 말했다.

“그러나 그대도 ‘용의 숨결’의 배합 비율까지는 모를 테지.”

“모릅니다.”

이건 진짜였다. 처음에는 그냥 똑같은 비율로 섞어볼 생각이었다.

그러자 마왕이 가볍게 고개를 흔들었다.

“중량비로 초석 10, 목탄 2, 유황이 1이다. 나중을 위해 기억해두도록. 단, 위험하므로 조합은 엄격히 금지한다.”

초석이 그렇게나 많이 들어가는구나…… 아니, 그런데 조합법을 알려주고 조합은 금지하다니, 무슨 영문인지 모르겠다.

마왕은 마치 내 심중을 꿰뚫어 본 것처럼 엄숙하게 이야기했다.

“소량이나마 특별히 ‘용의 숨결’을 지급하겠다. 다루기 힘든 물건이라 전문가가 필요할 것이다. 제1사단의 기사(技師)를 파견할 테니 그대가 지휘하도록.”

“네! 삼가 말씀을 받들겠습니다!”

“만일 기밀이 누설된다면, 사정 봐주지 않고 엄중히 처벌할 것이다. 알겠나?”

“……네.”

조금 후회했지만 이미 늦었다.

나는 깊숙이 고개 숙여 인사했다.

“그런데 교역도시 륜하이트를 지배하는 일은 잘되고 있나? 소규모의 적군이 공격해 왔다는 보고는 받았는데.”

아, 맞다. 그 일도 보고를 드려야지.

나는 휘양교 사제가 륜하이트 해방을 꾀했다는 것과, 그를 추방했다는 것을 솔직하게 보고했다.

“그렇군. 성직자가 내통을 했단 말이지.”

마족들 중에는 성직자가 없다. 수십 년, 또는 수백 년에 한 번씩 나타나는 ‘마왕’을 숭배하는 신앙이 존재할 뿐이다.

마왕은 조용히 고개를 끄덕이고 감상을 말했다.

“신앙은 때로 인간을 미치게 만들지. 그러니까 역시 힘으로 지배할 수밖에 없지 않겠나?”

아픈 곳을 찌르는군.

이대로 가다가는 나의 륜하이트 통치 방식 자체가 문제가 될 것이다. 그래서 나는 황급히 변명했다.

“다, 다행히 혼란은 최소한에 그쳤습니다. 지도자의 지위를 박탈하지 않고 그를 추방해서 대리인을 내세울 수 없게 만들어놨으니까요. 반항 세력은 꼼짝도 못하게 되었습니다.”

마왕은 나를 응시하면서 물었다.

“그대의 그 통치 방식을 계속 유지한다면 앞으로도 끊임없이 종교 세력과 의견을 절충해야 할 텐데. 알고 있나?”

“그건 각오했습니다.”

솔직히 말해 예상보다 더 고전하고 있었다. 나는 이전 세계에서도 그다지 신앙심 깊은 인간은 아니었으므로 그들의 심정을 이해하기 어려웠다.

하지만 그래도 나는 전쟁터가 아닌 곳에서는 되도록이면 사람을 죽이고 싶지 않았다.

그러니 어떻게든 해봐야지.

나의 각오가 전해졌는지, 마왕은 더 이상 뭐라고 하지 않았다.

“각 도시의 정책 결정은 현장 지휘관에게 일임하고 있다. 륜하이트의 통치가 원활하게 이루어지고 있는 이상, 그 방침을 인정하도록 하마.”

“감사합니다.”

내게 주어진 과제가 하나 더 늘었지만, 일단 이번에는 고비를 무사히 넘긴 것 같았다.

마왕은 이어서 말했다.

"방금 전에 미랄디아 북부 전선에 관해서 제2사단과 군사회의를 했다. 상황은 파악하고 있는가?"

“생각보다 좋지 않다고 들었습니다.”

제2사단은 처음에 비해 기세가 약해진 것 같았다. 견인 대상을 통해 그런 소문을 들었다.

그런데 그 소문이 사실이었나 보다. 마왕은 가볍게 고개를 끄덕거렸다.

“인간의 반격이 거세졌어. 그래서 제2사단장이 직접 전군을 이끌고 출진하기로 했다.”

아, 그렇군. 그래서 성내의 분위기가 삼엄했던 건가. 이제 보니 원탁 위에는 지도가 펼쳐져 있었고 그 위에 뭔가가 잔뜩 적혀 있었다.

대충 훑어보니까 처음에 점령했던 세 도시 중 하나를 다시 빼앗긴 듯했다. 그 후 야전에서는 연패한 모양이고.

마왕은 내가 지도를 보고 있는데도 딱히 뭐라고 나무라지 않았다. 오히려 투박한 손가락으로 그것을 가리켰다.

“남부의 두 도시를 지배하는 일은 둘 다 순조롭게 진행 중이라고 들었다. 이는 이후 마왕군의 전략과 깊이 관련될 터. 이 점을 명심하도록.”

“네!”

나는 바른 자세로 경례했다.

그러자 마왕은 나에게 의자를 권했다.

“지금부터는 비공식 알현이다. 착석을 허가한다. 앉아라.”

마왕 앞에서 착석할 수 있는 것은 사단장급의 최고 간부들뿐이다. 나는 머뭇머뭇 의자를 뒤로 빼고 불안한 마음으로 자리에 앉았다.

슬쩍 뒤를 돌아보니 똑같은 부관인 바르체는 여전히 서 있었다.

같이 앉으면 나도 마음이 좀 편해질 텐데. 그러나 그는 변함없이 표정을 알 수 없는 파충류의 얼굴로 차렷 자세를 유지하고 있었다.

나는 원탁을 사이에 두고 마왕과 마주 앉아서 상대의 다음 말을 기다렸다.

그나저나 가까이에서 보니까 엄청난 위압감이 느껴지는걸. 그가 내뿜는 마력에 취해버릴 것만 같았다.

“전부터 그대와는 한번 천천히 이야기를 나눠보고 싶었다. 그대는 마왕군의 뭇 장수들 중에서도 특히 지모(智謀)가 뛰어난 자이니까.”

“과, 과찬이십니다.”

마왕은 차분한 태도로 나에게 질문했다.

“예를 들면 그대는 인랑들을 4명씩 모아 분대를 편성했다고 들었는데. 그대의 행위에는 분명히 이유가 있을 터. 4명이라는 숫자에도 의미가 있을 테지?”

나는 고개를 숙였다.

“역시 혜안이 대단하십니다.”

물론 4명씩 묶은 것에는 의미가 있었다.

위험한 활동을 할 때에는 1명보다는 2명이 훨씬 더 생존 확률이 높아진다. 이는 인간도 인랑도 마찬가지다.

그래서 경찰관이나 일부 군인의 경우에는 투맨셀(Two-man cell), 즉 2인 1조로 행동하는 것이 기본이라고 들었다.

나 역시도 초등학교 때 파트너와 함께 수영 수업을 받았었고.

그런데 나는 투맨셀에도 한계가 있다는 것을 깨달았다.

둘 중 하나가 부상당하는 순간 전투능력이 사라져버리는 것이다. 다른 한 명은 부상당한 파트너를 구조해야 하므로, 아무런 도움도 없이 당장 퇴각할 수밖에 없다.

억지로 계속 싸우려고 해봐도 혼자일 때에는 전력이 절반 이하로 뚝 떨어진다.

그래서 나는 2인조 두 개를 하나로 묶었다. 그것이 4인 체제다.

이러면 한쪽 팀에서 부상자가 생겨도 멀쩡한 다른 팀이 전투를 속행할 수 있다. 또는 서로 합류하여 셋이서 싸울 수도 있고.

부상자가 하나 더 생겨서 2명이 남더라도 아직은 어떻게든 투맨셀을 유지할 수 있다.

그리고 정찰을 할 때에는 한 팀만 정찰하러 나가고 다른 팀은 현재 위치에서 안전을 확보한다……는 식으로 운용하는 것도 가능하다.

뭐, 사실 이건 내가 생각해낸 것이 아니라, 이전 세계의 게임을 통해 알게 된 지식이므로 남한테 자랑하기도 뭐했지만.

그나저나 이런 질문을 받은 것은 처음이었다.

내 설명을 듣고 마왕은 천천히 고개를 끄덕였다.

"다음에 참고하도록 하지. 부관, 지금 바이토가 한 말을 기록해라."

바이토라고 부르지 말아주세요…… 전 아르바이트생이 아닌 부사단장이거든요…….

물론 구강 구조 때문이니까 불만을 품어봤자 어쩔 수 없지만.

바르체는 익숙한 손놀림으로 우리의 대화를 메모하고 있는 것 같았다.

"네, 분부하신 대로. 바이트 님의 발언을 기록했습니다."

어? 잠깐만. 방금 바르체는 정확히 '바이트'라고 발음한 것 같은데?

마왕은 계속해서 나에게 말을 걸었다.

"마침 좋은 기회다, 혹시 그대 나름대로 마왕군에 관해 의문스럽게 생각하는 점이 있다면 말해보거라."

"네? 제 생각을요?"

나는 일개 부사단장이다. 대단해 보일지 몰라도 실은 중견 간부에 지나지 않는다.

그런 내가 마왕군에 관해 마왕 본인에게 질문할 기회를 얻게 될 줄은 꿈에도 몰랐다.

"걱정하지 마라. 비공식 알현이므로, 그대의 발언으로 인해 책잡히지는 않을 것이다."

아니, 그렇게 말씀하셔도.

사실 마왕군은 상당히 근대화되어 있었다.

나는 마왕군에 입대했을 때, 병참의 개념이 존재한다는 사실을 알고 깜짝 놀랐었다.

마왕이 사는 그룬슈타트 성은 보급이 필요한 전선으로 인원과 물자를 보내는 거대한 창고나 마찬가지였다.

보급로는 제1사단이 확보해놓았다. 그 덕분에 우리는 안심하고 싸울 수 있는 것이다.

한편 인간의 군대는 현지에서의 약탈 및 구입에 철저히 의존하고 있다. 심한 경우에는 병사들이 각자 알아서 자기 몫을 챙겨야 한다.

만일 내가 인간으로 전생했더라면 병참 개혁을 통해 공적을 쌓을 수 있었을지도 모르지만, 마왕군에서는 딱히 할 일이 없었다.

병사의 징모제도나 훈련방법도 잘 마련되어 있으므로 단기간에 새로운 부대를 만드는 것도 가능했다.

인간들은 '마왕은 마계에서 무한한 군대를 소환할 수 있다'고 두려워하는 모양이지만, 실제로는 잘 정비된 시스템이 확립되어 있을 뿐이었다.

마왕은 내 얼굴을 보며 발언을 재촉했다.

"두려워할 필요 없다. 말해보아라."

"네!"

아니, 두려워서 사양하는 건 아닌데. 의문이라…… 아, 맞다!

"외람되오나 마왕군의 지휘계통에 관해 한 말씀 여쭙고 싶습니다."

"허락한다. 말하도록."

마왕군은 지난 몇 년 사이에 단숨에 세력을 키웠다.

처음에는 용인들로만 구성된 무장 집단이었는데 눈 깜짝할 사이에 다른 종족의 신봉자들이 모여들어 지금처럼 규모가 커졌다고 한다.

그런데 그 때문에 여러 가지 혼란이 발생했다.

이를테면 나의 신분.

부관인지 부사단장인지 알 수 없었다.

내가 마왕군에 들어왔을 때에는 각 사단의 명칭은 '용인 부대', '거인 부대', '마인(魔人) 부대'였다.

그런데 그 규모가 점점 커지자 위용을 과시하려고 사단이라는 명칭을 쓰게 되었다.

그러나 사단장 이하 지휘계통이나 역할 분담은 여전히 애매모호했다.

예를 들면 바르체 부관은 마왕의 측근이고, 수귀인 도그는 평범한 부대장이다.

그리고 나는 륜하이트를 통치하는 현지 사령관.

서열로 따지면 틀림없이 바르체 〉 나 〉 도그일 것이다.

그런데 우리는 전원 똑같은 직함을 가지고 있었다. 더구나 부관인지 부사단장인지 뭔지, 하나로 통일되어 있지도 않았다.

언뜻 보면 그냥 동격처럼 보인단 말이지.

"현재 마왕군의 규모를 생각해 본다면, 현행 지휘계통이나 계급제도는 애매한 점이 많아서 앞으로 어떤 문제가 발생할 가능성도 있지 않을까요?"

그렇게 말하고 나서 슬쩍 바르체를 곁눈질해 보았다. 기분 탓인지 그의 표정이 굳어진 것처럼 보였다.

마왕의 코앞에서 마왕군의 제도를 비판한 녀석은 아마 내가 처음이자 마지막일 것이다.

마왕은 평온한 태도로 고개를 끄덕이고 담담하게 설명했다.

"좋은 질문이다. 오직 강자에게만 복종하는 것이 마족의 생리이므로, 군대를 조직하다 보면 뭔가 문제가 생기기 쉽지."

어째서일까? 오히려 서열을 확실하게 정할 수 있어서 좋을 것 같은데.

"지휘계통이나 계급을 엄밀하게 정해놓으면, 똑똑하고 약한 병사가 우매하고 강한 병사보다도 우위에 서는 경우도 많아질 터. 그런데 마왕군과 마족은 아직 그런 것을 받아들일 수 있을 만큼 성숙하지는 않았다."

아, 그러고 보니 나한테 시비 거는 녀석도 있었지…….

“그렇기 때문에 서열을 애매한 상태로 놔두고 각 사단장들의 재량에 맡길 수밖에 없는 것이다. 물론 그대가 말한 대로 언젠가는 개혁해야 할 테지만.”

뜻밖에도 마왕은 마족의 강자지상주의에 대해서는 비판적인 것 같았다.

나는 얼른 마왕에게 사죄했다.

“저 같은 애송이가 주제넘은 소리를 해서 죄송합니다. 부디 용서해주십시오.”

“괜찮다, 그대의 의문은 적절했다. 륜하이트를 통치하는 수완이 좋은 것도 납득이 가는구나.”

이어서 마왕은 묘하게 즐거워하는 어조로 말했다.

“그래. 생각이 나는군. 그대를 추천했을 때 고모비로아가 보여준 의기양양한 표정이.”

둘이서 무슨 대화를 나눈 걸까…….

마왕은 혼자 만족하면서 알현을 끝냈다.

“이번 알현은 무척 유의미한 것이었다. 앞으로는 정기적으로 출두하여 통치 상황을 보고하도록. 그대에게는 기대를 걸고 있어.”

“네!”

이리하여 나는 겨우 마왕에게서 벗어날 수 있었다.

나는 알현을 마친 뒤 돌아가려고 했다. 그런데 회의실에서 나오자마자 바르체 부관이 나를 불러 세웠다.

“바이트 님, 수고하셨습니다. 점심때가 다 되었는데 같이 식사라도 하시지 않겠습니까?"

용인족은 얼굴이 도마뱀 얼굴이라 친해지기 힘들 것 같은 이미지가 있는데, 실제로는 총명하고 이성적인 종족이다. 그중에서도 그는 특히 성격이 온화한 것 같았다.

같은 부관이라도 그가 나보다 더 윗사람이므로 나는 순순히 그 제안에 응하기로 했다. 그러고 보니 이곳에는 간부용 고급식당이 있었지.

"네, 감사합니다. 저는 굶주린 늑대이니까요. 기꺼이 동행하겠습니다."

그리하여 인랑과 용인 부관 콤비는 성내에 있는 간부용 살롱으로 이동했다. 입구에서 용인족 위병이 경례를 붙였다. 답례를 하고 유유히 안으로 들어갔다.

전생에는 이런 고급스런 장소에 출입할 기회가 없었으므로 기분이 꽤 괜찮았다.

뭐, 실은 문명의 레벨이 다르다 보니, 전생의 패밀리 레스토랑이 여기보다 좀 더 쾌적했던 것 같기도 하지만.

나는 견인 웨이터에게 사슴고기 소테와 감자 스튜를 주문했다. 점심때이니까 사슴고기 소테는 3인분만 주문했다. 과식은 좋지 않으니까.

어째서인지 바르체가 입을 딱 벌리고 있었다. 뭐 때문에 저렇게 놀란 거지?

참고로 그는 메뚜기 향초 볶음을 주문했다. 용인들은 곤충 요리를 좋아한다.

우리는 음식이 나올 때까지 군 사관답게 실무적인 잡담을 나눴다.

"북부 전선의 상황이 그렇게 어렵습니까?"

"네. 일반 병사 앞에서는 함부로 할 수 없는 이야기입니다만, 패색이 짙습니다."

이 식당에는 일반 병사는 출입하지 않으므로 이런 이야기도 안심하고 할 수 있었다. 바르체는 레몬수를 마시면서 살짝 한숨을 쉬었다.

"제2사단은 전술을 경시하니까요. 도시를 공략할 때 포위전을 하지 않습니다. 그저 성문을 부수고 우르르 쳐들어갈 뿐이지요."

그 결과 인간들은 죄다 뒷문을 통해 빠져나가서 가까운 다른 도시로 도망친다고 한다. 즉, 난민이 생기는 것이다.

"난민들은 고향을 되찾기 위해 의용군을 조직하고 근처의 동맹군과 힘을 합쳐서 공격해 왔습니다. 그들은 사기가 높고, 죽을 각오로 싸웁니다. 그래서 전력이 예상보다 더 심하게 소모되고 있습니다."

"하지만 어차피 정식 훈련을 받지 않은 민병이잖습니까. 제2사단의 거인이나 괴물들이라면 끄떡도 안 할 것 같은데요?"

그놈들은 멍청하지만 강하긴 강하니까.

그런데 바르체는 고개를 저었다.

"북부에 휘양교도가 많다는 것은 알고 계시지요? 그들은 규율을 잘 지키는 집단입니다. 병사로서의 소질이 있는 셈이죠."

북부는 기후가 나쁜 지역이므로, 협조와 단결을 중시하는 휘양교와 상성이 잘 맞았다. 그곳에서는 정월교 같은 개인주의적인 태도로는 겨울을 나기도 힘들었다.

"그들은 전체를 위해 개개인이 희생되는 것을 두려워하지 않습니다. 그래서 저절로 소모전이 벌어지게 되는 것입니다."

그때 음식이 나왔으므로 우리는 잠시 대화를 중단하고 식사에 열중했다. 육즙이 뚝뚝 떨어지는 사슴고기를 인랑의 날카로운 이빨로 마음껏 씹으면서 즐겼다.

그나저나 소모전을 피할 방법이야 얼마든지 있을 텐데.

"이미 점령한 도시에서 방어전은 안 합니까? 소모전을 피하기 위해서요."

"그게 말이죠, 제2사단은 부술 필요가 없는 성문이나 성벽까지 신나게 때려 부수기 때문에……."

나에게 설명해주다가 점점 화가 치밀어 올랐나 보다. 바르체는 메뚜기 향초 볶음을 집어 먹으면서 투덜거렸다.

"제2사단에는 통제도 규율도 존재하지 않습니다. 마왕 폐하의 군기(軍旗)를 내걸고 있다는 자각이 있기나 한 걸까요?"

미안해요.

실은 저한테도 그런 자각은 별로 없는데요.

내가 맛있는 사슴고기 때문에 입맛을 다시고 있는데, 누군가가 식당 안으로 들어왔다.

"어머, 이게 누구야. 바이트잖아. 별일이네."

새하얀 피부와 까만 머리카락, 노출이 심한 드레스. 출렁이는 유방.

요염한 미녀가 행차하셨다.

나는 가볍게 인사했다.

"멜레네 선배, 오랜만이네요."

"아이참, 멜레네 님이라고 불러도 되는데."

"싫어요."

멜레네 선배는 제3사단의 부관들 중에서도 우두머리 격인 인물이다.

또한 사단장 고모비로아의 첫째 제자이기도 하다. 즉, 나에게는 누님이다.

참고로 종족은 흡혈귀다.

음마(淫魔)가 아니라.

바르체도 그녀에게 인사한 후 동석을 권했다.

멜레네 선배는 미소 지으며 내 옆에 앉았다.

"푸른 비늘 기사단의 단장님과 륜하이트의 사령관님께서 무슨 밀담을 하고 계셨던 걸까?"

"아뇨, 밀담은 아닙니다. 제2사단의 상황을 설명하고 있었습니다."

더없이 성실한 사나이 바르체가 차분하게 설명했다.

멜레네 선배는 영주(靈酒)를 주문하더니 의자 등받이에 몸을 기대고 한숨을 쉬었다.

"바르체 씨, 당신도 고생이 많아 보이네."

"아닙니다, 멜레네 님. 인간들을 지배하고 있는 여러분만큼 힘들지는 않습니다."

그렇다. 실은 멜레네 선배의 부대도 미랄디아의 도시를 점령하고 있었다. 륜하이트 북서쪽에 있는 고도(古都) 베르네하이넨이다.

그런데 그녀의 통치 방법은 내 방식과는 많이 달랐다.

멜레네 선배는 어깨를 으쓱했다.

"아냐, 이쪽은 쉬운걸. 그냥 모조리 흡혈귀로 만들었으니까."

그렇다. 현재 베르네하이넨의 귀족과 병사 중에는 살아 있는 인간이 한 명도 없었다.

멜레네 선배가 베르네하이넨을 공략한 방법은 정말 무지막지했다.

그녀는 휘하의 흡혈귀 부대 100여명과 함께 베르네하이넨을 야습했다. 그리하여 하룻밤 만에 태수와 위병들을 전원 흡혈귀로 만들어버렸다. 그다음부터는 뭐든지 마음대로 할 수 있게 되었고.

그 사람들 입장에선 뜻밖의 재난이었을지 몰라도, 딱 하나 괜찮은 점도 있었다.

태수와 병사들은 단지 강제로 흡혈귀가 되었다는 점만 제외한다면 전처럼 평화롭게 잘 지내고 있는 것이다. 물론 멜레네 선배에게는 절대복종해야 할 테지만, 그 외의 생활은 평소와 다름없었다.

베르네하이넨에는 왕립도서관 같은 중요한 지적 재산이 다수 존재하므로, 전투에 의한 파괴를 최소한으로 줄일 필요가 있었다. 하지만 아무리 그래도 이건 너무 심하게 인정사정없이 해치운 게 아닐까?

나는 그런 생각을 하면서 멜레네 선배의 잔을 바라봤다.

선배는 희고 묵직한 수증기가 흘러넘치는 그 영주를 단숨에 꿀꺽 마셨다.

"나보다는 바이트가 훨씬 더 고생하고 있지. 세뇌도 하지 않은 멀쩡한 인간을 지배하고 있잖아? 도대체 무슨 마법을 부린 거야?"

인간이었을 때의 감각을 되살려 어떻게든 해나가고 있습니다. 선배.

나는 헛기침을 하고 적당히 얼버무렸다.

"인랑은 인간들 틈에 섞이는 게 특기니까요. 인간 심리도 웬만큼 파악하고 있는 거죠."

"흐음."

멜레네 선배는 쿡쿡 웃더니 내 이마를 콕 찔렀다.

"뭐, 아무튼 우리는 이웃 도시를 점령하고 있으니까. 서로 사이좋게 지내자. 아, 맞다. 교역이라도 하지 않을래? 이쪽 상황도 이제는 안정됐으니까."

"아, 그거 좋죠. 그 대신 교역로를 경비해주세요."

"어휴, 빈틈없는 녀석……. 알았어, 선배님한테 맡겨줘."

선배는 흘러넘칠 듯한 거유를 자신 있게 탁 치며 윙크했다.

식사를 마친 바르체가 냅킨으로 입을 닦으면서 선배에게 말을 걸었다.

"그런데 멜레네 님. 투반 공략작전의 지휘는 누가 합니까?"

"아, 나는 못해. 우리 흡혈병은 베르네하이넨을 수비하는 것만 해도 벅차거든. 미안해. 그 대신 유망한 신인에게 지휘를 맡길 거야."

뭐? 투반을 공략한다고?

골칫덩어리 유히트 사제를 일껏 그쪽으로 보내놨건만. 이러다 또다시 돌아오면 곤란한데…….

그 후 우리는 한동안 적당히 상사나 씹으면서 평화로운 한때를 보냈다.

우리 스승님은 굉장히 뛰어난 마술사지만 전략 같은 것에는 전혀 관심이 없었다. "물량 공세로 압도하면 되지 않느냐"고 하면서 묵묵히 해골병만 생산하고 계셨다.

뭐, 그러다 보니 그분을 모시는 우리 제자들이 고생할 수밖에 없었다.

한편 바르체한테서도 재미있는 이야기를 들었다.

마왕은 평소에는 늘 생각에 잠겨 있기 때문에 누가 옆에서 돌봐주지 않으면 식사도 수면도 제대로 못 한다고 한다.

식사 도중에도 심각한 얼굴로 생각에 빠져 계시니까, 시중을 드는 소년 용인병들이 무서워서 벌벌 떤다나 뭐라나.

"좀 더 편하게 지내셔도 되는데 말이죠. 우리가 전력을 다해 일할 테니까."

유능한 부관은 조금 서운한 것 같았다.

어지간히 마왕을 존경하나 보다.

마왕군의 잘 정비된 시스템을 완성시킨 것도 마왕 본인이라고 하니까, 아마 이것저것 생각하는 바가 많을 것이다.

단순히 싸움 실력만 좋다고 해서 마족들이 이렇게까지 그의 휘하에 잔뜩 모여들 리 없었다. 역시 그는 지모도 인망도 두루 갖춘 인물이었다.

그래서 나는 새삼스레 사소한 만족감을 느꼈다. 나 자신이 마왕군에 소속돼 있다는 사실에 대해.

나는 바르체 부관과 악수한 뒤 헤어졌다. 그리고 멜레네 선배와 함께 복도를 걸었다.

"선배, 이제는 뭐 하실 겁니까?"

"좀 전에 보고를 마쳤으니까 이제 돌아가야지."

"어떻게요?"

내가 그 질문을 던졌을 때, 창문을 통해 스승님이 둥실둥실 날아 들어왔다.

"오, 둘 다 여기 있었군."

그 순간 멜레네 선배가 스승님을 꽉 껴안았다.

"선생님! 보고 싶었어요!"

가슴 큰 미녀가 조그만 소녀를 끌어안고 있는 광경. 겉으로 보기엔 훈훈했지만, 실상은 흡혈귀 제자와 사령술사 스승 콤비였다.

대현자 고모비로아는 흡혈귀 멜레네의 얼굴을 밀어내면서 귀찮다는 표정을 지었다.

"좀 전에도 만나지 않았느냐. 이러지 마라. 허리 부러지겠다."

"어쩔 수 없잖아요, 선생님이 너무너무 보고 싶었는걸요!"

다른 사단 녀석들이 보면 깜짝 놀랄 테지만, 우리 제자들에게는 일상적인 풍경이었다.

첫째 제자 멜레네 선배는 스승님을 마치 어머니처럼 사랑하고 잘 따랐다.

스승님은 힘겹게 선배를 떼어낸 후 그녀의 머리를 탁탁 때렸다.

"그대는 제자로 들어온 지 벌써 50년이나 지났건만 어쩜 이리 철딱서니가 없는가?"

스승님은 헛기침을 한 다음에 우리들 2명을 번갈아 쳐다봤다.

"잘 들어라. 그대들이 다스리고 있는 도시는 앞으로 점점 더 중요해질 것이다. 북부 전선의 상황이 안 좋아졌다는 소식은 들었나?"

나와 선배는 동시에 고개를 끄덕였다.

만에 하나 북부 전선이 붕괴된다면 마왕군은 남부에서부터 치고 올라갈 수밖에 없게 된다. 그러면 우리가 다스리는 두 도시가 마왕군의 전선기지가 될 것이다.

스승님은 우리 어깨에 손을 얹고 중얼거리셨다.

"순리대로 하자면 그대들의 스승으로서 마술의 심오한 의미와 기쁨을 함께 나누는 것이 나의 역할일 터인데. 일이 이렇게 돼서 미안하구나."

어디까지나 순수한 연구자인 스승님은 제자들을 전쟁에 끌어들인 것을 후회하시는 것 같았다.

그러자 멜레네 선배가 밝게 웃으며 대답했다.
"아이참, 선생님, 무슨 말씀이세요. 우리는 실천을 중시하는 학파잖아요. 바이트, 너도 그렇게 생각하지?"
"물론이죠. 게다가 우리가 있으면 무익한 살육을 조금이라도 줄일 수 있을 테니까요."
제2사단이 일으키는 전쟁의 참화를 줄이기 위해서라도 우리 제3사단이 있어야 한다.
물론 앞으로도 인간이나 마족이 죽는 것을 막지는 못할 것이다. 하지만 우리가 있으면 다소나마 형편이 나아질 것이다.
스승님은 고개를 세차게 끄덕이고 우리 머리를 쓰다듬어주셨다.
"나는 참 좋은 제자들을 두었구나. 무거운 책임을 지게 해서 미안하지만 앞으로도 잘 부탁하마."
"네, 선생님."
"맡겨주세요."
나와 선배는 웃으면서 서로 주먹을 콩 부딪쳤다.

그 후 스승님의 도움을 받아 나는 다시 륜하이트로 돌아왔다.
자잘한 업무는 아일리아 태수가 처리하고, 또 실무의 태반은 인랑 부대의 각 분대장들이 맡아 해주고 있었다.
그러나 최고책임자는 나다.
예상대로 내 책상 위에는 승인을 요구하는 서류들이 몇 장 놓여 있었다.
"뭐야, 이건?"

북구와 동구와 서구의 상공회에서 연합하여 보낸 탄원서였다.

견인 무역상들이 남문만 이용하기 때문에 각 지구의 대로까지는 돈이 흘러 들어오지 않는다는 것이었다.

맙소사. 이런 것까지 내가 책임져야 하나.

하지만 생계와 관련된 문제이니 어쩔 수 없지.

"으음…… 아, 그래."

일시적으로 남구에 노점이나 임시 점포를 오픈하는 것을 허가해주자.

또 앞으로 북서쪽에 있는 베르네하이넨과 교역을 시작한다면, 서문과 북문의 큰길 쪽으로 인구를 분산시켜서 들여와야겠다.

동구에는…… 옳지, 견인 부대의 공방을 건설할까.

그러면 다소 경기가 좋아질 것이다.

그 외에는 가니 형제가 술에 취해 술집에서 난동을 부린 소식이라든가, 견인 부대의 농원에 관한 보고서라든가, 뭐 그런 중요치 않은 서류들만 있었다.

가니 형제는 나중에 때려줘야겠다.

그런데 딱 하나, 눈길을 끄는 서류가 있었다.

"위병대의 처우에 관한 요청서인가."

제출한 사람은 아일리아였다. 또 위병대장의 사인도 적혀 있었다.

위병대는 원로원에 소속된 조직이므로 원로원에게서 급료를 받는다.

그러나 현재로선 원로원이 그들에게 급료를 주는 것은 불가능하다.

그래서 생활이 어려워진 위병들을 아일리아가 돌봐주고 있었는데, 앞으로도 계속 이러기는 힘들기 때문에 그들의 처우에 대해 검토해주길 바란다.

대충 그런 내용이었다.

나도 처음에는 오해하고 있었지만, 사실 위병들은 단순히 꼭두각시 노릇만 하는 하찮은 존재가 아니었다. 그들은 치안유지 전문가이자 직업군인이다.

륜하이트에는 위병이 약 200명밖에 없는데, 유사시에는 민병이 수백 명 규모로 동원된다. 이는 어느 도시에서나 마찬가지다.

이러한 민병들을 통솔하는 것이 직업군인인 위병들이다. 즉, 그들은 부사관 정도 된다.

"흐음……."

나는 직감적으로 이것이 좋은 기회임을 알았다. 상대의 이런 반응은 언제나 마왕군에 이익을 가져다주는 협상 재료가 되었다.

나는 당장 몸차림을 단정히 하고 홀로 위병 숙소를 찾아갔다.

"마왕군 제3사단 부관 바이트다. 위병대장님은 계시나?"

내가 예고도 없이 가봤더니, 숙소에서는 위병들이 땀을 흘리면서 열심히 운동을 하고 있었다. 일거리가 없어도 게으름 피울 생각은 없는 듯했다.

그들은 서로 얼굴을 마주 보았다. 그때 저 안쪽에서 다부지게 생긴 중년 남자가 걸어 나왔다. 수염 난 거한이었다.

“제가 륜하이트 위병대장인 벤겐입니다.”

위엄 있는 남자였다. 척 봐도 강해 보였다.

내가 변신하면 눈 깜짝할 사이에 그를 해치울 수 있겠지만, 그걸 알아도 왠지 모르게 위축되었다. 덤으로 땀 냄새가 심하게 나서 이들의 감정을 파악하는 것이 불가능했다.

이거 참, 곤란하군.

나는 위병들이 우르르 모여드는 것을 보면서 벤겐 대장에게 용건을 밝혔다.

“위병대의 처우에 관해 아일리아 님이 나에게 상담을 요청하셨소. 나중에 아일리아 님과 상의해볼 테지만, 그 전에 당신들의 의견을 듣고 싶소.”

그러자 벤겐은 살짝 고개를 갸웃거리면서 의아한 표정을 지었다.

“저희 의견이라니, 구체적으로는 무슨 의견을 말씀하시는 겁니까?”

“당신들이 충성하는 상대는 미랄디아 원로원이지 않소? 급료를 주는 것도 원로원이고.”

문제는 그것이었다.

“당신들은 마왕군에 항복했지만 물론 마왕군의 일원은 아니오. 그러니까 마왕군은 당신들에게 급료를 줄 수 없소.”

당연하다는 듯이 위병들이 고개를 끄덕였다.

훌륭한 충성심이군.

“그런데 당신들은 태수의 사병도 아니오. 태수는 직속 상사일

뿐, 고용주는 아니니까."

"그렇습니다."

벤겐이 진지하게 동의했다.

나는 나보다 머리 하나만큼 더 큰 거한을 똑바로 쳐다보았다.

"당신들은 륜하이트의 치안을 유지할 의무가 있는데, 그 일은 현재 우리 마왕군과 륜하이트 상공회가 대행하고 있소."

위병들은 아무 말도 하지 않았으나 표정이 어두워졌다.

나는 일부러 밝은 목소리로 말했다.

"물론 마왕군에 복종하라고 강요할 생각은 없소. 당신들은 계속 원로원 소속의 위병대로 있어도 상관없으니까. 그 상태로 치안유지에 협력해주지 않겠소? 무기는 돌려주고, 업무에는 간섭하지 않겠소."

내 말을 듣고 위병들은 동요한 것 같았다.

"무기를 돌려준다고?"

"순순히 복종하라는 게 아니라?"

"어떻게 된 거지?"

나를 얕보지 말아줬으면 좋겠다.

전설의 인랑을 상대로 전혀 주눅 들지 않고 싸웠던 용감한 위병들.

그들의 충성스런 마음이 쉽게 변하길 기대할 정도로 나는 어리석은 놈이 아니었다.

"륜하이트의 치안유지에 협력해준다면, 태수도 당신들에게 임금을 지불할 명목이 생길 것이오. 륜하이트의 법률은 우리에게 점령되기 전과 똑같으니까. 이전처럼 하면 될 거요."

위병들이 술렁거렸다.

"이전처럼 해도 된다고……?"

"하지만 그러면, 마왕군에 협력하는 꼴이 되는 게……."

"그러나 치안유지는 우리의 임무잖아."

나는 그들의 동요가 가라앉을 때까지 기다렸다가 다시 한 번 말했다.

"이대로 계속 원로원에 충성을 바칠지, 아니면 륜하이트 시민들을 위해 봉사할지. 결론은 당신들이 내주길 바라오. 마왕군은 당신들의 판단을 존중할 테니."

침묵이 이곳 전체를 뒤덮었다.

부하들의 심정을 헤아린 것인지, 벤겐 대장이 입을 열었다.

"바이트 님, 우리의 검을 돌려주십시오."

"좋소."

나는 그들에게 무기고 열쇠를 돌려줬다. 위병들 몇 명이 곧장 그쪽으로 뛰어갔다.

잠시 후 그들은 다시 검을 차게 되었다.

휑뎅그렁한 숙소 안에서 벤겐 대장은 위병들을 향해 호령했다.

"정렬!"

위병들이 발소리 맞춰 질서 정연하게 정렬했다.

200명 가까이 되는 위병들이 무장하고 있는 모습을 보자 나도 저절로 긴장이 됐다.

혹시 이 사람들이 유히트 사제처럼 이성을 잃고 전쟁을 시작한다면, 지난번의 그 참극이 또다시 재현될 것이다.

벤겐 대장은 훌륭한 솜씨로 검을 뽑더니 또다시 호령했다.

"전원, 발검!"

이봐, 진짜로 싸울 셈이야?

벤겐 대장은 우렁찬 목소리로 외쳤다.

"우리 륜하이트 위병대는 원로원 소속이다! 그러나 우리는 륜하이트 시민들을 지키기 위해 존재한다!"

그는 엄숙한 표정으로 선언했다.

"따라서 오늘 이 시간부터 우리 부대는 일시적으로 원로원의 휘하에서 벗어날 것이다! 이후 나의 책임하에, 치안유지 임무를 다시 수행한다! 우리의 소중한 륜하이트를 위하여, 받들어, 검!"

그들은 일제히 두 손으로 검을 높이 쳐들었다.

어휴, 깜짝 놀랐네.

문득 정신을 차리고 보니 벤겐 대장과 위병들이 진지한 얼굴로 나를 보고 있었다.

"바이트 님, 전부터 드리고 싶은 말씀이 있었습니다."

"무엇이오?"

"당신은 우리보다 훨씬 더 강한데도 결코 우리를 얕보거나 모욕하지 않았습니다. 늘 같은 무인으로서 평등하게 대해주셨죠. 그래서 우리는 감동했습니다."

입장이 뒤바뀐다면 나도 똑같은 무인으로서 평등하게 대접받고 싶으니까. 그래서 그렇게 했을 뿐이다.

벤겐 대장은 개구쟁이처럼 싱긋 웃으며 말을 덧붙였다.

"하지만 처음에 아주 호되게 당했으니까요. 복수하는 의미에서 조금 놀라게 해드려도, 너그럽게 이해해주시겠죠?"

쳇, 이 녀석.

나는 쓴웃음을 지으며 살짝 고개를 까딱했다.

"난 소심하니까 너무 심하게 겁주지 마시오. 다음에 또 이러면 위병대에 고발하겠소."

쾌활한 위병들이 일제히 웃음을 터뜨렸고, 나도 그들과 함께 웃었다.

이리하여 륜하이트 위병대는 표면적으로는 중립의 입장을 유지하면서도 다시금 주어진 일을 하기 시작했다.

인간을 복종시키는 것은 참으로 어려운 일이다.

뭐, 그래도 이로써 인랑 부대의 업무도 한결 수월해지겠지.

그 후로 한동안은 나도 느긋한 나날을 보낼 수 있었다.

마왕군이 점령한 도시 베르네하이넨과의 교역도 시작됐다. 륜하이트는 점점 더 활기를 띠게 되었다.

단, 그쪽에서 오는 행상인은 모두 다 흡혈귀였지만. 여기서 나쁜 짓만 하지 않는다면 너그럽게 봐줄 것이다.

위병대도 다시 일을 시작해서 길거리와 대로의 치안유지에 힘쓰고 있었다.

그들은 아직도 우리를 경계하는 것 같았지만, 이제는 가끔씩 인랑 분대와 잡담하는 광경도 눈에 띄게 됐다.

그러던 어느 날, 마침내 기다리던 물건이 도착했다.

"먼 길 오느라 수고했다."

나는 남문에 도착한 집단을 맞이했다.

그들은 용인 부대였다. 짐수레에는 방수 가공을 한 나무통이 쌓여 있었다.

지휘관처럼 보이는 용인이 앞으로 나와 나에게 경례했다.

"제1사단에서 왔습니다. 용화공병대(龍火工兵隊)의 크루체 기관(技官)입니다. 총 24명, 이상 없습니다."

"좋다."

나도 똑같이 경례했다.

그때 그의 푸른 비늘을 보고 문득 뭔가를 깨달았다.

"아, 혹시 자네는 바르체 님의 혈육인가?"

"네. 바르체는 저의 동생입니다. 우수한 아우가 있어 자랑스럽습니다."

이름이 비슷하기에 혹시나 했더니 역시나였다.

"제 아우가 바이트 님을 늘 칭찬했습니다. 이렇게 만나 뵙게 되어 기쁩니다."

크루체는 마왕에게서 칭호를 받지 못했으므로 급은 일반 병사와 마찬가지였다.

하긴, 척 봐도 두뇌노동자처럼 생겼으니 어쩔 수 없나. 수귀 부대의 도그 같은 녀석이랑 싸웠다가는 한 방에 나가떨어질 것 같았다.

그러나 나는 크루체와 대화하는 과정에서 그가 우수한 인재임을 깨달았다. 이 정도면 마왕이 중용할 만한 인물인데.

어쩌면 나와 동격이거나 그 이상일지도 모른다.

크루체 기관은 내 집무실에서 비장의 녹차를 마시면서, 마왕군이 생산하고 있는 화약에 관해 설명해줬다.

"'용의 숨결'은 무기로 사용할 때에도 절대적인 효과를 발휘하지만, 운용하기 힘들다는 점을 생각하면 그건 합리적이지 않습니다."

그 화약을 이용해 포병대를 조직하고 싶은데……. 그 말을 하려다가 멈칫했다. 말을 함부로 하면 또다시 의심받을 것이다. 어쩌면 이미 개발 중일지도 모르니까 잠자코 있자.

"하지만 제가 독자적으로 개발한 조합법 덕분에 좀 더 유용한 병기를 만들어낼 수 있게 되었습니다."

오, 역시 총인가? 화승총인가?

내가 몸을 앞으로 쑥 내밀자, 크루체 기관은 의기양양하게 작은 구슬을 꺼냈다. 기대했던 것과는 다르지만 아마 폭탄인 것 같았다.

"이게 새로 개발한 '용옥(龍玉)'입니다."

"오호."

"금속을 이용해서."

파편으로 적을 죽이는 무기인가. 무시무시하군.

"빨강, 파랑, 노랑, 초록……."

"자, 잠깐. 그게 무슨 소리지?"

그러자 그는 의기양양하게 웃으면서 설명했다.

“금속을 태우면 다양한 색깔의 불꽃이 발생하거든요. 그걸 이용해 오색 빛깔의 폭발을 일으킬 수 있습니다.”

마왕군의 신무기는 평범한 폭죽이었다.

나는 더 이상 실망할 수 없을 정도로 실망했다. 그러나 크루체가 우수한 기관이라는 사실은 충분히 이해했다.

그리고 잘 생각해보니 이 폭죽도 쓸데가 있을 것 같았다.

“이걸 쏘아 올리면 광범위하게 명령을 전달하거나 상황을 보고할 수 있겠군.”

그러자 크루체가 깜짝 놀랐다.

“네, 그렇습니다. 어떻게 아셨죠?”

“마왕 폐하께서 직접 보내주신 인재와 장비이니 당연히 쓸데가 있을 거라고 생각했다. 그냥 어림짐작으로 맞혔을 뿐이야.”

개피리는 견인과 인랑에게만 쓸 수 있지만, 신호탄은 용인이나 인간을 상대로도 쓸 수 있다. 봉화보다 더 쓰기 편하고 밤중에도 사용할 수 있다.

좋아, 이건 감사히 받아서 잘 써야겠군.

“훌륭한 발명품이야. 크루체 씨. 역시 바르체 님의 형님다워.”

“과찬이십니다. ……그런데 설마 이 병기의 유용성을 한눈에 정확히 알아보실 줄은 몰랐습니다. 과연 소문대로 명장이시군요.”

나는 명장은 아니지만, 빈말이라도 칭찬을 받으니 기뻤다.

“그런데 바이트 님, 성문 앞에 무장한 인간 병사들이 있던데요.”

크루체가 말했다. 위병대에 대한 이야기였다. 그야 뭐, 신기하겠지.

"그들은 륜하이트에 주둔하고 있는 미랄디아 동맹군의 위병대다."

"뭐라고요?!"

용인족이 소리를 꽥 지르는 것은 처음 봤다.

"뭐야, 왜 그러나? 깜짝 놀라게 하지 말게."

"죄, 죄송합니다. 하지만 그 사람들은 적이지 않습니까?!"

아, 그렇군. 마족이라면 그렇게 생각하는 게 당연한가.

"그들은 투항했어. 지금은 륜하이트의 치안을 유지하기 위해 독자적으로 활동하고 있지. 중립적인 입장이다."

"중립……."

크루체는 여전히 못 믿겠다는 얼굴로 길거리에 있는 위병들을 창문 너머로 내려다봤다.

위병들은 검과 단창으로 무장하고 있었다. 마음만 먹으면 용인이나 견인에게 피해를 주고도 남을 것이다.

"정말로 괜찮은 겁니까?"

나도 정말로 괜찮다고 확신할 수는 없었다. 그러나 인랑 부대만으로는 일손이 부족하니까 그냥 믿기로 했다.

"저들이 검을 바치기로 한 상대는 미랄디아 원로원도, 그들이 믿는 신도 아니야. 륜하이트의 시민들이지. 그러니까 쓸데없는 분쟁은 일으키지 않을 거야."

"저로선 이해하기 힘들군요……."

크루체는 걱정이 돼서 안절부절못하는 것 같았다. 뭐, 저러다 곧 익숙해지겠지.

이리하여 륜하이트에는 인랑, 견인, 용인, 흡혈귀가 드나들게 되었다.

인랑은 난폭하지만 나에게는 절대복종하고, 견인은 쾌활하고 붙임성이 좋다. 용인은 이지적이고 냉정하며, 흡혈귀는 피를 빨지만 않는다면 보통 인간과 그리 다를 바 없다.

인간과 마족이 함께 돌아다니는 시가지를 내려다보면 어쩐지 피로가 좀 풀리는 듯한 느낌이 들었다.

아일리아 태수는 처리해야 할 사안이 많아져서 무척 바쁜 것 같았지만, 뭐, 그만큼 세금 수입도 늘어날 테니까 힘내서 일하라고 해야지.

그보다 당장 중요한 문제가 있었다. 바로 투반 공략이다.

북부 전선이 후퇴를 거듭하고 있는 현재로선 남부 전선이 계속해서 전진해야만 한다. 마왕군 전체의 사기와도 관련된 문제니까. 마족은 강한 자에게만 복종하는 법이다.

마왕 본인은 반신(半神)이라고 해도 될 정도로 강력하지만, 마왕군이 강하지 않으면 병사들은 떠나갈 것이다. 결국 그런 것이다.

스승님께서 슬슬 데리러 오실 시간이 됐다. 오늘도 마왕에게 보고하러 가야 한다.

“큰일이에요. 또 하나의 도시를 도로 빼앗겼습니다.”

보고를 마친 후 나는 그룬슈타트 성의 간부 식당에서 바르체 부관과 함께 점심식사를 하고 있었다.

바르체는 정말로 난감한 표정을 짓고 있었다. 오늘도 메뚜기 향초 볶음을 집어 먹으면서 한숨을 쉬었다.

제1사단 중에서도 특히 강하고 뛰어난 푸른 비늘 기사단의 단장이 이토록 약해진 모습을 보일 줄이야.

뭐, 여기선 병사들한테 들킬 염려는 없으니까. 아마 이것이 그의 참모습일 것이다.

"제2사단은 종족간의 연대가 제대로 이루어지지 않아서 각 부대가 서로 공적을 차지하려고 개별적으로 진군하고 있습니다. 그들은 보급선도 유지하지 않기 때문에, 고립된 채 격파되는 부대가 속출하고 있나 봅니다."

마왕은 합리적이고 근대적인 병참 제도를 만들어 군대를 운용하고 있다.

그러나 그의 지시가 전선까지 완벽하게 전달되지는 않는다. 그래서 전쟁이 진행됨에 따라 제2사단 멤버들은 눈에 띄게 제멋대로 행동하기 시작했다.

수귀 부대의 도그 같은 멍청이도 제2사단에서는 똑똑한 지장(智將)으로 칭송을 받는 형편이니…….

"제2사단은 전선을 유지하는 것이 고작이라서 여기까지 직접 보고하러 올 여유도 없나 봅니다. 그래서 제가 대신 마왕 폐하께 보고를 드리고 있습니다만, 그 한심한 편지 내용을 읽기가 괴로워서……."

바르체는 식사를 마치고 작은 주머니를 꺼내더니 뭔가 알약처럼 생긴 작은 돌멩이를 집어삼켰다.

"아, 이거요? 속이 쓰려서요. 군의관에게 부탁해 약용 위석(胃

石)을 좀 받아 왔습니다. 그런데 효과가 그다지 없네요."

일종의 위장약인가 보다.

"……많이 힘드시겠습니다."

얼굴은 도마뱀같이 생겼어도 왠지 이 친구가 점점 더 친근하게 느껴졌다.

잔걱정 많은 동료를 위해서라도 내가 좀 더 노력해야겠다.

"남부 전선은 우리 제3사단이 책임지고 공략하고 있습니다. 륜하이트도 이제 웬만큼 안정됐으니까 저도 투반 공략에 협력하고 싶습니다."

그러자 바르체가 식탁 너머로 손을 뻗어 내 손을 덥석 잡았다.

"바이트 님, 폐하께서도 당신에게는 기대를 걸고 계십니다. 제발 마왕님의 근심을 덜어드릴 만한 보고를 해주십시오. 제발."

정말 이 친구도 고생이 많구나.

그 후 제3사단의 투반 공략을 위해 마왕과 스승님께서 극비 회의를 하셨다고 한다. 이번 작전을 지휘할 장수도 결정된 모양이다. 나도 갑자기 바빠졌다.

투반과 가장 가까운 도시가 우리들의 점령지인 륜하이트다. 따라서 이 도시가 투반 공략의 중계기지가 될 것이다.

나는 서문의 숲 바로 앞에서 견인 부대에게 건설작업을 개시하라고 명령했다.

"행군에 지친 병사들이 휴식하기 위한 장소다. 어떻게든 비바람만 피할 수 있도록 해놔! 그 외의 요소는 다 무시하고!"

내가 생각해도 너무한 이야기였다. 하지만 자재도 일손도 부족하니 어쩔 수 없었다.

이번 작전의 주력부대는 인마족(人馬族)이라고 한다. 상반신은 인간이고 하반신은 말. 이른바 켄타우로스다. 이 녀석들이 문제였다.

뭐가 문제냐 하면, 이들에겐 마구간 규모의 숙소가 필요하다는 것이 문제였다. 도시 안으로 들어와도 묵을 장소가 없었다. 500마리…… 아니, 500명이나 온다고 하니까.

그래서 나는 서둘러 견인 공병들에게 숙소를 건설하라고 명령한 것이다.

"오, 대장. 여기 있었구나?"

나를 부른 것은 인랑 부대의 대장장이 제릭이었다.

그는 반쯤 벌거벗은 모습으로 뛰어와서 나에게 편자를 보여줬다.

"인마용 사이즈니까 평범한 말편자는 쓸 수 없잖아. 그래서 새로 만들어야 했어. 어때, 이거면 될까?"

"글쎄, 나한테 물어봐도……."

일단 받아서 살펴봤지만 나로선 잘 모르겠다.

"네가 만든 물건이니까 문제없겠지. 다 맡길게."

"좋아, 그럼 얼른 만들어야겠다. 나한테는 다른 일 시키지 마, 알았지?"

"알았어."

이번에는 판 누나가 등장했다.

"바이트 군, 인마족은 뭘 먹어? 건초?"
"아니, 상반신은 인간이니까 건초는 안 먹을 것 같은데……."
어쩌면 먹을지도 모른다는 것이 마족의 무서운 점이다.
일단 인마병 한 명당 인간 음식 2인분을 준비하기로 했다. 인랑만큼은 아니어도 그들도 꽤나 밥을 잘 먹는 것 같았다.
"어쩌지? 고기는 그렇게 많이 준비할 수 없는데."
"우리 인랑들 말고는 그렇게까지 열심히 고기 타령을 해대는 녀석들은 별로 없어. 빵과 말린 과일이라도 준비해놓으면 될 거야."
"알았어. 구해올게."
판 누나는 황급히 저쪽으로 뛰어갔다.
종족이 다르면 상식도 생태도 다 다르므로 이것저것 신경 쓸 일이 많았다.

우리가 이래저래 고생을 하고 있는데 견인 경비병이 뛰어왔다.
"남문에 뭔가가 접근하고 있습니다! 수는 약 1,500명!"
"1,500명?"
"기병 같습니다!"
이상하군. 인마 부대라면 숫자가 안 맞는데.
나는 즉시 설영 작업을 중단시키고 견인들을 서문에서 시내로 돌려보냈다.
도대체 무슨 일이지.
나는 남문으로 달려가 성문을 닫으라고 명령했다. 크게 울부짖어 부하들을 불러 모았다.

비상소집 명령을 받은 인랑들이 남문으로 속속 모여들었다.

"바이트, 오늘은 원군이 오는 날 아냐?"

"저쪽에서 적군이 오지는 않을 거 아냐?"

저마다 한마디씩 하는 인랑들. 나는 혹시 모르니 주의하라고 일러두었다. 투반 의용대가 쳐들어왔을 때에도 그랬으니까.

이쪽으로 다가오는 부대는 확실히 기병대처럼 보였는데, 점점 다가올수록 그 모습이 뚜렷해졌다.

뭐야, 역시 인마족이잖아.

상반신은 갑옷을 입은 인간 전사이고 하반신은 조랑말 사이즈의 말. 상당히 용맹해 보이는 모습이었다.

그런데 이상하군. 미리 보고받은 내용과는 규모가 다르잖아.

이윽고 인마병들은 성문 앞에 도착해 정렬했다. 그리고 그중에서 좀 작은 인마병 하나가 앞으로 나왔다.

단창과 작은 방패를 든 인마는 창을 빙글빙글 돌리면서 큰 소리로 외쳤다.

"아—— 아—— 내 이름은 마왕군 제3사단 부관, '열주(烈走)' 필니르! 문 열어라, 문을 열어라——!"

소녀의 목소리였다.

필니르라는 이름은 보고받은 것과 같았다. 그래서 나는 성벽에서 훌쩍 뛰어내려 그들을 맞이하러 갔다. 긴장한 인랑들도 줄줄이 따라왔다.

"나는 제3사단 부관 바이트다. 만나서 반갑다. 초면이지?"

내가 이름을 밝히자 인마족 소녀는 기쁜 듯이 고개를 끄덕거렸다.

"응, 초면이야! 나는 마술사는 아니지만 고모비로아 님의 제자야! 선배, 잘 부탁할게!"

"그, 그래."

어째 평범하게 상대하기가 힘들군.

다행히 문제는 없는 것 같았다. 나는 그들을 서쪽 숲으로 안내했다.

"시내에는 인마족이 사용할 수 있는 시설이 없으므로 이곳에 진지를 따로 마련했다. 단, 500명이 묵을 만한 규모야."

"어? 왜 500명밖에 안 돼?"

뾰로통해진 필니르. 나는 한숨을 쉬고 사정을 설명했다.

"당신이 정확한 인원수를 보고하지 않았기 때문이지."

"아, 그게~ 500명만 데려오려고 했는데, 다들 따라오고 싶다고 해서…… 헤헤."

헤헤는 무슨 헤헤냐.

별수 없이 견인 부대에게 명령해서 천막도 치게 했다. 마왕군 장병을 노숙하게 만들 수는 없으니까. 뭐, 그럭저럭 어떻게든 될 것 같았다.

"필니르 부관님."

"내가 후배잖아. 편하게 불러도 돼."

방긋 웃는 필니르. 순수하고 귀엽긴 한데, 이 아이가 지휘관이

어도 정말로 괜찮은 걸까.

"필니르. 잘 들어. 마왕군은 취미를 즐기는 동호회도 아니고 자선단체도 아니야. 보고는 정확히 해야 하고, 또 미리 정해진 대로 행동하지 않으면 곤란해."

내가 타이르자 필니르는 허리를 꼿꼿하게 세우고 경례했다.

"네, 앞으로 주의하겠습니다!"

흠, 좋아. 착한 녀석이군.

"이제 화 풀렸어? 선배?"

"그렇게 부르지 말아줬으면 좋겠는데."

나는 그녀를 태수의 저택으로 안내해 집무실로 데리고 들어갔다. 말발굽 때문에 카펫이 엉망이 될 것 같군. 태수의 하녀들에게 나중에 사과해야겠다.

자, 이제 일에 대해 이야기해보자.

"인마 부대 1,500명과 멜레네 선배의 시랍병(屍蠟兵) 300명. 그리고 스승님이 해골병 1,000마리와 함께 참전하시는 거지?"

"선배는?"

그렇게 부르지 말라니까.

왠지 간질간질하잖아.

"인랑 부대는 륜하이트를 방어해야 하니까……."

륜하이트 위병대가 모반을 일으킬 가능성은 매우 낮았으나, 그렇다고 이 도시를 비울 수는 없었다. 인랑 부대는 움직이지 못한다.

"스승님이 그러셨는데? 선배한테 해골병 2,000마리를 빌려줬다고."

"그 녀석들은 못 움직여. 륜하이트를 방어해야 하니까."

그러자 필니르가 명랑하게 웃었다.

"걱정 마. 적군이 오더라도 어차피 투반을 도와주러 오는 걸 테니까."

나는 지도를 뚫어져라 살펴봤다.

륜하이트는 교역도시이므로 모든 이웃 도시와 교역로가 연결되어 있었다. 그래서 침공하기도 편하지만, 그만큼 적에게 침공당하기 쉬운 곳이기도 했다.

다만 현재 미랄디아 동맹군의 주력부대는 북부 전선에서 격전을 벌이고 있으므로 이쪽을 공격할 가능성은 낮았다.

"그래도 방심은 금물이야."

내가 내키지 않는 태도를 보이자, 필니르가 적극적으로 몸을 내밀면서 말했다.

"선배, 이번 투반 공략에는 남부 전선의…… 아니, 마왕군의 미래가 달려 있어. 절대로 실패하면 안 돼. 그러니까 병사를 빌려줘. 부탁이야."

진지한 눈빛이었다. 그래서 나도 모르게 고개를 끄덕이고 말았다.

"그, 그래……."

"또 생각을 해봐. 투반을 함락시키면, 미랄디아 동맹군은 륜하이트보다도 먼저 투반을 탈환하려고 할 거 아냐? 그만큼 륜하이트는 안전해지니까 좋잖아?"

필니르는 순식간에 또다시 태평한 말투로 돌아왔다.

그러나 내 머릿속에는 좀 전에 그녀가 보여준 진지한 눈빛이 각인돼버렸다.

게다가 필니르의 말이 옳았다. 역시 부사단장으로 임명될 만한 인재. 전황을 정확히 파악하는 능력이 있었다.

"필니르. 너, 해골병 조종할 줄 알아?"

"몰라!"

"그럼 어쩔 수 없네."

나는 냉정하게 말했다.

풀이 죽은 필니르.

나는 자리에서 일어나 그녀의 등을 가볍게 두드렸다.

"좋아, 그럼 내가 해골병을 끌고 갈게. 스승님한테 허가를 받아줘."

필니르의 표정이 확 밝아졌다. 그녀는 발굽으로 땅을 박차고 나에게 와락 달려들었다.

"고마워! 선배, 진짜 최고! 좋아해!"

나 참, 그렇게 부르지 말라니까.

*　　*

〈필니르의 일기〉

오늘 처음으로 바이트 선배를 만났다.

선배는 마왕군 제3사단에 소속된 나와 같은 부사단장이다. 아, 아니, 부관인가? 뭐, 아무튼지.

선배는 인랑이고 무지무지 강하다고 한다.

제2사단의 그 유명한 수귀, 도그 대장을 아주 쉽게 쓰러뜨렸다고 스승님께서 그러셨다. 도그 대장이라니, 제2사단에서도 다섯 손가락 안에 꼽히는 용맹한 전사잖아?

나는 아직 나보다 더 강한 전사와 싸워본 적이 없다.

엄청나게 신경 쓰인다.

게다가 바이트 선배는 뛰어난 장수라고도 한다.

륜하이트라는 도시를 인랑 부대 56명만 데리고 제압했다고 들었다. 심지어 손해는 하나도 없었다고. 정말 대단하다.

내가 인마 부대 56명을 지휘한다 해도, 이렇게 큰 도시는 도저히 점령하지 못할 것 같다.

또 마술사로서도 상당한 실력의 소유자라고 한다. 나는 잘 모르겠지만 스승님이 그렇다고 하셨다.

아 참, 여기서 스승님이란 대현자 고모비로아 님이다. 실은 내가 대현자님의 제자거든. 마법은 부리지 못하지만…….

선배는 인랑 마술사라서 '마랑'이라는 멋진 칭호를 받으셨다.

굉장해. 전사로서도, 장수로서도, 마술사로서도 훌륭하다니.

하지만 무엇보다도 더 대단한 것은 인간을 지배하는 능력이다.

선배는 륜하이트를 지배하고 있다. 멜레네 선배와는 전혀 다른 방식으로.

놀랍게도 선배는 인간 태수한테 그냥 일을 시키고 계신다고 한다. 인간 위병대도 자기편으로 만든 것 같고.

아니, 이게 진짜라니까.

위병대가 일하는 모습을 내 눈으로 직접 봤는걸.

우리 인마족은 겉모습은 반쯤 인간과 똑같지만 속마음은 역시 전혀 다르다. 우리는 긍지 높은 마족 전사다.

그러니까 인간들이 무슨 생각을 하는지 짐작하기 어렵다.

인랑도 긍지 높은 마족 사냥꾼이라고 들었는데, 선배는 인간이 무슨 생각을 하는지 다 아시는 것 같았다. 다들 입을 모아 그렇게 말했다.

……혹시 내 생각도 환히 꿰뚫어 보고 있는 것은 아닐까?

선배는 이렇게 대단한 분이니까, 당연히 마왕님도 선배를 무척 신뢰하고 계신다.

소문으로는 마왕님의 직속 용인족 부대도 선배의 휘하에 들어갔다고 한다. 륜하이트에서 언뜻 봤다.

사단장인 우리 스승님조차 용인족 부하는 안 데리고 계시는데.

역시 마왕군 내에서 '최강의 부관'이라고 불리는 우리 선배답다.

그런데 가장 많이 놀랐던 것은 실제로 선배를 만났을 때였다.

그게, 있지.

엄청나게 심장이 두근거렸어.

진짜로 멋있다니까! 마왕군에서는 누구나 다 아는 명장인데도, 처음 만난 나 같은 녀석에게 무지 친절하게 대해주셨다고!

아이참, 다시 생각하기만 해도 심장이 터질 것 같아!

내가 깜빡하고 연락도 없이 세 배나 되는 병사들을 끌고 왔는데도 금방 우리들 전원이 묵을 수 있는 잠자리를 마련해주셨고. 어쩜, 행동 하나하나가 다 멋있을 수가 있지?!

조금 혼나긴 했지만. 꾸짖는 방법도 어른스러워서 감동했어. 나도 모르게 존댓말로 대답했다니까.

그리고 내가 '선배'라고 부를 때마다 난처한 표정을 짓는데, 이게 쪼끔 한심해 보여서 오히려 귀여워!

선배가 제일 멋있었던 장면은 내가 선배에게 원군을 요청했을 때! 안 되겠구나 하고 포기한 순간에 선배가 그랬어. 자기가 직접 나서서 도와주겠다고!

와, 어쩌지? 큰일이야.

너무 좋아서 큰일이라니까.

그런데 태평하게 좋아하고 있을 수만은 없어.

이번 싸움은 우리들 인마족의 존망이 걸린 싸움이야.

벌써 수백 년 동안이나 인간은 세력을 확장해 왔어. 반대로 인마족은 조금씩 생활 터전을 잃어버렸고.

우리는 평원의 민족이니까. 평원이 개척되어 논밭으로 변해버리면 우리 살 곳이 없어져.

숲이나 산에 사는 마족은 그렇지도 않은가 봐. 그러니까 인간과 가장 심하게 충돌하는 것은 우리들 인마족일지도 몰라.

장로님의 말씀으로는 우리의 숫자는 끊임없이 줄어들고 있대. 이대로 가다가는 언젠가 틀림없이 멸망할 거야.

지금까지는 싸우기 싫어서 계속 참고만 있었지만 이제는 싸울 수밖에 없어.

나는 원래 우리 부족의 전사 500명만 데려올 생각이었는데, 인마족 전체의 위기라면서 다른 부족에서도 많은 이들이 참가해줬어. 무려 1,500명!

솔직히 말해 이렇게나 많은 이들의 목숨을 책임져야 한다는 것이 무서워.

인마족 전사의 대부분인걸. 인마족의 미래가 달려 있다고.

내가 지휘하다가 조금만 실수해도 인마족 자체가 멸망할지도 몰라.

정말 무서워.

그래서 비겁한 나는 선배한테 도움을 청했어.

훌륭한 장수로서의 선배의 명성은 마왕군 바깥까지 널리 퍼져 있으니까. 인마족 사이에서도 마랑 바이트의 이름은 이미 유명해.

평소에 늘 륜하이트에 머물러 있는 선배는 그 사실을 모르는 것 같지만.

선배가 참전해준다는 사실을 알자, 인마족은 흥분의 도가니에 빠졌어.

그야 당연하지. 마왕님과 사단장님 다음가는 실력자잖아. 강한 전사와 함께 싸우는 것은 인마족에게는 최고로 영광스런 일이야.

그러니까 이제 다들 투반 공략전에서 마음껏 실력을 발휘할 수 있을 거라고 생각해.

하지만 이런 식으로 선배에게 의지하는 것은 나쁜 짓이지…… 반성하겠습니다.

빨리 경험을 쌓아 선배처럼 훌륭한 장수가 될게요! 그러니까 딱 이번 한 번만 너그럽게 봐주세요!

……투반 공략에 성공하면. 혹시 선배가 나를 칭찬해줄까?

*　　　*

투반 공략과 관련된 최종회의를 하기 위해 제3사단의 장수들이 륜하이트에 모였다.

우리는 태수의 저택의 방 하나를 빌려, 그곳에서 순서와 기타 등등을 확인했다.

"투반의 성문은 얼마나 두꺼울까?"

흡혈귀의 여왕, 멜레네 선배가 뺨에 손을 대면서 고개를 살짝 기울였다.

선배는 스승님의 첫째 제자이자 훌륭한 사령술사이다. 또 협상이나 전략 관련 분야에서도 재능을 발휘하고 있지만, 전술에 관해서는 거의 초짜나 마찬가지였다.

"선배, 선배가 점령한 도시의 성문을 생각해보세요."

"베르네하이넨의 성문은 그냥 쇠 격자로 되어 있는데……."

고도로 이름난 아름다운 도시 베르네하이넨은 마족의 입장에서는 전혀 매력이 없는 도시였다. 그래서 그렇게 대충 방비해도 괜찮았나 보다.

륜하이트의 성문이랑 비슷한 두께라면 그다지 문제 될 것이 없겠지만, 투반은 미랄디아의 공방으로서 신기술을 꾸준히 개발해온 도시다.

그러니까 낙관할 수 없을 것이다.

멜레네 선배의 강점은 인간을 흡혈귀로 만들어 지배할 수 있다는 점이다.

뭐, 실은 그거 하나 말고는 기대할 것이 없다고나 할까. 적의 총사령관을 흡혈귀로 만들어 배신을 유도하는 것이 유일하고도 가장 강력한 필승 방법이었다.

이 세계의 흡혈귀들은 햇빛이나 성스러운 것에는 끄떡도 하지 않지만, 하늘을 날지도 못하고 변신하지도 못한다. 의외로 평범한 존재다.

"바이트, 너 방금 나를 쓸모없는 녀석이라고 생각했지?"

"아뇨, 생각 안 했는데요?"

"굳이 성문을 부수지 않아도, 선배가 성문을 뛰어넘어 들어가서…… 그 뭐지, '소울 셰이커'? 그걸 쓰면 되잖아?"

이 태평한 소리의 주인공은 새로 들어온 제자 필니르였다. 이 인마족 소녀는 도시에는 처음 와봤는지, 지금 정신없이 유리창 냄새를 맡고 있었다.

"그건 원래 마법 전투에서 우위를 점하기 위한 기술이야. 효과 범위는 그리 넓지 않고, 연발할 수도 없으니까 그건 안 돼."

게다가 이미 알려진 바에 의하면 투반의 성벽에는 고정식 대형 크로스보가 대량으로 배치되어 있다고 한다.

그 투척용 창처럼 무지막지하게 큰 화살이 급소에 꽂혔다가는, 내가 아무리 인랑이어도 이승 하직할 것이다.

"역시 처음에는 해골병으로 밀어붙여 박살내는 작전을 써야 하나?"

그렇게 중얼거린 것은 우리 스승님, 대현자 고모비로아였다.

생명이 없는 병사들을 무한히 소환할 수 있는 스승님은 걸어 다니는 병참기지나 마찬가지였다.

그러나 다른 공무를 모조리 내팽개친다 해도 스승님이 하루에 보충할 수 있는 양은 100마리 정도가 한계였다. 따라서 1,000마리가 쓰러진다면 스승님은 열흘 동안 아무것도 못하게 된다.

최고 간부가 병력 보충에만 매달릴 수도 없는 노릇이다.

사실 마왕군은 포위전에 관한 노하우가 없었다.

하긴 그것도 당연했다. 최근까지만 해도 그들은 인간들로 구성된 마물 토벌군과 변경에서 사소한 다툼을 벌이기만 했으니까.

성새도시를 포위하고 공격한다는 것은 아무도 경험해본 적이 없는 일이었다.

뭐, 실은 인간 측의 사정도 얼추 비슷하지만. 현재 미랄디아 국내에는 성 공략 전문가 따위는 거의 없을 것이다. 통일전쟁 이후로 시간이 많이 흘렀으니까.

게다가 나를 가장 괴롭히는 문제가 하나 있었다. 그것은 마족의 공통된 문제점이었다.

병종(兵種) 변경이 불가능하다는 것.

이를테면 인마족은 우수한 기병이지만, 도시 안으로 들어가서도 말에서 내리지 못한다. 말을 타고 있는 게 아니니까 당연한 이치이다.

한편 투반의 그 유명한 궁기병들은 말에서 내리면 궁보병으로도 활동할 수 있다.

이러한 차이가 늘 결정타가 되었기 때문에 과거에 마족들은 인간과의 전쟁에서 계속 패배했던 것이다.

그러고 보니 전생에 했던 게임에서도 그랬었지. 마물 계열의 유닛은 성장률이 낮거나, 장비가 제한되거나, 선택 가능한 병종이 적거나, 뭐 그런 다양한 문제점들이 있었다.

공업도시 투반은, 큰길은 자재 운반용으로 넓게 뚫려 있지만 그 외의 지역들은 크고 작은 공방들로 가득 차 있어서 매우 복잡하다고 한다.

비좁은 곳에서는 쉽게 움직이지 못하는 인마병에게는 불리한 환경이었다. 시내로 돌입한다면 꽤 힘든 싸움이 벌어질 것 같았다.

그러니까 성문을 돌파할 때 병력을 낭비하고 싶지 않았다.

한편 해골병은 일회용으로 쓰일 수도 있고, 좁은 곳에서도 잘 싸운다. 그러나 전자동 전투인형이므로 세세한 판단은 하지 못한다.

시민과 위병을 구별하지도 못하고, 상대가 항복해도 모른다. 그러니까 이 녀석들을 시가전에 투입한다면 대학살이 벌어질 것이다.

우리의 임무는 점령이지, 파괴나 학살이 아니다.

제2사단에서 거인족 투석병(投石兵)이라도 불러오면 성문쯤이야 간단히 부술 수 있고, 또 제1사단의 용인병이 와준다면 시가전도 문제없이 해치울 수 있겠지만, 안타깝게도 지금은 둘 다 부를 만한 상황이 아니었다.

강력한 마족들 대부분은 종족에 따라 병종이 결정되어 있다. 그러므로 인간같이 유연하게 활용할 수 없다는 점이 문제였다.

우리 인랑 부대는 숫자가 적고, 견인 부대는 힘이 약하다. 멜레네 선배의 흡혈귀 부대는 정식 전투에는 소질이 없다. 게다가 각 부대는 점령지에서 각자의 임무를 맡고 있었다.

이상적인 상황에서 전쟁을 치를 수 없다는 것이 못내 아쉬웠지만, 뭐, 이걸 어떻게든 해결하는 것이 우리 지휘관들의 역할이다.

자, 이제 어떻게 한다?

성문을 돌파하기 위한 작전 계획은 준비되어 있었다. 그러나 성문의 강도(强度)와 같은 정보가 부족하므로 확실성이 떨어진다.

시가전은…… 피해 볼 것을 각오하고 인마 부대를 투입할 수밖에 없겠지. 필니르도 각오는 한 것 같았다.

그래도 역시 미련을 다 버리진 못했나 보다. 필니르는 멜레네 선배를 간절한 눈빛으로 쳐다보았다.

"저, 멜레네 선배…… 멜레네 님께서 투반 태수를 흡혈귀로 만들어버리면 안 될까요?"

나를 대할 때와는 전혀 다른 말투로군.

아마 선배한테 호되게 혼났나 보다.

자세히 보니 필니르가 아프다는 듯이 뒤통수를 쓰다듬고 있었다. 처음 만났을 때 곧바로 얻어맞았나 보군.

멜레네 선배는 잠시 생각해보더니 이내 우울하게 고개를 흔들었다.

"음, 역시 안 될 것 같아. 처음에는 다행히 기습에 성공했으니까 괜찮았지만, 이번에는 이미 인간 측도 경계하고 있을 테니까. 나도 바이트도 아주 간단한 마법만 써도 정체가 들통날 거야."

인간들도 폼으로 우리와 수백 년 동안이나 싸우고 있는 것이 아니었다.

마술사라면 누구나 쓸 수 있는 초보적인 퇴마(退魔) 마법이 존재하는데, 그걸 사용하면 우리가 마족이란 사실이 쉽게 들통나 버린다.

그래서 우리 인랑의 선조들은 도시를 떠나 대대손손 숨겨진 마을에서 조용히 살고 있었던 것이다.

결국 계획이 확정되지 않은 상태에서 회의는 점점 동창회처럼 변해버렸다. 어느새 다들 과거의 수련생 시절을 그리워하며 이야기꽃을 피우고 있었다.

하긴 우리는 같은 대학교 연구실 출신이라고도 할 수 있으니까 이해는 가지만, 나로선 제대로 계획을 세우고 싶은데…….

그때 문 두드리는 소리가 났다. 아일리아가 조심스럽게 안으로 들어왔다.

"처음 뵙겠습니다. 저는 륜하이트의 태수, 아일리아 뤼테 아인도르프입니다. 조촐한 저녁식사를 준비했으니 회의가 끝나면 식당으로 와주시길 바랍니다."

남장미녀가 등장하자 여자들의 분위기가 후끈 달아올랐다.

"바이트, 이 예쁜 아가씨가 여기 태수야?! 세상에, 왜 가르쳐주지 않은 거야?! 꺅, 어떡해, 너무 멋있다!"

"선배는 미인만 보면 성별 불문하고 피를 빨려고 하니까 그렇죠. 그 나쁜 습관은 이제 슬슬 고쳐주실 수 없나요?"

아일리아가 흡혈귀로 변해버리면 나의 통치 방침이 근본적으로 무너지게 된다. 그녀는 계속 인간이어야지, 안 그러면 곤란하다.

"있잖아요, 스승님. 바이트 선배 말인데요. 혹시 인기 많나요?"

"글쎄, 어떨까. 이놈은 워낙 고지식한 녀석이라. 아, 그래. 그러고 보니 수련생 시절에 재미있는 일이 있었는데……."

꼬마 스승님과 인마족 소녀가 어린애같이 순수한 얼굴로 즐겁게 이야기를 나누었다. 사랑의 단꿈에 젖은 중학생들처럼 보

였다.

"그게 뭔데요? 스승님, 자세히 말씀해주세요."

필니르, 왜 메모할 준비를 하는 거야?

스승님은 내 끔찍한 과거사를 신나게 말씀하시기 시작했다.

"아마 그때 바이트는 그대랑 비슷한 나이였을 것이다. 악령 퇴치 기술을 연습하고 있었는데, 하필이면 그 악령이 이놈한테 반했지 뭐냐."

"여자 유령이었나요?!"

"그래. 젊은 인간 처녀의 악령이었지. 그래서 그때부터 정말 난리가 났단다."

"스승님. 그 이야기는 이제 그만하시면 안 될까요?"

아, 진짜 악령이 스토커가 되니까 장난 아니게 무섭더라. 문득 정신 차려보면 방 안에 들어와 있는 정도가 아니라 아예 빙의해서 하나가 되려고 하니까.

스승님께서 악령을 퇴치해주시면 간단히 해결될 일이었지만, 왠지 불쌍해서 내가 열심히 설득하여 그녀를 저세상으로 돌아가게 했다. 설득하는 데 일주일쯤 걸렸다.

그 사건 때문에 스승님은 "귀신에게 공감하는 것은 물론 중요하지만 그것도 정도가 있지"라고 하시면서 나에겐 사령술사로서의 소질이 없다고 단정하셨다.

하지만 뭐, 어쩔 수 없잖은가. 나도 전생의 기억을 여전히 간직하고 있는걸.

필니르가 한숨을 쉬었다.

"선배…… 어중간하게 친절을 베푸는 것은 오히려 여자 마음에 상처 주는 행위야. 알아?"

아니, 그래서 어쩌란 말씀이시죠.

그때 멜레네 선배의 모습이 눈에 띄었다. 그녀는 히죽히죽 웃고 있었다.

"그래도 그 여자, 꽤 바이트의 이상형에 가깝지 않았나? 아, 맞다. 필니르랑 조금 닮았었어."

"정말이에요?!"

갑자기 큰 관심을 보이는 필니르. 나는 허둥지둥 손사래를 쳤다.

"안 닮았어! 하나도 안 닮았어!"

사실 그때는 악령의 외모를 찬찬히 살펴볼 수 있을 만한 심적 여유가 없었다. 하지만 후환이 두려우니 철저히 부정해두자.

필니르는 조금 침울한 표정을 지었다. 거 봐, 멜레네 선배가 쓸데없는 소리를 해서 그래.

"안 닮았다고? 정말로?"

"그래. 안 닮았어."

악령하고 닮았다고 하면 필니르가 불쌍하지 않은가.

오해를 잘 풀어줘야지.

"필니르, 네가 훨씬 더 귀여우니까 걱정 마."

그 순간, 어째서인지 주위의 분위기가 이상해졌다.

"어? 어어?"

눈이 휘둥그레진 필니르. 나는 서둘러 보충설명을 했다.

"아니, 그러니까 악령 같은 것보다는 살아 있는 네가 훨씬 더 생기발랄하고, 건강하고, 성격도 시원시원하다니까."

나는 필사적으로 해명했다. 그러나 분위기는 점점 더 묘하게 무거워지는 것 같았다.

필니르는 입을 다물고 흘끔흘끔 나를 쳐다보았다. 앗, 설마 내가 지금 무의식중에 성희롱을 한 건가? 무조건 칭찬한다고 될 일이 아니었나 보다.

무거운 정적에 휩싸인 방 안에서 누군가가 가볍게 헛기침을 했다.

"그래, 아일리아도 그런 식으로 설득한 거구나?"

멜레네 선배가 차가운 눈초리로 나를 보고 있었다.

"그런 식……이 뭐죠?"

"됐어. 신경 쓰지 마. 바람둥이 늑대 같은 놈이라고 생각하진 않으니까."

생긋 웃는 멜레네 선배.

뭐지? 엉뚱한 데로 불똥이 튀는데?

"아일리아 님은 우리 마왕군에 협조하고 계시는 소중한 전략적 파트너입니다! 그런 이상한 추측은 삼가주세요! 아일리아 님께 실례이지 않습니까!"

"역시 선배의 파트너였구나?!"

"이상한 추측은 하지 말라니까!"

그 후 그들은 떠나갈 때까지 끊임없이 나와 아일리아의 관계를 의심했다.

그 결과 그들에게 중요한 제안을 할 기회를 놓치고 말았다.

흥, 그냥 내 마음대로 준비할 테다. 애초에 마술사 집단에게 포위전 계획을 세우라고 하는 것 자체가 어불성설이었고……. 물론 나도 전문적인 지식이 있는 건 아니었다.

규모는 커졌어도 아직 마왕군에는 인재가 부족했다.

다음에 마왕을 알현할 때에는, 마왕군의 특색을 이용한 포위공격 방법을 개발하자고 제안해야겠다. 반드시.

나는 출격 준비를 하면서 속으로 굳게 다짐했다.

그리하여 마침내 투반 공략전이 시작됐다.

지휘관은 '열주' 필니르. 인마족의 각 부족에서 약 1,500명의 전사들을 데리고 왔다.

원군은 그 유명한 흡혈귀의 여왕, 멜레네. 사전에 소환한 시랍병 300명을 데리고 참전.

스승이신 대현자 고모비로아도 해골병 1,000마리와 함께 참가.

그리고 나도 비장의 카드인 해골병 2,000마리를 데려왔다.

총 5,000에 가까운 병력이다.

상대편인 투반의 인구는 5,000명.

위병대를 겸임하는 궁기병대는 150~200기로 추정된다. 전에 내가 약 50기를 물리쳤으므로 그 숫자는 상당히 줄어들었다. 궁기병은 그리 쉽게 보충할 수 없으니까.

민병의 수도 적지는 않을 것이다. 전체적인 규모는 불명이지만.

인구의 절반이 남자라 하고 그중에서 또 절반이 젊고 건강한 성인 남자라고 한다면, 대충 1,000명쯤 될지도 모른다.

듣자 하니 투반 시민들은 크로스보를 다루는 방법을 배웠으므로 꽤 실력 있는 사수들이라고 한다.

그리고 제일 심각한 문제는 투반이 자랑하는 철벽의 성새다.

그 성벽은 륜하이트 성벽보다 더 높고, 곳곳에 고정식 대형 크로스보가 설치되어 있다. 이것으로 초대형 화살을 고속으로 쏴서 기마든 공성병기든 모조리 격파해버리는 것이다.

과연 공업도시답다고 해야 하나. 도대체 기습 이외의 방법으로 이 도시를 공략하는 게 가능하기나 할까?

"포위가 완료된 것 같군요."

내 옆에서 크루체 기관이 중얼거렸다. 그는 화약, 그들 말로는 '용의 숨결'을 관리하는 책임자다. 여차할 때에는 성문을 폭파하기 위해 데려왔다.

이 도시는 철저한 비밀주의다. 그래서 인간의 출입을 감시하기 위해 남쪽과 북쪽에 성문을 하나씩만 만들어놓았다. 그러니까 각 성문을 중점적으로 봉쇄하기만 하면 된다.

남문을 공략하는 것은 버리는 카드인 해골병 1,000마리와 시랍병 300명. 그리고 그 뒤를 이어 시가전에 돌입할 예정인 인마병 1,500명.

북문을 포위하고 있는 해골병 2,000마리는 멜레네 선배가 돌봐주기로 했다.

포위가 완료되자 필니르가 항복을 권하는 사자를 보냈다.

그러나 필니르의 편지를 건네받은 인마병은 성문에 가까이 다가가기도 전에 크로스보의 집중 공격을 받고 쓰러졌다.

그래, 협상할 생각 따윈 손톱만큼도 없단 말이지.

비무장 상태인 사자가 자기들 눈앞에서 살해되자 인마족 전사들은 불같이 화를 냈다. 당장 피를 봐야 직성이 풀릴 것 같았다.

필니르가 조금 떨어진 곳에서 창을 흔들었다.

"선배——! 해골, 움직여줘——!"

……좀 더 지휘관답게 행동하면 좋겠는데. 뭐, 상관없나.

나는 고개를 끄덕인 뒤 수인을 맺고 주문을 외웠다.

"게헤나의 문에서 돌아오고, 하우란의 문에서 거부당한 자들이여. 내 오른손을 보라. 이것이 얼어붙은 태양이니라."

사자를 부리는 주문.

참고로 게헤나는 죽은 자의 안식으로 가득 찬 암흑의 세계이며, 하우란은 환생으로 이어지는 빛의 세계라고 한다.

어느 쪽이 더 좋은지는 나도 잘 모르겠지만, 아무튼 여기선 그들이 활약해줘야 했다.

해골병들이 내 목소리에 반응했다. 나는 그들에게 전진을 명했다.

"제1진, 방패를 위로 들라! 대공방어(對空防禦) 자세!"

일사불란한 소리가 나면서 해골병들이 방패를 들어 올렸다.

"목표물은 투반의 남문! 최대 전투 속도로 돌격 개시!"

해골 병사 500마리가 창과 방패를 들고 일제히 돌격을 개시했다.

즉시 투반의 성벽에서 화살이 날아왔다. 예상대로 유효 사정거리가 길었다. 푹푹 꽂힌다.

해골병들은 방패로 방어하고 있었지만 그 방패까지 통째로 뚫려 꼬치가 되어버렸다. 아무리 불사신인 해골병이라 해도 등뼈가 부서지면 형체를 유지할 수 없었다.

그래도 갈비뼈가 부서진 정도라면 문제없었다. 다소 부서져도 멀쩡히 움직일 수 있는 그들은 화살과의 궁합이 아주 좋았다.

걸음걸이가 느리므로 성문에 도착할 무렵에는 이미 절반 이상이 쓰러지고 말았지만, 이쯤이야 대단한 손해는 아니었다.

똑같은 짓을 인마병에게 시켰더라면 결과는 훨씬 더 끔찍했을 것이다.

"소모전이군요."

크루체가 불안한 듯이 중얼거렸다. 나도 고개를 끄덕였다.

"지금은 참고 견뎌야 해. 자, 슬슬 다음 단계로 넘어가볼까."

나는 또다시 필니르가 창을 흔들고 있는 것을 확인하고 예정대로 제2진을 출격시켰다.

제1진이 성문 부근에 모여 있는 상황에서 제2진이 또 우르르 몰려간다.

왠지 내가 전생에 자주 플레이 했던 타워 디펜스 게임(영지로 쳐들어오는 적을 물리치는 실시간 전략 게임)이 떠올랐다.

뭐, 지금은 내가 공격하는 입장이지만.

해골병으로 구성된 제1진은 적의 맹렬한 반격을 받아 반파되었으나, 제2진은 비교적 저항을 덜 받았다.

그야 당연했다. 대형 크로스보의 활시위도 인력으로 당기는 것이니까. 활을 많이 쏘면 쏠수록 피로가 쌓이고, 또 중간에 활이 망가질 수도 있었다.

그리고 제2진에는 멜레네 선배의 특제 시랍병…… 즉, 밀랍으로 변한 좀비들이 섞여 있었다.

어째 점점 더 타워 디펜스랑 비슷해지는 것 같은데. 그래도 이번에는 이놈들이 주역이다.

시랍병은 특수한 술법으로 소환된, 장기 보존 가능한 좀비다. 그 대신 지방이 밀랍으로 변했기 때문에 불에 타기 쉽다는 단점이 있다. 말하자면 걸어 다니는 양초 같은 것이다.

하지만 단점이 장점이 될 수도 있는 법.

해골병의 호위를 받으며 성문에 도착한 시랍병은 미리 설정된 자폭 명령에 의해 저절로 폭발했다.

여기서는 멀어서 잘 보이지 않았지만, 그야말로 스플래터 영화 뺨치는 광경이 펼쳐지고 있을 것이다.

아마도 저 거대한 성문은 온통 밀랍 범벅이 되었을 테고.

바싹 마른 두꺼운 나무문은 밀랍을 한껏 흡수할 것이다.

그러나 아직 방심은 금물이다.

우리가 하려는 짓을 투반 사람들에게 들키면 안 된다. 화공(火攻)을 막을 방법이야 얼마든지 있으니까. 이를테면 문짝에 물을 잔뜩 들이부을 수도 있고.

그래서 일부러 이렇게 복잡한 방법을 써서 무모한 공격을 감행하는 듯한 분위기를 연출하고 있는 것이다.

살아 있는 병사에게는 이런 짓을 시킬 수 없지만, 해골과 좀비라면 거리낄 필요 없었다.

감정도 영혼도 없는 한낱 시체 인형이니까.

나는 지휘할 병사들이 사라졌으므로 크루체와 함께 필니르의 인마 부대에 합류했다.

"선배, 고생했어!"

"지금까지는 계획대로 잘 진행되고 있어. 아 참, 그렇게 부르지 마."

이제는 밀랍투성이가 된 성문에 불을 붙이기만 하면 된다. 그러나 활의 사정거리 문제 때문에 이쪽에서는 가까이 다가가 불화살을 쏠 수 없다.

그러므로 이제 스승님이 등장하실 차례다.

그분이 벼락을 내려 전기화재(電氣火災)를 일으키는 것이다.

하다못해 구리줄이라도 있으면 좀 더 일이 편해질 텐데, 없는 건 어쩔 수 없지…….

대현자 고모비로아는 벌써 몇 분이나 앳된 얼굴을 찡그린 채 주문을 외우고 있었다.

"바이트 님, 고모비로아 님께서 지금 뭐 하시는 겁니까?"

크루체가 기술자로서의 호기심을 참지 못하고 소곤소곤 나에게 물어봤다.

지금 스승님께서 외우시는 주문은 번개를 일으키는 주문이 아니었다.

솔직히 말해 이 세계의 파괴마법은 별로 도움이 안 된다.

대부분의 마법이 '자기 자신을 중심으로', '발생하자마자 통상적인 물리법칙에 따르기' 때문에, 아무 생각 없이 파괴마법을 사용했다간 마술사 본인이 가장 큰 타격을 받게 된다.

이런 일을 방지하려면 다양한 주문을 써서 마법을 제어해야 하는데, 그런 귀찮은 작업을 할 바에야 차라리 칼을 휘둘러 공격하는 게 더 편하다.

나는 스승님이 외우는 주문의 내용을 이해하지 못했지만, 대충 짐작은 할 수 있었다.

"저건 번개가 지나가는 길을 만드는 작업일 거야."

"번개가 지나가는 길이요?"

벼락이 떨어지기 직전, 뇌운과 지상 사이에는 이온화된 공기에 의해 번개의 통로가 만들어진다는 이야기를 들은 적이 있다.

뇌운 안에서 전하(電荷)가 상하로 나뉘어…… 그다음엔 뭐였지? 에이, 모르겠다.

어쨌든 별생각 없이 전격마법을 함부로 썼다가는 마왕군의 누군가의 갑옷에 벼락이 꽂힐 것이다. 그러니까 잘 유도해줘야 한다.

"번개가 정확히 성문에 명중하도록 조준하고 있는 거지. 저렇게 준비해놓지 않으면 벼락이 어디에 떨어질지 몰라."

"그렇군요……."

크루체 기관이 열심히 메모하기 시작했다.

"바이트 님은 저 마법을 익히셨습니까?"

"아니, 실패했어……."

온갖 계통의 마술에 실패했던 기억을 더 이상 상기시키지 말아줬으면 좋겠다.

"흠, 옳지. 지금이다."

드디어 번개의 통로를 확보하신 걸까. 스승님이 즉시 전격 주문을 외우기 시작했다.

이 작업은 금방 끝났다. 대기 중의 마력을 살짝 건드려서 전기적인 힘으로 변환하기만 하면 되니까.

주문을 다 외우자마자 스승님이 지팡이를 휘둘렀다.

그 순간 창백한 섬광이 번쩍이면서 대기를 뒤흔드는 굉음이 울려 퍼졌다.

스승님이 만들어낸 번개의 위력은 무시무시했다. 여기서 봐도 성문이 심하게 파괴된 것을 알 수 있었다.

그와 동시에 시랍병의 잔해가 불타올랐다. 거대한 성문이 삽시간에 불길에 휩싸였다.

"성공이야!"

필니르가 신나게 폴짝폴짝 뛰면서 창을 높이 치켜들었다.

"자, 돌……!"

나는 다급히 그녀를 말렸다.

"기다려! 아직 성문이 완전히 다 타지 않았잖아! 실패했다간 전멸할 거야!"

"아, 맞다."

필니르는 머리를 긁적이면서 창을 도로 내렸다.

"방금 그건 취소! 조금만 더 기다리자!"

돌격 태세를 취하던 인마병들이 다시금 대기 상태로 돌아갔다.

훌륭한 통솔력이었다.

하지만 좀 위태로운걸.

문득 옆을 돌아보니 크루체 기관이 성문의 상태를 관찰하고 있었다. 이 녀석, 망원경까지 가지고 있잖아?

"이봐, 좋은 물건을 가지고 있군. 나한테도 좀 빌려주겠어?"

"바이트 님, 이게 뭔지 아십니까?"

앗, 실수했다. 이 세계에서는 이게 최첨단 장비인가 보다.

적당히 얼버무려야겠다.

"자네가 그렇게 들여다보고 있으니까 아마 관측기구일 테지. 유리판으로 풍경을 확대해서 먼 곳을 보는 장치가 아닌가?"

"대, 대단하시군요. 바로 그렇습니다."

깜짝 놀란 크루체에게서 망원경을 잠시 빌려 살펴보니, 거대한 성문은 무너지기 일보 직전이었다. 아주 활활 타오르고 있었다.

성새에 있는 사람들이 불을 끄려고 열심히 모래를 뿌리고 있었지만, 시랍병 300명분의 밀랍이 그리 쉽게 제거될 리 없었다.

그런데 딱 하나. 착오가 있었다.

그것도 치명적인 착오였다.

"쇠 격자……."

불타서 무너져가는 문짝 너머로 쇠 격자문이 버티고 서 있었다. 이중으로 방어책을 마련해둔 것이었다.

룬하이트보다 더 견고한 구조였다. 조금 부러운걸.

그나저나 큰일 났다.

쇠 격자는 불로 태울 수 없으니까.

내가 본 광경을 그대로 설명하자, 필니르의 표정이 곧바로 어두워졌다.

"어, 어쩌죠, 선배?! 이제는 다 함께 파성추(破城槌)를 들고 돌격할 수밖에 없나요?"

파성추라고 말하면 뭔가 대단해 보이지만, 사실 그것은 철판으로 보강한 통나무에 불과했다. 그건 여러 명이 붙잡고 몇 번이나 들이박아야 효과가 있을 것이다.

하지만 그런 것을 들고 느릿느릿 접근한다면 당연히 엄청난 피해를 보게 될 것이다.

"진정해. 이런 때를 위해 준비해놓은 것이 있으니까."

나는 크루체에게 명령했다.

"그것을 전부 다 가져와줘."

"전부 다요?! 큰 통에 들어 있는데요?!"

"괜찮으니까 빨리 가져와."

현재 크루체 기관은 내 지휘에 따르는 부하였다. 그는 군인답게 즉시 경례를 하고, 여럿이 힘을 합쳐 화약통을 들고 왔다.

용인 기술자 여러 명이 합심해서 들고 온 그 나무통을 나는 인랑의 힘으로 가볍게 들어 올렸다. 아마 반쯤은 통 자체의 무게일 테지만 대충 100킬로그램은 넘는 것 같았다.

뭐, 나는 화약에 관해서는 문외한이지만. 이 정도면 괜찮지 않을까?

"잠깐 다녀올게."

"바이트 님, 어딜 가시려고요?!"

"저기 저 격자문을 부수러……."

"당신은 지휘관이잖아요?! 안 됩니다!"

나랑 크루체가 실랑이를 벌이고 있는데, 필니르가 나에게 말을 걸었다.

"갈 거면 내가 도와줄게. 어서 타."

"이봐, 넌 이번 작전의 총지휘관이잖아."

"그렇게 따지면 선배도 륜하이트의 사령관이잖아. 무모하긴 피차일반이야."

크루체 기관은 옆에서 기절하기 직전이었지만, 나는 개의치 않고 이야기를 계속했다.

"인마병 중에서 가장 발이 빠른 녀석이 도와줬으면 좋겠는데. 누구야?"

주위에 주르르 서 있는 인마족 전사들을 둘러보자, 그들은 일제히 필니르를 쳐다봤다.

조그만 소녀는 의기양양하게 납작한 가슴을 활짝 폈다.

"난 인마족의 무녀야. '열주'라는 칭호는 거저 얻은 게 아니라고."

자세히 보니 그녀는 다른 인마병들에 비해 마력도 몇 배나 더 많이 가지고 있었다.

이 녀석도 마왕과 같은 돌연변이인가 보다.

어쩌면 좋을지 망설이고 있는데, 투반 쪽에서 "펑, 퍼벙" 하는 파열음이 들렸다.

북문을 포위하고 있는 멜레네 선배가 보낸 신호였다. 그쪽에도 용인 기술자 몇 명을 보내놓았다. 그들이 전용 새총으로 용옥을 쏘아 올린 것이다.

크루체가 망원경을 들여다보더니 즉시 신호의 의미를 전달했다.

"'적', '남쪽', '주력'…… 적의 주력부대가 이쪽으로 오나 봅니다!"

북문에서 적군이 출동한 건가.

멜레네 선배의 해골병 부대는 성벽에 있는 크로스보의 사정거리 밖에 자리 잡고 있다.

적의 궁기병대는 크로스보의 지원사격을 받으면서 성문 밖으로 나왔나 보다. 동쪽과 서쪽, 어느 쪽 성벽을 우회해서 올지는 모르겠다.

더 이상 망설이고 있을 여유가 없었다.

내가 알았다고 하자, 필니르는 창을 높이 들었다.

"조상신의 가호를!"

그리고 갑자기 투구를 벗어 던졌다.

입고 있던 갑옷도 벗어 던졌다.

마지막으로 옷까지 벗어 던졌다. 작은 가슴을 가리고 있는 것은 얇은 천 조각 하나뿐이었다. 그런데도 그녀는 활짝 웃고 있었다.

뭐야. 뭐가 시작되려는 거지?

반라가 된 필니르는 창과 방패만 들고 소리를 질렀다.

"양익, 방어 진형! 사격전 준비!"

인마병들은 일사불란한 움직임으로 대열을 변경했다. 인간 기병이라면 이렇게 움직이지는 못할 것이다.

필니르는 진형의 선두에 서서 인마족 병사들을 격려했다.

"나의 갑옷은 여기 있는 용감한 전사들이다! 너희들이 있는 한, 나는 죽지 않는다!"

"오오오오!"

인마병들은 열광했다. 아니 뭐, 가슴을 보고 흥분해서 그러는 게 아니라 전사로서의 고양감에 흠뻑 취한 것 같았다.

어떤 이는 화살통을 두드렸고, 또 어떤 이는 창과 방패를 서로 부딪치며 소리를 질렀다.

그러고 보니 인마족은 무모한 방법으로 용맹함을 과시하는 종족이란 소문을 들었는데.

그래도 설마 전쟁터 한복판에서 갑옷을 벗어 던지고 알몸이 될 줄은 몰랐다.

"지금이야말로 인마족의 무용(武勇)을 보여줄 때다! 다들, 힘내자——!"

"오오오오!"

굉장한 카리스마였다. 과연 마왕군의 장수다웠다.

이윽고 투반이 자랑하는 궁기병대가 흙먼지를 일으키며 성벽 양옆에서 등장했다. 좌우에서 협공할 생각인가 보다.

우리에 비하면 압도적으로 숫자가 적은데, 지휘관을 노리고 기습하려는 건가.

하지만 우리는 이미 기습에 대해 알고 있었으므로 반격하기 위한 만전의 태세를 갖춰놓았다. 용옥 덕분이었다.

"좀 더, 좀 더 기다려!"

필니르가 전사들에게 대기하라고 명령했다.

거리는 점점 좁혀졌지만 그녀는 아직도 군대를 움직이지 않았다.

적의 궁기병들이 말 위에서 활로 목표물을 겨누었다.

그 순간, 필니르가 큰 소리로 외쳤다.

"돌겨어어억!"

"우워어어어어!"

양익 부대가 마치 하나의 생물인 것처럼 일제히 움직였다. 그들은 날아오는 화살들을 철저히 무시하고 투반 성새를 향해 달리기 시작했다.

"선배, 가자!"

"알았어!"

나는 화약통을 짊어지고 뛰어올랐다. 이미 달리기 시작한 필니르의 등 위에 올라탔다.

성새에서 크로스보 화살이 날아올까 봐 걱정했는데 다행히 화살은 거의 날아오지 않았다.

"지금 화살을 쏘면 자기네 궁기병들한테 맞을지도 모르잖아."

아슬아슬한 위치까지 적군을 끌어들였기 때문에 현재 우리는 투반 성새와 적의 궁기병대 사이에 자리 잡고 있었다.

물론 굉장히 위험한 상태였지만, 이렇게 함으로써 적의 가장 무서운 무기인 고정식 크로스보를 무용지물로 만들었다.

그 무기는 위력이 너무 강해서 자칫하면 아군까지 다치게 할 가능성이 있는 것이다.

이 녀석, 은근히 머리 좋은데?

게다가 필니르의 각력은 다른 인마병들과는 차원이 달랐다.

인랑과 화약통을 태우고 있음에도 불구하고 다른 인마병들을 쉽게 앞질러 달려 나갔다. 강한 맞바람 때문에 숨이 막힐 정도로 맹렬한 스피드였다.

확실히 '열주'라는 칭호는 거저 얻은 것이 아니었다.

우리는 눈 깜짝할 사이에 성문 근처까지 접근했다.

성문 주변에는 살아남은 해골병들이 다수 모여 있었다.

"정렬! 방패 들어!"

나는 해골병들에게 길을 만들게 하고, 방패로 벽을 세우게 했다.

크로스보 화살이 날아왔다. 그러나 방패로 시야가 가려져 있어서 명중률이 형편없었다.

마침내 불타는 성문이 바로 코앞까지 다가왔다.

"필니르, 내가 점프하면 넌 즉시 뒤로 돌아서 뛰어!"

"선배는?"

"어떻게든 되겠지, 뭐!"

나는 그렇게 소리치면서 그녀의 말 등을 박차고 뛰어올랐다.

크로스보 화살이 어지러이 날아드는 가운데, 나는 성문을 향해 화약통을 냅다 집어던졌다.

"이거나 먹어라!"

도화선에 불이 붙는 것이 얼핏 보였다.

대폭발이 일어났다.

결론부터 말하자면, 내가 한 짓은 무모한 행위의 정도를 넘어서는 짓이었다.

우선 화약의 양이 너무 많았다.

괜히 아끼려다가 실패하면 죽도 밥도 안 될 테니까 그냥 통째로 사용했는데, 그게 좀 지나쳤나 보다.

"헉?!"

순간적으로 기절했던 걸까. 퍼뜩 정신을 차려보니 성문 앞에 쓰러져 있었다.

쇠 격자는 흔적도 없이 박살나버렸다. 군데군데 녹이 슬어서 생각보다 더 내구성이 약해졌었던 모양이다.

또 안타깝게도 주위에 있던 해골병들은 전멸한 것 같았다. 다들 산산조각이 나버렸다.

내가 인간이었다면 틀림없이 나도 죽었을 것이다.

쇠 격자를 파괴한 다음에는 해골병들을 시내로 돌입시킬 예정이었는데. 계획이 완전히 엉망이 되고 말았다.

성문을 제대로 제압하지 않으면 아군이 돌입할 때 위험해진다.

지금 돌입할 수 있는 녀석은 나 하나밖에 없었다. 할 수 없지.

나는 망설임 없이 성문 안으로 뛰어들었다.

아마 인마병들도 금방 따라 들어올 것이다. 난 그저 잠깐 동안만 시간을 벌면 된다.

그래서 나는 폭풍에 휩쓸려 주저앉아 있는 적병들을 향해 큰 소리로 외쳤다.

"멀리 있는 자, 귀로 들으라! 가까이 있는 자, 눈으로 보라! 내 이름은 바이트! 마왕군의 장수다! 목숨이 아깝지 않은 자는 나를 쓰러뜨리고 이름을 떨쳐 보아라!"

한 번쯤은 적진에서 당당하게 이름을 대보고 싶었는데, 이전 세계에서부터 남몰래 연습했던 것이 마침내 빛을 발하게 되었다.

그런데 뭔가 이상했다.

민병처럼 보이는 녀석들이 내 이름을 듣자마자 비명을 지르기 시작했다.

"바이트?!"

"몰살의 바이트다!"

"400명을 죽인 살인귀가 나타났다──!"

"안 돼, 이젠 끝장이야!"

무기를 버리고 뿔뿔이 흩어져 달아나는 병사들.

그 뒷모습을 바라보면서 나는 고개를 갸웃거렸다.

몰살의 바이트라니, 그게 뭐야?

하지만 느긋하게 생각이나 할 틈이 없었다. 나는 얼른 전투태세를 취했다.

민병들은 모두 다 달아났지만, 위병처럼 보이는 놈들은 도망치지 않고 남아 있었기 때문이다.

"투반 위병대의 자존심을 보여주자!"

온몸을 갑옷으로 감싼 덩치 큰 사나이가 탁한 목소리로 외쳤다. 얼굴까지 다 가리는 풀페이스 투구를 쓰고 있어서 마치 걸어 다니는 갑옷처럼 보였다.

방패와 메이스를 든 덩치 큰 전사는 나를 보고도 전혀 겁먹지 않았다.

"네놈이 마왕군 최강의 전사라는 그 인랑이냐?!"

"아니, 최강은 아닌데……."

"그러나 나도 투반 위병대 내에서는 최강이라고 자부하는 남자다!"

안 되겠다, 이 녀석, 남의 이야기를 듣지 않는 타입이다.

그 전사는 거대한 양손용 메이스를 한 손으로 가볍게 휘두르면서 이름을 밝혔다.

"내 이름은 루바리우스! 남문 수비대장이다!"

아, 이 녀석도 한 부대의 우두머리인가. 그렇다면 상대하지 않을 수 없지.

좀 난처하게도 지금 나는 거친 폭풍을 들이마시는 바람에 목이 망가진 상태였다. '소울 셰이커'로 단숨에 상대를 무력화시키는 것은 불가능했다.

게다가 주위에 있는 위병들은 활을 들고 있었다. 저 화살들이 한꺼번에 날아온다면 전부 다 피하지는 못할 것이다.

수비대장은 이미 일대일 결투를 하기로 작정했는지, 적극적으로 나에게 덤벼들었다.

"자, 싸우자! 남문의 정신을 보여주마!"

그게 무슨 정신인데? 범위가 너무 좁지 않아?

어쨌든 이 녀석의 메이스는 나에게도 타격을 줄 만한 위력이 있어 보였다. 함부로 무시할 수 없었다.

"나를 쓰러뜨리기 전까지는 우리 투반 시민들은 털끝 하나 건드리지 못한다!"

단순한 일대일 결투 마니아는 아닌가 보다.

좋아, 그럼 나도 진심으로 상대하도록 하지.

"간다."

그와 동시에 나는 돌바닥을 박찼다.

둔기로 공격할 때에는 그 무게로 위력을 증폭시키기 위해 보통 위에서 아래로 내리치는 법이다. 메이스를 높이 치켜든 갑옷 전사의 모습은 무시무시하지만, 실은 그 순간이야말로 상대를 공격하기 딱 좋은 기회였다.

나는 루바리우스의 오른팔을 향해 덤벼들었다.

그는 왼손의 방패로 나를 막으려고 했지만, 이런 하찮은 판때기 따위엔 관심 없다. 나는 그것을 걷어차서 발받침대로 썼다.

상대가 높이 들어 올린 오른팔은 힘을 주려고 한껏 구부러져 있었다.

나는 그 오른손을 붙잡고 그의 등 뒤로 뛰어내렸다.

"으헉?!"

치켜들었던 팔이 등 뒤로 넘어가자 어깨와 팔꿈치 관절이 말을 듣지 않게 되었다. 덤으로 이 녀석의 몸뚱이는 방패가 되었다. 이제는 적의 화살도 두렵지 않았다.

그런데 남문의 정신도 꽤 만만찮은 것이었다. 겨우 이 정도로 쉽게 항복하지는 않았다.

"제기랄——!"

루바리우스는 억지로 힘을 줘서 팔을 빼내더니, 나를 업어치기 한판 하듯이 휘둘러 집어던지려고 했다.

이 기술에 당했다가는 돌바닥 위에 대자로 눕게 될 것이다. 그때 화살이 일제히 날아오면 진짜로 위험해진다.

하지만 뭐, 그것도 인간이 인랑을 힘으로 이겼을 때의 이야기다.

물론 그런 것은 불가능했다.

"크윽! 이 자식!"

불가능하다니까.

그러자 루바리우스는 이번에는 스스로 몸을 던져 등으로 나를 깔아뭉개려고 했다. 일단 내 쪽으로 쓰러져서 팔 관절의 자유를 확보하려고 마음먹은 것이다.

대담하고 신속한 판단이었다.

그러나 인랑을 상대로 그런 시도를 하는 것은 다소 무모한 짓이었다.

애초에 무게가 부족한 것이다. 그의 거구는 갑옷까지 합치면 분명히 100킬로그램이 넘을 테지만, 그쯤이야 한 손으로도 들 수 있으니까.

"얍."

나는 거대한 갑옷 전사를 들어 올렸다. 위병들을 향해 치켜들어 방패로 삼았다. 상대는 열심히 버둥거렸지만 불편한 갑옷 때

문에 제대로 움직이지 못했다.

"소용없다. 항복해."

"에잇, 다들 뭐 하는 거냐! 쏴라! 나는 상관하지 말고!"

진심으로 하는 말이었다.

위병들은 잠깐 망설였지만, 곧 각오를 하고 화살을 쏘았다.

"안 돼!"

나는 루바리우스를 휙 던져버리고, 온존해둔 강화마법을 발동시켰다. 동체시력을 강화하여 날아오는 화살들을 모조리 주먹으로 쳐서 떨어뜨렸다.

와, 진짜로 간 떨어지는 줄 알았네.

하마터면 루바리우스를 죽게 만들 뻔했다.

"고작 그런 공격으로 나를 죽일 수 있을 것 같나?"

나는 다음 화살을 쏘려고 하는 위병들을 위협했다. 아무래도 이 짓을 몇 번이나 하는 것은 위험했다.

"계속해서 싸울 생각이라면, 너희들도 시민들도 다 죽이겠다. 항복한다면 목숨만은 살려주마."

아, 이런. 이 녀석들, 하나도 안 믿는 눈치인데.

위병들은 동요하긴 했지만 항복할 것 같지는 않았다.

하는 수 없이 좀 더 부드럽게 말해보기로 했다.

"이 용감한 전사를 봐서 너희들과 시민들의 목숨을 살려주겠다는 거다. 400명이나 죽인 나에게 이 용사는 홀로 도전했다. 그런 용사가 지키는 도시인데, 함부로 다 죽이기는 아깝지 않은가."

어떠냐? 진짜로 악역 같고 설득력 있는 대사 아냐?

자, 그러니까 어서 항복해줘.

그때 놀랍게도 바닥에 쓰러져 있던 루바리우스가 자기 부하들을 제지했다.

"이봐, 다들…… 항복해라."

"네?! 대장님?!"

술렁이는 위병들. 루바리우스는 몸을 일으키면서 말했다.

"이 인랑이 나를 죽일 생각이었다면 벌써 옛날에 죽였을 거다. 방금 그 화살도 나를 죽이지 않으려고 일부러 막아준 거야……."

눈치챘던 건가.

루바리우스는 벌떡 일어나더니 나를 쳐다봤다. 투구를 벗었다.

오래된 상처로 뒤덮인 험상궂은 얼굴의 중년 남성이었다. 역전의 용사처럼 보였다.

그는 나를 향해 고개를 숙이면서 말했다.

"우리는 항복하겠소. 그러니 부디 시민들의 목숨만은 살려주시오."

"마왕군의 장수로서 약속하겠다."

내가 그렇게 대답하자 위병들은 활과 검을 버렸다.

그 직후에 인마병들이 나를 구하러 우르르 몰려 들어왔다가, 싸움이 다 끝난 것을 깨닫고 어안이 벙벙해졌다.

결국 투반 공략전은 그렇게 막을 내렸다.

"400명을 몰살시킨 바이트가 성문을 부쉈다"는 소문을 들은 시민들과 의용병들은 북문을 통해 도주. 거기서 기다리고 있던 해골병들에게 포위당하자 즉시 투항했다.

밖에서 싸우던 궁기병들도 거칠게 날뛰는 인마 부대의 공격으로 인해 큰 손실을 입고 맥없이 항복해버렸다.

난 아직 제대로 싸우지도 못했는데…….

이리하여 필니르가 이끄는 인마 부대는 경미한 손해만 입고 공업도시 투반을 점령하는 데 성공했다.

"왠지 싱겁게 끝나버렸네."

허둥지둥 옷을 입은 필니르가 나와 함께 시내를 걸으면서 중얼거렸다.

"이봐, 다음부터는 옷은 벗지 마. 다른 종족이 놀라잖아."

"정말?! 아니, 오히려 내가 놀랐는데?"

점령 직후이므로 인마병들이 우리를 엄중히 경호하고 있었다.

그나저나 주변 사람들끼리 쑥덕거리는 소리가 신경 쓰였다. 어째 다들 나를 엄청나게 무서워하는 것 같은데.

"저 녀석이 혼자서 인간 400명을 죽인 인랑 장군인가……."

"맨손으로 성문을 때려 부쉈대……."

"민병 크로스보 부대도, 위병대도 총출동해서 덤볐는데도 화살 공격이 전혀 통하지 않았다고 했어."

"게다가 그 유명한 호걸, 루바리우스 대장을 일격에 때려눕혔다고……."

이봐, 다 들린다. 인랑은 귀가 밝으니까.

그런데 소문이 너무 심하게 부풀려진 거 아냐?

"있잖아, 선배. 아까 그건 뭐였어?"

필니르가 물었다. 물론 '용의 숨결'에 관한 것이었다.

하지만 그것은 최고군사기밀이므로 가르쳐줄 수 없었다. 동행하던 크루체도 '조용히 해'라고 압박하는 것처럼 집요한 눈빛을 보냈다.

그래서 나는 별수 없이 이렇게 대답했다.

"인랑의 필살기야."

"정말? 굉장해!"

"……그, 그래."

이 녀석이 바보라 다행이다.

그나저나 아까부터 느껴지는 이 썩은 냄새는 도대체 뭘까.

우리는 태수의 저택으로 가기 위해 광장으로 나왔다.

거기서 나는 이상한 것을 보았다.

광장 한구석의 철책으로 둘러싸인 공간.

그곳에는 책형(磔刑)을 위한 사형대가 설치되어 있었고, 썩어서 반쯤 말라버린 시체가 기둥에 매달려 있었다. 아마도 중죄인인 것 같았다.

그것 자체는 그다지 신기한 것도 아니었다.

륜하이트에서도 몇 년에 한 번은 살인자를 처형한다고 하니까.

그런데 내 시선을 사로잡는 것이 있었다. 사형대 아래쪽이었다.

그곳에 쇠사슬과 수갑으로 묶인 남자가 있었다.

그 남자의 주변에는 음식물 쓰레기와 오물이 흩어져 있어, 이상한 악취를 더욱 심하게 만들고 있었다.

내가 발걸음을 멈추자 인마병들이 주위를 빈틈없이 에워쌌다.

필니르도 멈춰 서서 내 얼굴을 들여다보았다.

"선배, 왜 그래?"

"……잠깐 확인해보고 싶은 게 있어서."

나는 사형대로 다가갔다.

수갑을 찬 노인은 누더기를 입고 있었다. 돌팔매질을 당했는지 여기저기 심한 상처가 났다. 위생 상태가 나빠서 상처가 곪아 있었다.

이미 체력이 거의 다 바닥난 걸까. 노인은 눈을 감고 누워서 꼼짝도 하지 않았다. 자세히 살펴보니 숨은 붙어 있었다.

"선배, 혹시 아는 사람이야?"

"아니…… 설마."

나는 혹시나 하고 짐작 가는 인물의 이름을 불러봤다.

"유히트 사제?"

그 순간, 만신창이가 된 노인이 천천히 눈을 떴다.

지독하게 변해버렸지만 그 눈을 보니 알 수 있었다. 틀림없는 륜하이트의 휘양교 수장, 유히트 사제였다.

"바, 이……."

목소리를 낼 기운조차 없는 걸까. 유히트 사제는 갈라진 입술만 달싹거릴 뿐이었다.

나는 무의식중에 철책을 잡아 뽑았다.

"유히트 사제!"

인랑의 괴력으로 그 빈약한 철책을 뽑아내서 돌바닥 위에 내팽개쳤다.

그리고 코를 찌르는 악취를 견디면서 유히트 사제를 안아 일으켰다. 쇠사슬을 끊고 수갑도 때려 부쉈다.

"정신 차려! 뭐야, 이게 무슨 일이야!"

그때 근처에 세워진 팻말을 살펴보던 크루체 기관이 내 질문에 대답했다.

"여기 이렇게 적혀 있군요. '반역자 베리트를 처형하고, 위병대장 지위를 박탈한다. 배신자 유히트는 죽을 때까지 구경거리로 삼는다'고요."

"배신자라고?!"

유히트 사제가 배신자라니, 그럴 리 없다. 오히려 그는 우리 마왕군을 배신했었다.

이제 보니 투반 사람들은 륜하이트 해방 작전에 실패한 책임을 위병대장과 유히트 사제에게 뒤집어씌운 것 같았다.

물론 그것은 무거운 책임이었고, 동료들을 잃어버린 투반 시민의 심정은 이해가 갔다. 애초에 이 두 사람이 한 짓은 위법행위였다.

하지만 그래도 이렇게 나이 든 사람한테 무자비한 짓을 할 필요는 없잖은가.

"인간들아, 들어라!"

나는 울부짖었다. 여기저기 건물 그늘 속에 숨어서 우리를 지켜보던 녀석들이 찔끔하고 몸을 숨겼다. 그러나 어차피 다 듣고 있을 것이다.

“이것이 너희들의 방식인가! 아무런 힘도 없는 노인을 붙잡아 조롱거리로 삼고 만족한 것인가!”

“저, 선배, 잠깐…….”

필니르가 말리려고 했으나 나는 거부했다.

“죗값을 치르게 하고 싶다면 목숨을 빼앗으면 그만이지! 이렇게까지 꼴사나운 짓을 할 필요가 어디 있나?!”

소리를 지르는 사이에 나는 조금씩 냉정을 되찾았다. 나 자신의 입장과 주장이 어긋난다는 것을 뒤늦게 깨달았다.

나는 어디까지나 마왕군 장수로서 발언해야 한다.

방금 한 이야기의 궤도를 잘 수정해야 하는데. 으음, 아, 그렇지.

나는 잽싸게 머릿속으로 할 말을 정리했다. 그리고 비웃는 어조로 이야기를 계속했다.

“흥, 어쨌든 웃기는 이야기군! 마족이 쳐들어오고 있는데 팔자 좋게 불쌍한 할아범이나 구경거리로 삼으면서 희희낙락하다니! 너희들이 알아서 위병대장을 처리해준 덕분에 우리가 쉽게 이곳을 점령할 수 있었다!”

나는 사형대의 기둥을 부숴서 위병대장의 시체도 해방시켜주었다.

돌바닥 위에 굴러다니는 그 기둥을 내려다보며 웃음을 터뜨렸다.

“너희들이 하는 짓이 그러니까 우리들 마족한테 두 번이나 패배한 것이다! 두려워하라! 우리는 너희들을 결코 봐주지 않을 것이다!"

그리고 륜하이트를 통치하는 지배자로서 한마디 해둘 말이 있었다.

"여기 이 유히트 사제는 마왕군의 의뢰를 받은 사자이며, 륜하이트 태수 아일리아의 공식 외교관이기도 하다! 따라서 이것은 륜하이트와 마왕군을 모욕한 행위로 간주한다!"

나와 아일리아가 일부러 신경 써서 유히트 사제의 신분을 보증해줬건만, 그것도 다 소용없는 짓이었다.

이건 내 책임이었다. 원래 인간이었는데도 인간의 심리를 미처 파악하지 못했다.

나는 한바탕 실컷 떠들고 나서 필니르를 슬쩍 돌아봤다.

"내가 악당 노릇을 했으니까, 너는 착한 척하면서 적당히 아무 말이나 해. 저 녀석들은 내가 무서우니까 너한테 매달릴 거야."

"아, 아하――…… 그렇군요."

필니르는 이해했다는 표정을 짓고 큰 소리로 외쳤다.

"이봐――! 괜찮아, 걱정하지 마! 이 도시는 우리 인마족이 통치할 거니까! 이 무서운 인랑이 아무 짓도 못하게 해줄게!"

그녀는 잊지 않고 한마디 덧붙였다.

"단, 너희들이 나를 거역하지 않는다면."

옳지, 잘한다.

나중에 듣자 하니 그 소문은 저절로 눈덩이처럼 커지면서 겨우 반나절 만에 투반 전체에 쫙 퍼졌다고 한다.

"성문을 일격에 때려 부순 '400명 살인귀 바이트'가, 자신이 보낸 사자가 모욕당한 것을 보고 격노하여 투반 시민을 학살하려고 한다"는 엉터리 소문이.

뭐, 이 오해는 굳이 풀어줄 필요도 없겠지.

나는 분위기가 어수선한 틈을 타 유히트 사제를 풀어주고 태수의 저택으로 데려왔다. 그대로 방 하나를 차지했다.

필니르가 불쑥 얼굴을 내밀더니 나에게 물었다.

"그 할아버지는 어떻게 할 거야?"

"내가 이 영감님을 마왕군의 사자로 파견한 이상, 책임지고 보호할 의무가 있어."

"그런가?"

사실 그런 의무는 없었다. 이 세계에서는 사자가 일회용으로 쓰이고 버림받는 것도 그리 드물지 않은 일이니까.

실제로 좀 전에 투반 사람들에게 항복을 권유하려던 인마병 사자는 살해됐다.

원래부터 사자는 위험한 역할인 것이다.

태수의 고용인들이 유히트 사제를 깨끗이 씻어주긴 했지만, 그는 더 이상 침대에서 일어날 기운도 없는 것 같았다. 쇠약해지고 다쳤기 때문에 심한 감염증에 걸린 듯했다.

이대로 편안히 죽게 해줘야 하는 걸까.

그러나 나에게는 그를 구해낼 힘이 있었다. 할 수 있는 데까지는 해주고 싶었다.

내 치유마법의 위력은 별로 대단치 않다. 하지만 소독 같은 기초적인 의학지식이 있으므로 적절한 처치를 할 수 있었다.

이건 아마 감염증일 테니까. 해독마법에 포함된 살균 효과와, 육체강화마법의 부차적인 면역력 증강 효과가 도움이 될 것이다.

그다음에는 영양 보충용 링거주사를 대신해 마력을 살짝 주입해주고.

그 후 환자가 회복될지 말지는 휘양교의 신에게라도 물어봐야 할 것이다.

내가 하는 짓을 지켜보던 크루체가 조그맣게 중얼거렸다.

“바이트 님, 당신은 참 친절하시군요.”

“이 사람이 이런 꼴을 당한 것은 내 탓이기도 하다. 그러니까 이번 한 번만 도와주려고.”

“애써 치료해줘 봤자 또다시 당신에게 반항할지도 모르지 않습니까?”

“그때는 그냥 죽여야지.”

다행히 내가 쓴 치유마법이 적절했나 보다. 그날 밤, 유히트 사제의 용태가 안정됐다. 이제부터 점점 회복될 것 같았다.

유히트 사제는 아직 기운은 없지만 또렷한 눈빛으로 나를 쳐다보았다.

“바이트 님…… 왜 여기에 계십니까? 아니, 알겠습니다. 투반이 함락되었군요?”

“그렇소. 유히트 사제님.”

나는 한숨을 쉬고 말을 이었다.

"좀 더 건강이 회복되면 돌아갈 거니까. 준비해두시오."

유히트 사제는 깜짝 놀란 것 같았다. 몸을 일으키면서 나에게 물었다.

"돌아가다니요……?"

"당신은 륜하이트 휘양 신전의 사제이지 않소? 아니면 혹시 이대로 은퇴하여 투반에서 여생을 보낼 생각이신가?"

유히트 사제는 더더욱 놀란 것 같았다. 그러나 그는 곧 눈을 내리깔고 고개를 흔들었다.

"아뇨…… 이곳은 더 이상 제가 있을 곳이 아닙니다. 륜하이트로 돌아가겠습니다."

나는 해골병들에게 유히트 사제를 경호하고 감시하라는 명령을 내린 후, 다른 방의 상황을 살펴보러 갔다.

필니르가 투반 태수와 말다툼하는 소리가 들렸다.

"내가 보낸 사자를 죽였잖아? 이제 와서 항복한다고 우리가 잘 대해줄 것 같아?"

"그건 그렇지만……."

나는 인랑 모습을 유지한 채 얼굴을 쑥 내밀었다.

"어때, 교섭은 잘되고 있어?"

그 순간 태수가 바닥에 납작 엎드렸다.

"제발 살려주십시오! 목숨만 살려주신다면 저는 아무것도 바라지 않겠습니다! 부디 자비를 베풀어주십시오!"

당신, 방금 내 얼굴 보자마자 울음을 터뜨리려고 하지 않았어?

태수는 유히트 사제를 그 꼴로 만든 장본인이지만, 유히트 사제가 중죄인인 것도 분명한 사실이었다. 그러니까 너그럽게 봐주기로 했다.

나 참, 울지 말라니까.

그다음부터 교섭은 놀랍도록 매끄럽게 진행되었다. 내가 태수를 물끄러미 쳐다보거나 가볍게 혀를 차기만 해도 만사형통이었다.

우리의 요구를 거의 완벽하게 받아들이게 한 뒤, 이제는 태수의 처우를 결정하기로 했다.

"선배, 어떻게 하면 좋을까?"

"사자를 예우할 줄 모르는 녀석과 한자리에 앉고 싶지는 않은데."

내가 슬쩍 이를 드러내면서 으르렁거리자, 태수는 기겁하여 의자에서 떨어졌다.

필니르가 말발굽 소리를 내며 태수에게 다가갔다. 그리고 들고 있던 단창 끄트머리를 그에게 들이댔다.

필니르는 무시무시한 눈빛으로 그를 보면서 낮은 소리로 중얼거렸다.

"그래, 내가 보낸 사자도 죽였고. 난 당신이 싫어."

"흐에엑!"

"내가 투반을 지배하는 데 당신은 필요 없어. 알았어?"

태수는 입을 뻐끔거리면서 필사적으로 몇 번이나 고개를 끄덕였다.

투반의 태수는 무능한 놈도 아니고 악당도 아니었다. 그러나 나와 필니르는 "이놈은 신용할 수 없다"고 의견 일치를 보았다.

마왕군과 함께 행동하는 것은 평범한 태수에게는 불가능한 일이다.

투반에서 조용히 은거하든지, 다른 도시로 떠나든지 하라고 했더니 그는 주저 없이 후자를 선택했다.

공포에 못 이겨 시민들을 버리는 녀석한테는 우리도 볼일이 없었다. 어디로든 마음대로 꺼지라지.

일단 유히트 사제처럼 되지 않기를 빌어주겠지만, 만에 하나 그렇게 되더라도 우리를 원망하지 말아줬으면 좋겠다.

그나저나 우리 아일리아는 뛰어난 인재라서 참 다행이었다.

가끔은 친절하게 대해줄까. 그래, 투반의 특산품이라도 선물로 가져가야겠다.

이번에 노획한 고정식 크로스보랑 기병 훈련 서적, 둘 중에 뭘 더 좋아하려나?

륜하이트를 너무 오래 비워둘 수는 없었다. 그래서 나는 크루체를 비롯한 용화공병대와 함께 최대한 빨리 귀환하기로 했다.

남문의 해골병들은 죄다 폭발에 휘말려 부서졌으므로, 북문에 배치했던 해골병들 중 절반만 데리고 돌아가게 되었다. 1,000마리다.

스승님께서 보충병을 만들어주시면 좋을 텐데, 역시 그건 좀 무리일까…….

나머지 해골병 1,000마리는 태수의 저택이나 성문과 같은 요소들을 경비하고 있었다. 주민들에게는 악몽처럼 끔찍한 광경일 테지만 어쩔 수 없었다. 인마병들은 복잡한 시가지에 익숙지 않으니까.

한동안은 멜레네 선배가 이곳에 머물면서 필니르를 도와줄 것 같았다.

스승님 문제도 있고. 잠깐 상태를 확인하러 가볼까.

태수의 저택의 어느 방. 멜레네 선배가 투반의 중요한 서류를 훑어보고 있었다.

그 옆에 있는 침대에는 스승님이 누워 계셨다.

"멜레네 선배, 스승님께선 좀 어떠세요?"

"보다시피 푹 주무시고 계셔. 아마 며칠 지나면 깨어나실 거야."

스승님은 투반을 공략할 때 치료와 원호를 위한 강력한 마법을 연발하느라 힘을 다 써버리셨다.

지금은 천진난만한 얼굴로 쌔근쌔근 귀여운 숨소리를 내며 주무시고 계셨다.

스승님의 몸은 심하게 쇠약해진 상태라 마력 없이는 심장을 움직이지도 못한다.

먼 옛날 인간이었을 때 한번 살해될 뻔했던 것이 원인인 듯했다. 그 순간부터 스승님의 육체의 시간은 멈춰버렸다.

그래서 마력을 대량으로 소비하면 생명활동을 유지하기도 힘들어져서 한동안 휴면 상태에 빠지는 것이다.

이 현상은 복잡한 마술 이론으로 설명된다고 하는데, 뭐, 난 그냥 'HP와 MP가 하나로 되어 있구나'라고 해석하고 있다.

이게 과연 정확한 해석인지 모르겠지만.

불초 제자를 용서하십시오.

다음다음 날, 나는 멜레네 선배에게 뒷일을 맡기고 서둘러 륜하이트로 돌아가기로 했다.

유히트 사제는 아직 제대로 걸을 수 없었으므로 용인족 마차에 눕혀놓았다.

그 마차 뒤에서 유히트 사제의 가족과 옛 제자들이 따라오고 있었다. 그들은 륜하이트로 망명하길 원했으므로 함께 데려가기로 했다.

그동안 그들이 남몰래 유히트 사제를 도와준 것 같았다. 하긴, 아무런 도움 없이 그런 환경 속에서 살아남지는 못했을 것이다.

그의 제자들 대부분은 공방에서 일하는 기술자 또는 전직 위병이었다. 데리고 돌아가면 도움이 될지도 모른다.

자, 어서 돌아가자. 륜하이트가 걱정되니까.

집무실에는 서류가 산더미처럼 쌓여 있을 것이다. 아, 역시 돌아가기 싫은데……. 아, 아니, 이러면 안 되지.

"전군, 지금부터 륜하이트로 귀환한다!"

해골병 1,000마리와 용화공병대 24명과 망명 희망자들을 데리고 나는 륜하이트로 무사히 귀환했다.

참고로 귀환한 다음에는 "또 직접 돌격했어?!"라는 잔소리와 더불어 판 누나한테 무지무지하게 혼났다.

*　　*

〈멜레네 선배의 술주정〉

필! 필니르! 잠깐 이리 와봐.

에이, 뭐 어때. 서류 작업 따윈 나중에 내가 한꺼번에 싹싹 해치워 줄게.

자, 여기 앉아.

술 따라봐.

옳지, 잘한다.

오늘 하루도 수고했어. ……음, 그래. 내가 보기에는 인간들도 얌전하게 잘 지내는 것 같아. 네 실력이 좋아서 그런 거지. 어머, 부끄러워하지 마.

혹시 수상한 자가 있으면 내가 흡혈귀로 만들어 명령에 복종하게 할 테니까. 그래, 걱정하지 마.

아, 맞아. 필, 네가 쓰는 방법도 괜찮더라. "륜하이트에 계시는 바이트 선배한테 잠깐 와달라고 부탁해볼까……" 하고 협박하는 거.

어――, 그건 그렇지. 확실히 바이트의 위광에 지나치게 의지하는 감이 없진 않지만. 그래도 상관없잖아? 선배를 이용해서 씩씩하게 잘 크면 되는 거지.

뭐, 바이트는 자기 혼자 알아서 쑥쑥 컸던 것 같지만.

혹시 내가 의지가 안 됐던 걸까?

그래, 그래. 마침 잘됐네. 이 기회에 가르쳐줄게.

너희 인마족도 지금이 어려운 시기일 테지만, 실은 우리 흡혈귀 일문의 사정도 상당히 어렵거든.

오, 술 고마워.

내가 흡혈귀가 된 게 백…… 아, 아니. 아무튼 얼마 전 이야기인데.

그때의 흡혈귀들은 정말 굉장했었어. 인랑처럼 강한 전사였고, 더구나 눈빛만으로도 인간을 마음대로 조종할 수 있었어.

그런데 그 전에는 훨씬 더 굉장했다고 해. 하늘을 날고, 안개로 변신하기도 하고. 그야말로 천하무적이었대.

응, 맞아. 우리는 점점 약해지고 있어.

지금 우리는 하늘을 날지도 못하고, 눈빛만 가지고 사람을 조종하지도 못해. 아, 물론 거의 불사신에 가깝고, 햇빛이나 성스러운 표시에 대해서도 내성이 생겼지만. 그뿐이야.

타고난 강한 힘에 만족하여 편안히 잘 지내다가 어느새 완전히 약해져버린 거지.

이러다가는 흡혈귀에게 밝은 미래는 없을 거라고 생각했어. 그래서 나는 선생님의 제자가 되어 수행을 쌓기 시작한 거야. 그리고 바이트를 만났지. 그때는 아직 작고 귀여웠다니까.

그런데 그 녀석이 말이야, 내 고민거리를 듣고 이렇게 말했어.

"퇴화도 진화의 일종이에요"라고.

처음에는 얘가 무슨 소리를 하나 싶었어. 인랑은 어차피 먼 옛날부터 지금까지 내내 강한 종족이니까, 속 편한 소리를 한다고 생각했지.

그런데 곰곰이 생각해보니까 과거의 흡혈귀들은 한 명도 남김없이 인간에 의해 멸망당했지만, 우리 새로운 흡혈귀들은 대체로 무사하거든.

성스러운 표시가 새겨진 성문을 지나 대낮에도 당당하게 도망칠 수 있으니까. 과거의 흡혈귀들은 흉내도 못 낼 일이지.

확실히 우리는 퇴화해서 전보다 약해졌지만, 그만큼 진화해서 전보다 더 끈질겨졌어.

그래서 난 그 녀석을 장래성 있는 동생으로 보고 앞으로도 계속 돌봐주기로 한 거야.

그런데 그 녀석은 가끔 이해할 수 없는 말을 한다니까.

저번에는 '도태압'(selection pressure. 좋지 않은 유전형이나 표현형을 제거하는 정도)이 어쩌고저쩌고 하던데…….

아, 그래? 너보고는 "아메리칸 인디언……"이라고 했어?

인랑 고유의 언어인가?

뭐, 어쨌든 그 덕분에 나도 흡혈귀의 긍정적인 미래를 발견하게 되었어.

내가 선생님 밑에서 수행을 쌓은 결과, 흡혈귀는 사령술에 소질이 있다는 것을 알아냈지.

나라면 하루에 해골병을 다섯…… 일곱…… 아니, 열 마리는 만들 수 있어! 그쯤이야 거뜬하지!

내 권속(眷屬)인 흡혈귀들도 선생님 밑에서 배우게 했더니 하루에 한 마리는 해골병을 만들어낼 수 있게 되었어. 너는 잘 모를지 몰라도, 사실 해골병을 만들어낼 수 있는 시점에서 이미 그는 어엿한 사령술사인 셈이거든.

……어, 물론 선생님은 하루에 100마리씩 만들어내시지만. 그건 정상이 아니니까.

어쨌든 앞으로는 흡혈귀도 특별한 기술을 배워야 해.

이건 바이트가 자주 하는 이야기인데, 과거의 자기 자신은 미련 없이 버려야 해.

어제의 태양은 이제 두 번 다시 떠오르지 않으니까. 알겠니?

자, 진지한 이야기는 끝났고! 필, 재미있는 이야기 좀 해봐!

뭔가 있을 거 아냐, 응? 사랑 이야기라든가.

내가 다 안다고. 너도 바이트한테 관심 있지?

어?! 아냐, 난 그 녀석을 그냥 동생처럼 생각한다고. 정말로. 진짜야.

그런데…… 그 녀석, 참 둔하지…….

그건 이미 불치병이야. 한번 죽었다 다시 태어나지 않고서야 절대로 안 변할 거야.

아무튼 응원해줄게. 혹시 무슨 일 있거든 이 아름다운 멜레네 님과 상의해보렴. 내가 얼마나 상냥한 언니인데. 알았지?

아, 서류. 알았어, 내일 살펴볼게.

내일 하면 안 될까?

*　　*

그 후로 나는 한동안 륜하이트 통치에 전념했다.

마왕을 찾아가 상황을 보고하고 상담도 하고 싶었지만, 아직 컨디션이 회복되지 않은 스승님께 그런 부탁을 드리긴 뭐했다. 좀 더 쉬시게 해드리고 싶었다.

그 대신 크루체 기관이 자기 부하를 연락병으로 쓰게 해준 덕분에 보고서만은 어떻게든 보낼 수 있었다.

한낮의 집무실.

"크루체 씨, 당신이 있어서 다행이야. 인랑이나 견인 병사는 보고서 내용에 관한 질문을 받아도 제대로 설명하지 못할 테니까."

이제 우리는 완전히 친해졌다. 나는 포장마차에서 사 온 꼬치구이를 크루체 기관에게 대접했다. 전에도 먹었던 그 달짝지근하고 맛있는 소스를 바른 꼬치구이였다.

"이 포장마차 음식은 개인적으로 좋아하는 건데. 당신 입에도 맞았으면 좋겠군."

"아주 맛있습니다."

육식 종족답게 크루체 기관도 꽤 먹성이 좋았다.

"이 달콤한 소스는 메뚜기에도 잘 어울릴 것 같군요."

"……그러게."

진짜로 곤충을 좋아하는구나. 용인족은.

크루체는 닭고기 꼬치구이를 몇 개나 먹어치운 후 비장의 녹차를 마시면서 차분하게 중얼거렸다.

"역시 이곳은 교역도시답게 식문화가 발달했군요. 이 조미료는 뭡니까?"

"콩으로 양조한 조미액을 달콤 짭짤하게 양념한 거야."

이세계에서 간장 양념의 팬이 늘어나다니. 진심으로 기뻤다.

하지만 아무래도 맛이 조금 다르단 말이지.

그때 크루체가 고개를 끄덕이면서 말했다.

"이 맛은 마왕 폐하께서도 좋아하실 것 같네요. 어느 포장마차에서 구입하셨는지 가르쳐주시겠습니까? 돈을 내고 좀 받아 와야겠어요."

그래. 예상대로 크루체 기관은 마왕의 측근이었다.

마왕의 입맛까지 알고 있을 정도니까 꽤나 가까운 심복이겠지.

발언에 주의해야겠군…….

"이 발효시키지 않은 차도 향기가 좋군요. 흥미로워요. 이것도 마왕 폐하께 헌상하고 싶은데요. 괜찮을까요?"

"그래. 마음에 들어 하시면 좋겠군."

특별주문품이라 좀 아깝긴 했지만, 구두쇠 티를 내지 않고 차를 통째로 건네줬다.

아직 숨겨놓은 차가 세 통은 더 있으니까.

크루체는 숨을 한 번 내쉬었다. 그리고 찻잔에서 피어올라 실내에 감도는 김을 쳐다봤다.

"아 참. 실은 투반과 륜하이트의 몇 군데에서 토양을 채취해봤습니다. 그 샘플들을 그룬슈타트로 보내서 성분을 분석할 예정입니다."

"그게 가능한가?"

"특별히 예민한 미각을 지닌 기관들이 직접 맛을 봐서 판단하다는 전통적인 방식입니다만…… 유익한 광물자원이 발견될지도 모릅니다."

그들의 수법은 과학적이지만, 기술은 아직 그에 못 미치는 것 같았다.

그 후 나와 크루체는 보고서를 가진 용인 기관들을 남문에서 배웅했다.

그 달콤한 소스랑 녹차, 마왕님께 꼭 전해줘. 알았지?

일식에 영광 있으라.

한편 유히트 사제는 순조롭게 회복되었다.

그러나 조롱거리로서 고초를 겪은 기간이 길었기 때문에 하반신이 망가져버린 것 같았다. 이제 지팡이 없이는 걷지 못한다.

나는 공무 도중에 틈틈이 그를 병문안하러 갔다. 그런데 그는 어지간히 힘든 일을 겪었는지 마음이 많이 약해진 듯했다.

"저 같은 죄인이 살아 있어도 되는 걸까요……. 저는 많은 동포들을 죽게 만든, 불행을 초래한 늙은이에 불과합니다."

유히트 사제가 문득 그런 말을 중얼거렸다. 나는 잠시 생각에 잠겼다.

마법이 존재하는 이 세계에서도 죽은 사람은 결코 되살아나지 않는다.

스승님께 부탁하면 얼마든지 부활시켜주실 테지만, 그렇게 되살아난 것은 의지도 기억도 없는 죽은 자의 인형에 불과하다. 생전의 그 인물이 아니다.

전생술을 사용하면 이론적으로는 사후에 다시 태어날 수 있다고 하지만, 기억은 사라지므로 그 효과를 확인할 수 없다. 별로 의미 없는 짓이다.

아무리 애통해해도 죽은 자는 두 번 다시 돌아오지 않는다.

그래서 나는 한참을 고민하다가 간신히 이렇게 말했다.

"분명히 나와 당신은 투반 병사 400명을 죽였소."

나는 군무를 수행한 것이고, 그는 범죄를 저지른 것이지만. 굳이 지적하지는 말자.

"나는 후회하진 않지만, 당신이 그 일을 후회하고 있다면 그것과 같은 숫자의 생명을 구함으로써 속죄할 수밖에 없겠지."

이것은 마왕군의 논리이다.

실패는 같은 무게의 성공으로 보상하면 된다.

유히트 사제는 물끄러미 나를 바라보더니 살짝 고개를 끄덕였다.

"같은 숫자의 생명, 말입니까……."

"400명으로는 성이 안 찬다면 800명이든 4,000명이든 마음껏 구해보시오. 죄는 결코 사라지지 않을 테지만, 한 명도 구하지 않고 죽는 것보다는 나을 테니까."

나는 자리에서 일어나 유히트 사제를 향해 인사했다.

"빨리 쾌차하여 다시 휘양교도들을 지도해주길 바라겠소. 그들이 불안해하고 있으니."

그 한마디만 남기고 병실 밖으로 나왔다.

너무 냉정하게 굴었나?

뭐, 그래도 괜찮겠지.

그 후 유히트 사제는 다시 신전에 복귀했다. 그런데 이전과는 논조가 달라진 것 같았다.

예전에는 강렬한 동조 압력을 행사하는 전체주의자였는데 어제는 다음과 같이 설법했다.

"나는 어리석었습니다. 같은 가치관, 같은 도덕을 가진 자들이 서로 힘을 합치는 것은 결국 인간의 지혜에 지나지 않습니다. 신의 지혜는 그보다 훨씬 더 심오한 것입니다. 서로 다른 가치관, 서로 다른 도덕을 가진 자들에게도 태양의 빛은 똑같이 쏟아져 내리고 있으므로……."

나로선 무슨 말인지 이해하기 힘들지만, 아마도 유히트 사제는 이교도나 마족과의 공존을 바라게 된 것 같았다.

무슨 심경의 변화가 있었던 걸까. 뭐, 어쨌든 그 덕분에 륜하이트의 휘양교도들은 아주 얌전해졌다.

요즘에는 어디를 가나 다들 친절하게 대해준다. 그래서 성질 사나운 인랑들도 행복하게 잘 지내게 되었다.

문득 정신을 차려보니 륜하이트에서 마왕군을 적대하는 세력은 깨끗이 사라져버렸다.

위병대도 휘양교도도 이제는 우리에게 협력하게 됐다.

그리하여 상황은 새로운 국면에 접어들었다.

"바이트 님. 상의하고 싶은 것이 있습니다만, 잠시 시간 내주실 수 있겠습니까?"

아일리아 태수가 내 집무실에 찾아온 것은 이미 해가 질 무렵이었다.

나는 마지막 서류에 사인하고 나서 그녀에게 의자를 권했다.

"상의라니, 무슨 일이오?"

그러자 아일리아는 웬일로 망설이면서 잠깐 뜸을 들이더니, 마침내 결심한 것처럼 입을 열었다.

"륜하이트를 미랄디아에서 독립시키고 싶습니다."

"뭐라고?!"

나도 모르게 벌떡 일어났다. 뚫어져라 그녀의 얼굴을 바라봤다.

제정신인가?

우리 마왕군은 현재 륜하이트를 완전히 점령하고 있다.

어디까지나 점령하고 있을 뿐이지, 륜하이트는 아직도 미랄디아 동맹의 일원이다. 간단히 말해 이 도시는 마왕군의 인질이다. 우리 마왕군은 불법 점거 중인 테러리스트 집단이나 마찬가지다.

안타깝게도 우리 마왕군은 인간들이 보기에는 정규 군대도 아니고 국가도 아닌 것이다.

마왕군은 이미 가까운 도시까지 점령했으므로, 륜하이트를 해방시키기 위해서는 미랄디아 동맹군의 주력부대에 희망을 걸 수밖에 없다.

그런데 이 상황에서 륜하이트가 미랄디아에서 독립해버린다면 더 이상 아무도 도와주러 오지 않을 것이다.

아니, 심지어 미랄디아의 도시 전체가 적으로 돌아설 것이다.

나는 무어라 대답하지 못하고 망설였다. 그런데 아일리아가 말을 이었다.

"독립과 동시에 륜하이트는 마왕군과 정식으로 동맹을 맺고자 합니다."

"아니, 저기. 잠깐만."

말씀은 고맙지만, 나로선 아무래도 아일리아를 걱정하지 않을 수 없었다.

"아무리 태수여도 그렇지, 당신 혼자서 그런 결정을 할 수는 없잖소? 냉정하게 생각해봐야 하지 않을까."

"그거라면 문제없습니다."

아일리아는 품속에서 편지 다발을 꺼냈다.

"각 지구의 상공회, 휘양교 신전, 정월교 신전, 륜하이트 위병대. 그 외 조직들도 모두 다 륜하이트의 독립에 찬성할 것을 공식적으로 표명했습니다."

"정말이오?"

전혀 예상치 못한 전개였지만, 마음을 가라앉히고 곰곰이 생각해보니 납득이 갔다.

현재 륜하이트가 미랄디아 동맹군에 의해 해방될 가능성은 한없이 낮았다.

그렇다면 차라리 마왕군과 손잡는 것이 좀 더 유리하다.

지금 륜하이트는 내가 통치하고 있지만, 만일 내가 전사하기라도 해서 사령관이 바뀐다면 통치 방침도 변경될 것이다.

그러나 독립된 도시국가로서 마왕군과 정식 동맹을 맺는다면, 륜하이트는 앞으로도 평화롭고 안전할 것이다.

……그렇긴 하지만. 엄청나게 대담한데.

"용케 이런 도박을 할 생각을 했군."

내가 어이없다는 듯이 중얼거리자, 아일리아는 태연한 얼굴로 편지 다발을 책상 위에 올려놓았다.

"륜하이트는 교역도시, 상인들의 도시입니다. 우리는 위험과 보상을 음미한 다음에 철저히 이해득실을 따져서 판단을 내립니다."

"그 결과가 이런 엉뚱한 제안이오?"

그러자 아일리아는 조금 난처한 듯이 미소 지었다.

"바이트 님, 당신이 우리 모두를 이렇게 만든 것입니다."

내가?

"우리는 당신의 점령 정책을 보고, 마왕군은 신용할 수 있는 거래 상대라고 판단했습니다. 바이트 님이 중개자가 되어주신다면 마왕군과도 잘 지낼 수 있을 것입니다."

논리적으로는 이해가 갔다. 그러나 아직 망설임이 남아 있었다.

그때 아일리아가 조그만 목소리로 내 귓가에 대고 속삭였다.

"마왕군과 협력하기로 한 최초의 도시국가로서 오래오래 단물을 빨게 해주세요, 네?"

오, 이런 식으로 나오다니.

이 녀석도 꽤 대단한 악당이군.

좋아, 그럼 나도 마왕군 제3사단의 부관으로서 할 일을 해야지.

"독립 및 동맹은 마왕군에 대한 선행 투자란 말씀이군. 좋소, 이해했소. 내가 책임지고 마왕님께 보고하도록 하지."

내가 손을 내밀자 아일리아가 그 손을 맞잡았다.

상쾌한 미소를 지으면서.

* *

〈크루체 기관의 보고서〉

■ 제6차 정기 보고서(일급 기밀) ■

제출자 : 용화공병대 특무기관 크루체

조사 결과가 어느 정도 정리됐으므로, 불완전한 내용이나마 보고 드립니다.

■ 륜하이트의 상황

륜하이트의 통치 상태는 매우 양호합니다. 치안 및 경제는 높은 수준으로 유지되고 있으며, 혼란은 전혀 없습니다.

놀랍게도 륜하이트 위병대가 치안유지에 협력하고 있습니다. 그들은 표면적으로는 중립을 지키고 있으나 실질적으로는 마왕군과 협력관계를 맺고 있습니다.

어떻게 이런 일이 가능한 것인지, 기관들끼리 몇 번이나 분석하고 토의를 거듭했습니다만 아직 결론을 내리지 못했습니다.

민심도 나쁘지 않습니다. 주민들은 대체로 마왕군에 대해 호의적입니다.

인랑 부대와 견인 부대가 륜하이트의 법률 및 사회도덕을 존중하고 있다는 점이 가장 큰 이유인 듯합니다.

아일리아 태수의 인물 평가에 관해서는 향후 조사 결과를 기다려야 합니다. 단, 직무에 충실한 인물로 보입니다.

이후 추가 보고를 하겠습니다.

■ 투반 공략전

투반 성문의 강도가 예상 이상이었으므로, 시랍병과 전격마법을 이용해 성문을 태우는 작전은 실패했습니다.

주력부대인 인마병이 시가전에 약하다는 사실, 또 하나의 주력부대인 해골병이 돌격에 약하다는 사실로 인해 작전 선택의 여지가 별로 없었다는 점은 부정할 수 없습니다.

그러나 바이트 부관의 제2안을 실행에 옮김으로써 성문 돌파에 성공. 경미한 인적 피해만 내고 투반을 공략했습니다.

다만 그 결과, '용옥'으로 가공하기 이전의 '용의 숨결'의 비축분이 전부 사라졌습니다. 즉시 추가 지원을 요청합니다.

바이트 부관의 행동에서는 이하의 문제점이 발견됐습니다.

· 신중히 취급해야 하는 '용의 숨결'을 운용하기 어려운 큰 통에 채워 넣으라고 지시.

· 사전 실험을 하지 않음.
· 안전한 운용 절차를 확립하지 않고 지휘관 본인이 직접 사용.
· 비밀병기인 '용의 숨결'을 은폐공작 없이 사용.

이는 기관과 무관(武官)의 사고방식의 차이에서 비롯된 것으로 추정됩니다만, 앞으로는 기관에게 운용을 일임하길 강력히 요구하는 바입니다.

단, 이는 '용의 숨결'을 이용한 성문 파괴 작업의 최초의 데이터이며, 이후 병기 개발에 크게 공헌할 것으로 보입니다.

현재 투반 시민은 바이트 부관에게 거의 병적인 공포심을 품고 있으며, 마왕군에 대한 적대행위는 일절 발생하지 않고 있습니다.

또한 사로잡은 궁기병 중 3명에게 시험 삼아 "바이트 부관이 부른다"고 말하자, 그들 모두가 즉시 극심한 공황상태에 빠졌습니다.

그 후 진정과 회복에 약간의 시간이 소요되었으므로, 인도적 배려 차원에서 이런 종류의 심리실험은 중지하도록 하겠습니다.

이와 관련된 추가 조사를 실시한 결과, 투반 시민과 위병들이 바이트 부관을 다음과 같이 부른다는 사실을 복수의 기관들이 확인했습니다.

· 400명을 죽인 살인귀 바이트
· 몰살의 바이트
· 성문 파괴자 바이트

· 해골왕 바이트
· 인랑 장군 바이트
· 석양의 바이트

마지막 호칭은 그가 과거에 휘양교 사제를 사자로 파견했기 때문이라고 추측됩니다.

■ 신형 장비

바이트 부관은 '용옥'에 대한 설명을 듣고 처음에는 눈에 띄게 낙담했습니다.

그러나 곧바로 그것이 정보 전달용 병기임을 간파. 투반 공략전에서 즉시 실전에 투입하여, 적 궁기병대의 기습을 회피하는 데 성공했습니다.

이에 관해서는 용화공병대 기관들도 높이 평가하고 있습니다.

또한 시제품인 망원경에 대해서도, 그는 그것이 관측기구임을 한눈에 파악하여 적절히 사용했습니다.

통찰력과 이해력이 뛰어나며 유연한 사고방식을 지닌 인물로 보입니다.

■ 추가 사항

흥미로운 샘플을 채취했습니다. 보고서와 함께 보내겠습니다. 연락 담당 기관에게서 받으시길 바랍니다.

*　　*

나는 그다음 정례 보고를 할 때 아일리아의 제안을 마왕에게 전달했다.

"흠, 그렇군……."

이곳은 마왕의 집무실. 우리 말고는 아무도 없었다. 의외로 수수하고 작은 방이었다.

마왕은 고개를 살짝 끄덕이고 중얼거렸다.

"대담한 제안이지만, 분명히 이치에 맞고 이익도 있는 일이야. 신용할 수 있을 것 같은데. 바이토, 그대의 생각은 어떤가?"

바이토가 아니거든요…….

나는 얼른 마왕을 설득하기 위해 입을 열었다.

"지금까지의 경위로 보아 륜하이트의 태수 아일리아는 합리적인 사고방식의 소유자이며, 총명하고 성실하다고 판단됩니다."

물론 진심이었다. 그녀는 틀림없이 태수가 될 만한 그릇이었다.

"또한 우리 군대는 륜하이트의 여러 세력과도 좋은 관계를 맺고 있습니다. 이 동맹으로 인해 치명적인 문제가 발생할 가능성은 낮다고 생각합니다."

제일 골치 아픈 존재였던 위병대와 휘양교가 이제는 얌전해졌으므로 딱히 장해물이랄 것이 하나도 없었다.

마왕은 말없이 내 의견을 듣고 있다가 이윽고 고개를 크게 끄덕거렸다.

"마왕군에 커다란 이익을 가져다주는 제안이다. 그러나 이는 마왕군의 미래와 관련된 일이므로 신중히 검토해야 해."

역시 시간이 좀 필요한가…….

마왕은 서류를 살펴보면서 질문을 던졌다.

"그나저나 투반 공략전에서 '용의 숨결'을 전부 다 썼다는 보고를 들었는데. 틀림없나?"

역시 들켰구나.

나는 몸을 꼿꼿이 펴고 황급히 대답했다.

"작전의 성패가 달려 있는 상황이었으므로 만전을 기해 전량을 사용했습니다."

실제로 그때 그 성문을 돌파하지 못했더라면 공략에 실패했을 것이다. 화약통을 통째로 집어던진 것은 후회하지 않는다.

다만 도가 지나쳤던 것은 인정한다.

혼날 줄 알았는데, 마왕은 조용히 고개만 끄덕거렸다.

"알았다. 단, 그것은 최고기밀이고 아직 운용 방법이 확립되지 않았으므로, 이 전법은 당분간 삼가도록. 알겠나?"

"알겠습니다."

"그 대신 앞으로는 공성전 기술에 대한 연구를 진행시킬 예정이다."

오, 그건 환영할 만한 일이군.

"'용옥'의 운용에 관해서도 보고를 받았다. 실전에서의 유효성이 확인됐으므로 용화공병대의 관리하에 계속해서 운용하도록."

"네, 황송합니다."

그 폭죽을 사용한다면 지금보다 더 고도의 전술을 구사할 수 있을 것이다. 이것도 대환영이었다.

마왕은 커다란 의자에서 일어나더니 창밖의 풍경을 바라보며 입을 열었다. 안개에 덮인 무성한 초목들도 싱싱한 빛깔을 띠고 있었다.

"슬슬 여름이 오는군. 역시 폭죽놀이 하면 여름이지."

"네, 그렇습니다."

나는 기분 좋게 고개를 끄덕였다.

잠깐.

이상하잖아?

마왕이 고개를 돌려 나를 뚫어져라 바라보고 있었다.

『바이트, 폭죽이 무엇이냐.』

"네? 그건……."

『짐이 그대에게 지급한 물건은 용옥이다. 그럼 폭죽은 무엇이냐?』

"폭죽은……."

그 순간, 나는 말도 안 되는 사실을 깨달았다.

아까부터 마왕이 일본어로 이야기하고 있었다.

『바이트. 일본어가 통하는 것 같구나.』

마왕은 유창한 일본어로 말을 걸면서 내 이름을 '바이트'라고 정확하게 발음했다.

뭐가 어떻게 된 건지 알 수 없었다.

아니, 실은 알고 있었다.

마왕은 나와 같은 일본인이었던 것이다.

"설마, 마왕 폐하는……."

나는 신중하게 이 세계의 언어로 질문을 꺼냈다. 그러나 마왕은 더 이상 신경도 쓰지 않고 편하게 일본어로 대답했다.

『**그렇다. 짐은 전생자**(轉生者)**다. 그대도 마찬가지인 것 같군.**』

나는 무의식중에 소리를 질렀다.

"뭐라고요?!"

마왕은 혼란에 빠진 나에게 앉으라고 권한 뒤 일본어로 말했다.

『**차근차근 설명하도록 하지. 거기 앉아서 잠시 짐의 이야기를 들어주지 않겠나?**』

내가 얼떨떨한 기분으로 자리에 앉자, 마왕은 『**그대가 있었던 일본과, 짐이 있었던 일본이 과연 같은 시대, 같은 세계의 일본인지는 모르겠군**』 하고 운을 떼면서 이야기를 시작했다.

마왕이 이 세계에서 다시 태어났을 때, 용인족은 부족들끼리 심하게 대립하고 있었다. 그 원인은 인간이었다.

인간들은 광산을 개발하려고 산에 사는 용인들을 무력으로 쫓아냈다. 그 결과, 난민이 된 부족이 다른 부족의 산에 침입해서 싸움이 벌어지게 된 것이다.

이를 안타깝게 여긴 마왕은 막강한 무력을 바탕으로 용인족 부족 전체를 통일했다. 일치단결한 용인족은 인간들에게서 고향을 되찾는 데 성공했다.

그리고 마왕은 마족 전체의 생존권을 지키기 위해 마왕군을 결성하여 다른 마족까지 받아들였다.

마왕이라고 불린 마족 영웅은 과거에도 몇 명 있었으나, 근대적인 군대를 조직한 것은 현재의 마왕인 프리덴리히터가 처음이었다.

효율적인 운용 시스템 덕분에 인간과의 싸움은 연전연승. 그는 아직 확립되지 않았던 새로운 전술도 구사하여 단숨에 마왕군을 불패의 전투 집단으로 성장시켰다.

그야 뭐, 그렇겠지. 전생의 지식을 가지고 있으니까.

……나 참, 좋으시겠네.

『짐은 설마 다른 전생자가 존재할 줄은 꿈에도 몰랐다. 날마다 싸우느라 바빠서 그런 것을 생각할 여유도 없었고. 그런데 그때, 그대가 내 앞에 나타났다.』

처음에는 마왕도 나를 단순히 우수한 부하라고만 생각했던 모양이다.

내 이름을 발음하기가 힘들어서 무심코 일본식으로 '바이토'라고 불렀을 때, 내가 싫어하는 기색을 보여서 좀 신경 쓰였다고 한다.

하지만 누구나 자기 이름을 남이 정확히 불러주지 않으면 싫어할 테지.

그래서 마왕은 그 의문을 금방 잊어버렸다.

그리고 정확히 발음하기 위해 연습도 했다고 한다.

『마왕님은 보기보다도 더 대단한 노력가시군요.』

『나를 위해 목숨을 바치는 부하에게 미안하니까…….』

그러다가 본격적인 의문을 느낀 것이 내가 화약을 만들려고 했을 때라고 한다.

『용의 숨결…… 즉, 흑색화약. 그것을 제조하려고 했다는 사실을 알았을 때에는 깜짝 놀랐다. 설마 했지.』

만약 현대인이 이세계에서 다시 태어나 군인이 된다면, 틀림없이 화약부터 제조해보려고 할 테니까.

의심하는 것도 당연했다.

그는 이따금 내 이름을 일부러 '바이토'라고 부르면서 내 반응을 관찰했다고 한다.

그러나 이때도 마왕은 확신하지는 못했다.

대현자 고모비로아의 제자라면 화약을 제조하는 방법을 스스로 알아내도 이상하진 않으니까.

『게다가 짐이 전생자의 존재에 신경 쓰게 된 것은 전생에 대한 미련 때문이 아니었다. 고도의 지식, 짐과 비슷한 가치관. 그런 것을 지닌 우수한 인재를 찾고 싶었기 때문이지. 그래서 그대가 륜하이트의 통치에 실패한다면 이 일은 잊어버리려고 했다.』

마왕으로서도 상당히 신경 쓰이는 문제였지만, 개인적인 흥미 때문에 나를 특별취급 할 수는 없으니 조용히 정관하기만 했다는 것이다.

『그런데 그 후, 그대는 계속해서 공적을 쌓았다. 특히 륜하이트에 존재하는 세력들을 회유하고, 투반 점령에 공헌한 것은 매우 훌륭했다.』

나 자신은 전혀 눈치채지 못했지만, 이러한 성과 덕분에 내 명성은 이미 확고부동한 것이 되었다고 한다.

마왕은 책상 위에 뭔가를 올려놓았다. 낯익은 차통(茶桶), 익숙한 좋은 냄새가 나는 항아리. 녹차와 달짝지근한 소스였다.

『크루체 기관이 보내준 녹차와 간장 소스다. 단순한 우연으로 치부하기에는 모든 것이 너무 완벽하지.』

『폐하, 설마 그를 이용해서 저를 조사하셨던 겁니까?』

『아니다. 짐은 어디까지나 그대를 보좌할 목적으로 우수한 기관인 크루체를 파견한 것이다. 그와 동시에 그대의 통치 방법을 용인족에게 배우게 하고 싶었다.』

내 예상대로 크루체 기관은 마왕의 중요한 측근이었나 보다.

크루체 기관은 마왕의 기대에 걸맞게 내 행동을 관찰하고, 그 결과를 보고서에 적어 보낸 것 같았다.

『그나저나 짐도 궁금한 것이 있다. 그대는 어째서 짐의 정체를 조금도 의심하지 않았는가?』

『아니, 제가 그걸 무슨 수로 알겠습니까.』

그러자 마왕은 정색하면서 정말 모르겠다는 듯이 말했다.

『짐의 이름을 보면 한눈에 알 수 있지 않나?』

『마왕 폐하의 존함…… 프리덴리히터 말씀이십니까?』

『그렇다. 독일어로 평화의 중재자라는 뜻이다. 스스로 힘에 현혹되지 말고 경계하자는 의미에서 그런 이름을 내걸었지.』

하다못해 영어로 해주지 그러셨어요.

『용인족의 이름은 발음 자체가 독일어에 가깝거든. 새로운 마왕으로서 이름을 내걸 때에도 그에 따를 수밖에 없었다.』

내가 마왕의 이름에 전혀 반응하지 않았으므로, 마왕은 진짜 마지막 순간까지도 내가 전생자임을 확신하지 못했다고 한다.

나 참, 그래서 뭐 어쩌라고요.

『죄송합니다만, 폐하.』

『뭐지? 말해봐라.』

『너무 갑작스런 일이라 정신을 못 차리겠는데…….』

내가 조심스럽게 입을 열자, 마왕은 화내지도 않고 오히려 미안해하는 말투로 변명했다.

『아니, 잠깐. 짐의 입장도 이해가 가지 않나?』

『물론입니다. 지나칠 정도로 이해가 갑니다. 하지만 마왕군 내부에 전생자가 있냐고 물어본다든가, 좀 더 알기 쉬운 방식으로 전생자 티를 낸다든가, 뭐 그런 방법도 있지 않았을까요?』

마왕은 일부러 헛기침을 했다.

『잠깐, 그건 그대가 독일어를 잘 몰랐기 때문이기도 할 텐데. 짐으로선 최대한 양보한 것이 그 정도였다.』

정말입니까?

『짐이 전생자라는 것이나, 다른 전생자를 찾고 있다는 것이 널리 알려진다면 일이 복잡해지지 않겠나. 우리와는 다른 세계에서 온 전생자라고 거짓말을 하면서 짐의 환심을 사려는 자도 등장할 테니까. 왕의 권위는 악용되지 않도록 항상 경계해야 하는 법이다.』

그렇군.

왕이란 존재는 내 생각보다 훨씬 더 신중하게 행동해야 하나 보다.

사정은 대충 알았지만 난 여전히 마음을 추스르기 힘들었다. 아직도 좀 혼란스러웠다.

그게 내 얼굴에도 드러났나 보다. 마왕은 나를 보고 고개를 숙였다.

『여러모로 미안하다. 짐의 불찰이었다. ……아니, 사실 짐은 두려웠던 것이다. 그대의 정체를 확인하는 것이.』

『아, 아니, 아닙니다. 폐하의 입장은 저같이 미숙한 놈도 충분히 이해할 수 있습니다.』

평소에는 당당하기만 한 마왕이 이렇게 미안해하는 것을 보니 진심으로 황송했다.

하지만 역시 마왕은 무섭도록 위엄 있는 태도를 유지하는 편이 좋을 것 같았다.

『자, 그럼 이제 본론으로 들어가 볼까. 짐은 마족이므로 인간으로부터 마족을 지키고 싶다. 그러나 원래 인간이었기 때문에 인간을 미워할 수도 없다. 그래서 가능하다면 인간과 마족이 공존할 수 있는 국가를 만들고 싶다.』

마왕은 몸을 일으켜 내 곁으로 다가왔다.

『그대가 전생에 어떤 인물이었는지, 어떤 삶을 살아왔는지는 물지 않겠다. 짐도 구태여 과거를 밝힐 생각은 없고. 다만 그대라면 짐의 갈등을 이해해줄 터. 짐과 함께 싸우면서 이 허무맹랑한 꿈을 이루어주지 않겠나?』

그거라면 대답은 이미 정해져 있었다.

나는 자리에서 일어나 마왕 앞에 한쪽 무릎을 꿇고 앉았다.

『저도 지금은 마족의 일원, 한 마리 인랑입니다. 이 세계에서 싸움으로 인해 흐르는 인간과 마족의 피를 한 방울이라도 줄이기 위해, 앞으로도 저를 이용해주십시오.』

『그대의 충성, 다시 한 번 받아들이겠다. ……고맙다. 바이트.』

마왕의 묵직한 손이 내 어깨 위에 놓였다.

『룬하이트에 관한 일도 그대가 전생자임을 알았으니 이제 안심하고 맡길 수 있겠군. 아일리아 태수를 우리의 맹우로서 환영하노라. 자세한 것은 후일 회의를 통해 결정하도록 하지.』

오, 해냈다. 그 녀석도 기뻐하겠군.

『그대도 앞으로 더욱 열심히 일해주길 바란다. 기대하겠어.』

『네! 아직 미묘하게 마음의 정리가 덜 된 느낌이 듭니다만, 분골쇄신하겠습니다!』

『의외로 꽤 집요한 남자로군…….』

마왕이 쓴웃음을 짓자 나도 덩달아 웃었다.

『그래, 좋다. 어차피 원망할 거라면. 오늘 저녁식사를 함께하면서 짐의 고생담이라도 들어다오.』

『네, 기꺼이.』

우리는 그날 밤늦게까지 이런저런 이야기를 했다.

마왕도 처음에는 고생을 많이 한 것 같았다.

우선 그는 농업개혁을 통해 식량문제를 해결하려고 했는데, 용인족은 곤충 따위를 먹는 육식동물이었으므로 곡물을 재배하게 해도 별 효과가 없었다고 한다.

『그래서 하는 수 없이 양봉과 장수풍뎅이 양식을 시작했지.』

『장수풍뎅이 양식이요?』

나는 잠깐 상상해봤다. 마왕이 밀짚모자를 쓰고 톱밥더미를 뒤지고 있는 광경을.

『용인족은 수렵채집 민족이었으니까, 양식은 새로운 개념이었어.』

『그럼 처음에는 많이 힘들었겠군요.』

그러자 마왕은 조용히 고개를 끄덕이면서 눈을 감았다.

『둘 다 전생에 언뜻 들어서 알고 있었을 뿐이지, 실제 경험도 지식도 없었으니까……. 식용으로 적합한 품종을 찾아내기가 힘들었다. 그리고 양식 방법을 확립하기 위해서 침식(寢食)조차 잊고 기관들과 함께 일에 몰두했었지.』

자잘한 일은 부하들에게 맡기면 될 텐데. 사서 고생하는 타입이구나.

『그래도 그 덕분에 고급 음식이었던 유충을 일반적인 서민 음식으로 만드는 데 성공했어. 양질의 단백질을 안정적으로 공급할 수 있게 되었으니까, 용인족의 체격과 건강 증진에도 크게 공헌한 셈이지.』

마왕은 조금 의기양양해 보였다.

『다음에는 메뚜기를 품종개량해서 식용 가축으로 길러볼 생각이다. 성공하면 바르체가 기뻐할 테지.』

상당히 즐거워 보이십니다, 마왕님.

마왕은 그 외에도 새로운 기술을 용인족에게 전해줬는데 역시나 문제가 속출했다고 한다.

농업처럼 정착하지 못한 기술이 많았던 것이다. 애초에 생태나 신체 구조 자체가 인간과는 다르니까.

칼질하는 방법 하나만 해도 인간과는 세세한 부분에서 차이가 난다. 어깨와 손의 골격이 미묘하게 다르기 때문에.

『인간의 문화와 기술이 마족에게 그대로 적용될 수는 없었다. 그래서 짐은 생각을 바꿔보았다.』

마왕은 기초적인 기술과 개념만 용인족에게 전달하고, 그다음부터는 그들이 알아서 그것을 발전시켜 나가는 모습을 지켜보기로 했다.

일종의 스킬트리를 토대로 차근차근 성장시키는 느낌이랄까.

마왕의 전생 시대에 과연 컴퓨터 게임이 있었는지 모르겠지만, 어쨌든 그는 틀림없이 전략 게임을 즐기는 타입이었을 것이다.

군사적인 방면에서는 규격 통일이 불가능하다는 점 때문에 골머리를 썩였다고 한다.

거인족의 갑옷은 다른 종족에게는 너무 크고, 견인족이 하루에 먹는 음식은 다른 종족에게는 간에 기별도 안 가는 수준이다. 애초에 각자가 먹는 음식의 종류도 다르고.

뭐, 그래서 그의 꿈은 종족의 차이를 뛰어넘은 통합 군대를 만드는 것이었지만, 당장은 종족 단위로 부대를 운용하기로 했다고 한다.

그런 이야기를 들으면서 나는 마왕이 얼마나 사서 고생하는 타입인지 실감했다.

이 사람은 진짜로 성실했다.

사리사욕에는 아무 관심도 없고, 존경도 상찬(賞贊)도 원치 않는다. 오로지 마족이 평화롭게 살 수 있기만을 바라고 있다.

이 사람이 마왕이라서 다행이다.

그러니까 나는 이 지독하게 성실한 마왕님을 위해 앞으로도 열심히 일할 것이다.

마왕의 부관으로서.

그로부터 며칠 후.

예복을 입은 아일리아가 광장에서 시민들의 환호를 받으며 선언했다.

"이 도시, 륜하이트는 미랄디아에서 독립하여 마왕군과 동맹을 맺을 것을 선언합니다."

커다란 환성과 더불어 박수가 터져 나왔다.

인간 시민들과 위병들. 인랑, 견인, 용인. 가까운 도시에서 온 흡혈귀와 인마족도 있었다.

모두 다 환하게 웃고 있었다.

"오늘은 륜하이트의 독립기념일이므로 성대한 축하연을 벌일 것입니다. 여러분, 마음껏 먹고 마시고 노래합시다!"

아일리아의 목소리와 모든 이들의 갈채가 뒤섞였다.

륜하이트의 태수 아일리아는 마왕…… 아니, 마왕님한테서 '마인공(魔人公)'이라는 칭호를 받았다. '마족과 인간을 이어주는 자'라는 뜻이 담겨 있다고 한다.

그녀는 어디까지나 민간인이지 군인은 아닌데도 파격적인 사단장 대우를 받게 된 것이다.

어? 그럼 나보다 더 위잖아?

내가 그런 생각을 하면서 축하주를 마시고 있는데, 마인공 아일리아 님께서 이쪽으로 다가오셨다.

"아일리아 님. 축하하오."

"고맙습니다. 바이트 님."

아일리아가 웃으면서 나와 건배를 했다.

지금까지는 마족의 인질이었던 그녀도 오늘부터는 어엿한 인류의 적이다. 마왕군이 혹시 괴멸되기라도 하면 틀림없이 사형에 처해질 것이다.

문득 투반에서 본 사형대가 떠올랐다.

내가 실수하면 아일리아도 그렇게 될 것이다.

그런데 아일리아는 그 사실을 이미 잘 알고 있는 것 같았다.

"이제는 바이트 님과 완벽한 운명 공동체가 되었군요."

"그렇지. 후회하고 있소?"

그러자 아일리아는 고개를 옆으로 흔들었다.

"아뇨, 저는 기쁩니다. 무척."

싱글싱글 웃기는. 이상한 녀석.

아일리아는 미소 지으면서 나에게 말했다.

"그런데 바이트 님, 이제는 제가 당신보다 더 윗사람입니다. 아시죠?"

"아, 그렇지……."

이 녀석은 사단장 대우를 받게 됐으니까. 나는 여전히 부관이고.

일단 나도 승진하기는 했다. 제3사단이 아닌 제1사단의 부관이 되었다. 이제 나의 직속 상사는 마왕님이다.

그래 봤자 어차피 부관이지만.

난 괜찮다. 부관이어도.

"아일리아 님은 지도자에 적합한 인물이지만, 나 같은 놈은 얌전히 부관 노릇이나 하는 게 체질에 맞지. 분에 넘치는 영달(榮達)은 파멸을 초래할 뿐이오."

"바이트 님…… 지금 농담하시는 거예요?"

"아니? 실제로 나는 당신처럼 큰 인물이 아니잖소."

그러자 아일리아는 어째서인지 한숨을 내쉬었다.

"정신 차리세요. 바이트 님은 마왕군의 최고 간부잖아요."

그런가? 마왕님의 개인적인 심복이 된 것 같긴 한데, 마왕군에서의 지위가 얼마나 높아졌는지는 실감하기 어려웠다.

마왕군의 계급제도는 애매해서 나도 잘 모르겠단 말이지.

어쨌든 앞으로는 아일리아와 협력해서 이 변경의 교역도시 륜하이트를 마왕군의 거점, 마도(魔都) 륜하이트로 발전시켜 나갈 것이다.

솔직히 어디서부터 손을 대야 할지 모르겠지만, 지금부터 마왕군의 진정한 싸움이 시작되는 셈이다.

우리는 인간 세력과 손잡고 그들의 지도 위에 빛나는 첫발을 내디뎠으니까.

위를 올려다보니, 태수의 저택에서 마왕군의 군기가 펄럭이고 있었다.

"바이트 님. 우리 함께 힘냅시다."

"좋소. 잘 부탁하오."

"륜하이트를 위해서도 착실하게 일해주셔야 합니다. 아셨죠?"

"물론. 맡겨주시오."

……어? 뭐지, 어느새 내가 휘둘리는 입장이 된 것 같은데?

나는 그런 의문을 품고 아일리아의 얼굴을 쳐다보았다.

그러나 그녀는 환한 표정으로 싱글싱글 웃고 있기만 했다.

바이트의 소년 시절

전생이 어땠는지는 잘 기억나지 않는다. 그런데 실은 환생한 직후의 일도 전혀 기억나지 않는다. 갓 태어난 아기의 뇌로는 정상적인 사고가 불가능했던 것일까.

간신히 어렴풋하게나마 기억하는 것은 아버지의 장례식.

나는 소년 시절에 인랑들만 모여 있는 숨겨진 마을에서 살았다. 깊은 숲 속에 있는 작은 마을이었다.

이것은 내가 열 살이었을 때의 이야기다.

*　　*

"야, 바이트! 미친 멧돼지 사냥하러 가자!"

사촌인 가니 형제가 오늘도 나를 데리러 왔다.

형인 가베르트는 나보다 두 살 위, 동생인 니베르트는 나랑 동갑이다.

털색이 붉은 가니 형제는 인랑의 돌연변이종이다. 인랑은 기습이 특기인 사냥꾼인데, 붉은 털의 인랑은 어느 쪽인가 하면 맞싸움이 특기인 싸움꾼이다. 그들은 무척 강하다.

강하기 때문에 자만심에 빠져 툭하면 무모한 짓을 한다.

'미친 멧돼지'란 것은 숨겨진 마을 근처에 출몰하는 거대한 멧돼지다. 그놈은 자기보다 약해 보이는 동물을 발견하면 무조건 돌진하는 호전적인 녀석이다. 인간이라면 아마 일격에 나가떨어질 것이다.

웃기지 마. 그런 녀석하고 어떻게 싸워.

"걱정하지 마, 우리가 있으니까! 아니면 뭐야, 무서워서 그래?"

그래, 무섭다.

미친 멧돼지는 흉포하지만 인랑에게는 함부로 덤비지 않는다. 승산이 없다는 사실을 아는 것 같았다.

인랑으로 변신하면 즉시 도망가버리기 때문에, 인간 모습을 유지한 채 아슬아슬한 순간까지 그놈을 유인하는 것이 기본 룰이라고 한다.

그 스릴을 즐기고, 또 변신하고 나서 압도적인 실력 차이를 보여주는 것.

그것이 이 숨겨진 마을에 사는 개구쟁이들이 무척 좋아하는 놀이다.

나는 이미 어른이니까 그런 것은 사양하고 싶었다.

"미친 멧돼지를 잡고 싶으면 그냥 덫을 놓아서 잡으면 되잖아. 너희들, 얼마 전에도 변신하는 게 좀 늦어서 세게 들이받히지 않았어?"

내가 지적하자, 가니 형제가 기막히다는 듯이 나를 비웃었다.

"나 참, 바이트, 넌 진짜 겁쟁이구나!"

"겨우 그런 놈한테 들이받혀봤자 우리는 절대로 안 죽어!"

심한 타박상으로 이틀이나 드러누워 있었으면서, 입만 살아 가지고는.

"아무튼 난 사양할게. 밭일 도우러 가야 해."

우리 집 식구는 나와 어머니, 단둘이었다.

이 숨겨진 마을 주민들은 다 함께 힘을 합쳐 살아가고 있으므로 생활이 어렵진 않았지만, 나도 어머니를 돕고 싶었다. 이 세계에서는 단 하나뿐인 나의 육친이니까.

이 녀석들처럼 태평하게 놀 시간은 없었다.

"칫! 됐어, 형. 가자."

"그래, 가자. 이러다 겁쟁이 병 옮겠다."

마음대로 하셔.

이 세계의 우리 어머니 이름은 바네사. 물론 인랑이다.

아들인 내가 봐도 믿음직한 싱글맘이다. 참고로 나이는 스물일곱(자칭)이고.

그런데 그게 사실이라면 어머니는 열일곱 살 때 나를 낳으신 셈인데, 이 이야기만 꺼내면 어머니가 내 머리를 주먹으로 꽉꽉 눌러대기 때문에 자세한 사정은 알아내지 못했다.

나는 바구니를 짊어지고 마을 안을 걸어갔다. 단층 통나무집이 드문드문 서 있는 쓸쓸한 마을이었다.

마을 주민은 100명 정도밖에 안 되었다. 다들 튼튼한 인랑들이니까 어떻게든 버티고 있는 것이지, 실은 한계집락(限界集落)*에

*일본식 개념. 규모가 작아지고 고령화가 진행되면서 마을의 공동체 기능이 급속히 쇠퇴해 소멸해가는 마을

가까웠다.

아, 어머니가 저기 계신다.

마을 변두리에 있는 공동밭에서 고구마를 캐고 계셨다.

"어? 바이트. 왜 왔어? 안 놀아도 돼?"

"응. 수확하는 거 도와주려고."

"오, 그래. 역시 우리 아들. 네 아버지가 들으면 기뻐하실 거야."

내가 철이 들기 전에 아버지는 이 마을을 지키려고 마물과 싸우다가 돌아가셨다고 한다.

인랑도 마물의 일종이지만, 다른 마물들과 구별하기 위해 우리는 '마족'이라는 호칭을 즐겨 쓴다.

우리는 문화를 가지고 사회를 형성하여 일족끼리 힘을 합쳐 살아간다. 그런 자부심이 있는 것이다.

대부분의 마물들은 그렇지 않다. 그들은 지성이 없는 흉포한 짐승이다. 그러니까 싸울 수밖에 없다.

그런데 인간들은 이러한 차이를 별로 중시하지 않는다. 그들은 마족도 '흉포한 마물'처럼 취급한다. 어디에 가나 적대시당하기 때문에 인간 사회와 멀리 떨어진 은거지에서 살아갈 수밖에 없다.

그래서 우리는 이렇게 숨겨진 마을에서 조용히 살고 있는 것이다.

고구마 같은 것을 캐면서.

나는 밭두렁으로 다가가 고구마와 비슷하게 생긴 작물을 캐기 시작했다. 부서지지 않도록 괭이로 살살 파냈다. 전생의 초등학교 시절에 체험학습으로 감자 고구마를 캐봤던 경험이 이런 식으로 도움이 될 줄은 몰랐다.

"어머니, 이 고구마는 어쩔 거야?"

"장로님 말씀으로는 올겨울은 상당히 길 것 같으니까 전부 다 저장해놓자고 하시던데. 좀 아깝다, 그렇지?"

올해는 갓 캐낸 고구마로 군고구마를 해먹을 수 없나 보다.

숨겨진 마을에서는 단것이 귀하다. 그래서 오늘 이 순간을 조금 기대했는데…… 뭐, 어차피 겨울이 되면 날마다 질리도록 먹을 수 있을 테지만.

"그래도 기대되지 않니? 한동안 저장해두면 더더욱 달콤해지니까."

어머니가 싱긋 웃었다.

아들의 속마음 따윈 환히 꿰뚫어 보시는 것 같았다.

먹을 것을 생각하다가 들켜버린 나는 멋쩍게 머리를 긁적거렸다. 그때 어머니가 문득 생각났다는 듯이 입을 열었다.

"아 참, 지금 숲 속에서 놀고 있는 아이는 없니?"

"가니 형제가 미친 멧돼지를 사냥하러 간다고 했어."

그러자 어머니가 심각한 표정을 지었다.

"좀 위험할 것 같은데. 네가 가서 얼른 돌아오라고 해주지 않을래?"

"응…… 하지만 내가 뭐라고 해도 그 녀석들은 말을 안 들을 텐데?"

사촌이긴 하지만 그놈들은 나를 바보 취급하니까.

그런데 어머니는 웃으면서 이렇게 말씀하셨다.

"장로님의 명령이라고 하면 그 애들도 순순히 말을 들을 거야. 요새 인간이 숲 속에서 어슬렁거린다는 이야기를 들었거든."

그건 확실히 위험했다.

인간만큼 무서운 존재는 없다.

이 숨겨진 마을의 위치를 들켰다가는 사태를 수습하기 힘들어질 것이다.

우리는 인랑이니까, 어쩌다 여기까지 들어온 인간을 처리하는 것쯤이야 식은 죽 먹기다.

하지만 그렇게 되면 이번에는 행방불명된 사람을 찾는다고 다른 인간이 찾아올지도 모른다. 끝없이, 꼬리를 물고.

나는 갓 캐낸 고구마를 바구니에 집어넣고 바지를 탁탁 털면서 일어났다.

"나 잠깐 다녀올게."

"그래, 조심해서 다녀와."

그런데 잘 생각해보면 나도 전생에는 인간이었다.

그런 내가 인랑으로 환생해서 인간을 두려워하다니. 뭔가 희한한 이야기였다.

지금의 나는 열 살짜리 꼬맹이지만 인랑으로 변신하면 상당히 강하다.

인간은 일대일로 붙으면 도저히 이길 수 없는 미친 멧돼지도 인랑에게 걸리면 어린애 장난감에 불과하다.

각자의 힘으로 따지면 인랑 같은 마족이 인간보다 압도적으로 우월할 것이다. 그런데도 인간과 싸운 마족은 예외 없이 모두 패배했다. 전설 속의 마왕들도 마찬가지고.

참 난감하게도 인간들은 마족이나 마물과 싸우면서 조금씩 세력을 확장시키고 있었다. 이 숨겨진 마을도 과연 언제까지 안전할지 의문이었다.

절대 아무한테도 들키면 안 되는데.

그런 생각을 하면서 숲 속을 걷다가 문득 인기척을 느꼈다.

인랑과는 다른 희미한 인간 냄새. 소리.

나는 재빨리 가까운 수풀 속에 숨었다.

그리고 몰래 상황을 살펴보았다.

조그만 여자아이가 있었다.

나랑 비슷한 나이일까. 머리에는 뾰족모자를 쓰고 손에는 지팡이를 들고 있었다. 마술사?

미친 멧돼지가 어슬렁거리는 깊은 숲 속을 인간 여자아이가 혼자 돌아다닐 리 없었다. 강력한 마술사가 아니면 또 다른 마족일지도 몰랐다.

같은 마족이라고 해도 꼭 아군일 거라는 보장은 없었다. 인간이라면 진짜 적이고.

들키지 않도록 조심조심 이곳을 떠나자. 가니 형제를 데리고 돌아가자.

그렇게 생각했을 때, 등 뒤의 수풀에서 부스럭부스럭 소리가 났다.

곧이어 그것이 엄청난 기세로 다가와서…….

"어?"

어느새 나는 허공을 날고 있었다.

아마도 몇 초쯤 정신을 잃었나 보다.

나는 숲길 위에 벌러덩 누워 있었다.

온몸이 아팠다. 아직 변신은 안 했지만 인랑이라서 크게 다치지도 않고 살아 있었다. 다행히 위기는 넘긴 것 같았다.

그렇게 생각했는데. 바로 옆에 미친 멧돼지가 있었다.

덩치가 큰 편은 아니지만 그래도 경자동차만 한 크기였다.

"으아악?!"

나는 반사적으로 인랑으로 변신했다. 그런데 그 결과가 좋지 않았다.

내 모습을 보자마자 미친 멧돼지가 빙글 돌아서더니.

맹렬한 기세로 도망치기 시작한 것이다.

아까 그 여자아이가 있는 방향으로.

나는 그녀의 정체가 무엇인지 생각할 겨를도 없이 마구 소리를 질렀다.

"위험해, 도망쳐!"

나는 그쪽으로 뛰어갔다. 그러나 인랑으로 변신했어도 어린애

각력(脚力)으로는 멧돼지를 따라잡을 수 없었다.

그때 그 여자아이가 뒤를 돌아봤다.

"뭐냐, 시끄럽구나."

그녀는 돌진해 오는 미친 멧돼지를 보고 자신의 지팡이 끝을 건드렸다. 지팡이 끝에 희미하게 빛나는 빛의 띠가 생겼다. 그것은 마치 거대한 낫처럼 보였다.

소녀는 빛으로 된 낫을 한 번 휘둘렀다.

돌진하는 미친 멧돼지가 그 빛에 닿은 순간.

멧돼지의 거대한 몸뚱이가 힘없이 무너지면서 달리던 속도 그대로 땅바닥에 콱 처박혀버렸다.

어이없는 결말이었다.

뾰족모자를 쓴 여자아이는 지팡이를 휙휙 휘둘러 빛의 칼날을 없앴다.

"으음. 사령의 칼날을 쓸 때에는 미묘하게 동기화가 늦어진단 말이지. 힘 소절(素節)의 종조사(終助詞, 감동, 의문, 희망 따위를 나타내는 문장 종결 조사)를 류브람 방식으로 바꾸는 편이 나을지도 몰라……."

뜻 모를 말을 중얼거리면서 그 소녀는 지팡이 끝을 어루만지고 있었다. 자기가 방금 쓰러뜨린 미친 멧돼지에게는 관심도 없어 보였다.

그 소녀는 타박타박 걸어와 내 얼굴을 들여다보았다.

"인랑 아이야, 다치진 않았느냐?"

"어, 어…… 응, 괜찮아."

나이도 비슷한 어린애한테 어린애 취급을 받을 줄은 몰랐지만, 어쨌든 그 놀라운 실력을 본 이상 얌전히 고개를 끄덕일 수밖에 없었다.

대충 보니 미친 멧돼지는 피를 한 방울도 흘리지 않았다. 무슨 치명상을 입었는지 도무지 모르겠다.

뭔가 무지무지 위험한 느낌이 드는 녀석인데.

그때 그 소녀가 내 시선을 좇아 눈을 돌리더니, 뭔가 깨달은 것처럼 중얼거렸다.

"허, 이거 참 미안하군. 피를 빼주는 편이 좋았을까? 인랑은 저걸 먹는다고 알고 있는데, 그렇지?"

"어, 먹긴 먹는데……."

지금은 그보다도 당신의 정체가 뭔지 가르쳐줬으면 좋겠다.

그러나 그 소녀는 내 의문 따윈 아랑곳하지도 않고, 옆으로 쓰러져 있는 미친 멧돼지의 거대한 몸뚱이를 툭 건드렸다.

"흡혈술(吸血術)을 썼다. 완벽하게 피를 뺐으니 걱정 말려무나."

으악.

역시 이 녀석은 위험한 마술사였다.

흡혈술이라니, 그게 뭐야.

"한때는 피를 뽑는 것이 병을 치료하는 기술이라고 여겨졌었지. 이것은 그 시대의 산물인데, 뭐, 적의 피를 뽑아서 죽이거나 가축의 피를 뽑는 데에도 쓸 수 있단다."

그 소녀는 무서운 이야기를 태연하게 하면서 미친 멧돼지에게서 손을 뗐다.

저기요, 뽑아낸 피는 어디로 갔나요?

그렇게 물어보고 싶었지만 왠지 물어보지 않아도 답을 알 것 같았다.

이 아이, 아까보다 혈색이 좋아졌다.

내가 미지의 존재를 만나 전율하고 있는데, 수풀 속에서 뭔가 시끄러운 것이 불쑥 튀어나왔다.

“나 참, 그러게 넌 변신하는 타이밍이 너무 빠르다니까.”

“형이 잡아줄 줄 알았지.”

맥 빠지는 대화를 나누면서 나타난 것은 가니 형제였다.

역시 이놈들이 노리는 사냥감이었군.

가니 형제는 나를 발견하자마자 곧바로 미친 멧돼지와 소녀의 존재도 눈치챘다.

나와 미친 멧돼지만 있었다면 “우리의 사냥감을 가로채다니!” 하면서 투덜거렸겠지만, 바로 옆에는 처음 보는 여자아이도 있었다.

이 새로운 정보 때문에 그들의 두뇌 처리능력이 한계에 도달했나 보다.

두 형제는 눈알을 대굴대굴 굴리면서 우리를 번갈아 쳐다보더니, 이번에는 자기들끼리 얼굴을 마주 보았다.

한참의 시간이 지났다. 마침내 형인 가베르트가 먼저 입을 열었다.

“야, 바이트…….”

"왜?"
"그거 나르는 거, 도와줄까?"
왜 그런 결론이 나오는 거야?
"흠, 그대의 이름은 바이트인가? 나는 고모비로아. 잘 부탁하마."
뾰족모자 소녀는 생글생글 웃으면서 그렇게 인사를 했다.

나는 이 고모비로아라는 소녀를 어떻게 하면 좋을지 고민했지만, 이렇게 된 이상 이대로 돌려보내도 문제가 생길 것 같았다.
미친 멧돼지를 둘이서 짊어지고 가는 가니 형제를 곁눈질로 흘끔 보면서 나는 고모비로아에게 질문했다.
"고모비로아 씨, 뭐 하러 이런 곳에 온 거야?"
"아…… 그냥 모비라고 부르렴."
"아니, 그게 중요한 게 아니고. 일단 설명부터 해줘."
그러자 그녀는 조금 부루퉁해진 얼굴로 이렇게 대답했다.
"나는 너희 인랑들을 만나러 온 거야."
"우리를?"
"그래. 나는 지금 다양한 마족들의 생활을 연구하고 있단다. 그래서 인랑들이 어떻게 살고 있는지 조사하러 온 것이야."
조사라.
이 녀석, 뭔가 수상하군.
마법도 쓰고 연구도 하고 있고. 겉모습과 실제 연령이 차이가 날 것 같았다. 마치 나처럼.
설마 전생자는 아니겠지?

의심하는 내 시선을 눈치챘는지, 고모비로아는 다시 한 번 정식으로 자기소개를 했다.

"나는 평범한 인간이 아니란다. 육체의 시간이 멈춘 이후로 수백…… 년? 뭐, 그 정도로 오래 살아왔지."

"방금 그 공백은 뭐야?"

"정확한 나이를 잊어버려서 그런 거다. 아무튼 독신 여성의 나이는 함부로 묻는 게 아니야. 어쨌거나 그대보다는 훨씬 더 나이가 많은 연장자지."

부끄러운 듯이 모자챙을 눌러 얼굴을 가리는 고모비로아. 나는 점점 더 당혹감을 느꼈다.

이게 바로 진정한 로리 할멈인가.

환생하고 나서 그동안 많은 것들을 봤지만, 이건 처음 봤다.

아무래도 평범한 인간은 아닌 것 같았으므로 나는 고모비로아를 숨겨진 마을로 안내하기로 했다.

이런 여자아이(?)를 입막음하려고 죽일 수는 없었고, 애초에 이기지도 못할 것 같았다.

그냥 놔두고 도망치고 싶어도 가니 형제가 저렇게 졸랑거리고 있으니 제대로 도망치는 것도 불가능해 보였다.

저 녀석들은 싸움질은 잘하지만 도망치거나 숨는 데에는 끔찍하게 소질이 없으니까.

"의외로 고분고분하구나."

"무슨 소리야?"

내가 우울한 기분으로 물어보자, 고모비로아가 즐거운 듯이 웃었다.

“숨겨진 마을이니까 제삼자에게는 들키고 싶지 않을 터인데. 안 그런가?”

“뭐, 그렇지.”

“그런데 용케 나를 안내해줄 생각을 했구나.”

“어차피 끝까지 숨기지도 못할 것 같으니까, 그냥 얌전히 데려가서 장로님을 만나게 하는 편이 좋겠다 싶어서…….”

“흠, 그래. 그 나이답지 않게 총명한 소년이구나.”

당신과 마찬가지로 내 영혼도 실은 나이가 좀 많거든.

내가 고모비로아를 숨겨진 마을로 데려가자 예상대로 큰 소동이 일어났다.

당장 어른들이 이쪽으로 뛰어왔다. 그런데 고모비로아가 장로에게 뭐라고 말하자 소란이 금세 가라앉았다.

“용인족의 동료라니…….”

“그놈들은 숫자가 많아. 싸우지 않는 편이 좋아.”

“일단 이야기를 들어보자.”

그런 대화가 언뜻 들렸다.

자세한 사정이 궁금했지만 현재의 나는 조그만 인랑 꼬맹이에 불과했다.

“바이트, 멧돼지 해체할 거니까! 가서 부엌칼 가져와!”

“아, 알았어!”

나는 어머니 말을 듣고 뛰어갔다.

미친 멧돼지도 멧돼지의 친척 비슷한 것이므로 고기 맛은 돼지고기랑 비슷했다. 하루 종일 먹잇감을 찾아 이리저리 뛰어다니기 때문일까. 육질이 단단한 것이 꽤 맛있었다.

커다란 놈은 보존용으로 훈제를 하거나 소금에 절여놓지만, 오늘 잡은 녀석은 평범한 사이즈였으므로 전부 다 먹기로 했다. 인랑은 워낙 먹성이 좋으니까.

고모비로아가 장로님 댁에서 나왔다. 장로님을 비롯한 다른 어른들과의 이야기는 다 끝난 것 같았다.

"으음. 이러면 역시 좀 무리인가……."

그녀는 그런 말을 중얼거리고 있었다. 나는 구운 고기를 짊어지고 그녀에게 다가갔다.

"다 끝났어……요?"

처음에는 반말을 썼지만 연장자라는 것을 알았으니 존댓말을 쓰기로 했다. 게다가 잘은 몰라도 대단한 인물인 것 같으니까.

고모비로아는 쓴웃음을 지으며 고개를 끄덕였다.

"인랑들의 생활에 대해 알면 알수록 그 고충이 느껴지는구나. 이걸 잘 해결할 수 있으면 좋으련만."

고충이라…….

확실히 현재의 인랑은 내가 상상했던 '늑대인간'의 이미지와는 사뭇 달랐다.

물론 그 강력한 힘 하나만은 전설과 똑같았지만, 실제 인랑들은 인간에게 들키지 않으려고 조용히 숨어 살고 있었다.

"옛날에 내가 이 외모에 어울리는 나이였을 때에는 인랑은 인간의 천적이었단다. 인간 집단 속에 몰래 숨어들어서 인간을 덮치고 잡아먹는 사냥꾼이었지. 그 집단 속에 인랑이 존재한다는 것을 알아도 누가 인랑인지 밝혀낼 수 없었어."

그러고 보니 이전 세계에는 그런 게임도 있었지.

"그 시절에는 인랑이 인간과 함께 살았나요?"

"그래. 하지만 언제부터인가 인랑들은 도시를 떠나 숨어 살게 되었단다. 인간의 지혜가 점점 발달함에 따라 그들을 상대하기 힘들어진 것도 중요한 이유일 테지만, 실은 또 다른 이유가 하나 있었어."

또 다른 이유라니, 뭘까?

내가 고개를 갸웃거리자 고모비로아가 웃으며 말했다.

"인간과 인랑. 서로 다른 종족이라고는 하나, 친한 친구를 잡아먹는 것은 가슴 아픈 일이지 않겠느냐? 심지어 아까 그대는 초면인 나를 구해주려고도 했고."

"아니, 그건……."

나도 한때는 인간이었으니까. 그렇게 말할 수는 없었다.

내가 애매모호한 미소를 짓자, 고모비로아는 지팡이로 어깨를 톡톡 두드렸다.

"아무튼 그래. 오늘은 이런저런 일이 많아서 좀 피곤하구나."

"아, 저기요. 집회소에 저녁식사를 준비해놨어요. 구운 고기와 멧돼지 전골이에요."

"오, 그럼 한 끼 얻어먹어볼까."

오늘 밤 숨겨진 마을에서는 큰 잔치가 열렸다. 이렇게 환영할 만한 손님이 오면 다 함께 환영하면서 즐겁게 지내는 것이다.

그 외에는 특별한 오락거리도 없으므로 손님을 환대하는 것이 즐거웠다.

"야, 가베르트! 마음대로 집어먹지 마! 나쁜 아이는 혼나야지, 응?!"

"악, 뜨거워! 판 누나! 으악, 뜨겁다니까!"

냄비를 가져온 판 누나한테 큰 가니가 혼나고 있었다. 판 누나는 친절하지만 한번 화나면 진짜로 무서웠다.

이처럼 다 함께 떠들썩하게 노는 것도 의외로 싫지는 않았다. 인랑은 모두 다 동료를 소중히 여기니까.

하지만 그중에서도 가장 기쁜 것은 이 기회에 고기를 실컷 먹을 수 있다는 것이었다.

평소에도 사냥을 하긴 하지만, 인랑이 먹기에는 조금 부족한 양이었다. 킬로그램 단위로 먹지 않으면 먹은 기분도 안 드는 것이었다.

오늘은 내장탕까지 포함하면 양이 꽤 많으니까 배불리 먹을 수 있을 것이다.

마을 집회소는 간소한 목조 단층집이지만 전체가 홀로 되어 있어서 멤버들 전원이 들어갈 수 있었다.

김을 뿜으며 부글부글 끓어오르는 냄비가 몇 개나 안으로 들어왔다. 접시에는 구운 고기가 듬뿍 담겨 있었다.

실은 전생하고 나서 음식물 때문에 제일 많이 고생했었다. 편의점에서 튀김이나 크로켓을 사 먹는 것이 취미였던 나에게는 지금의 이 생활이 너무 우울하게 느껴졌던 것이다.

어른들은 비장의 와인을 나무나 도자기 머그잔에 따랐고, 우리 어린이들은 과일주스를 머그잔에 따랐다.

상석에 고모비로아와 함께 앉아 있던 장로님이 머그잔을 손에 들고 말했다.

"오늘은 멋진 손님께서 와주셨다. 이 좋은 인연을 만들어주신 우리 조상님께 감사드려야겠다. 이 만남을 기념하여 다들 신나게 먹고 즐기자. 자, 건배!"

"건배!"

나는 소꿉친구인 몬더, 제릭과 건배하고 나서 얼른 고깃덩이를 집어 들었다. 소금만 살짝 뿌려서 구운 고기를 단숨에 한입 가득히 집어넣었다.

……어?

맛이 이상하다.

피는 잘 뽑았으므로 피비린내는 나지 않았다. 그런데 묘하게 퍽퍽했다. 풍부한 육즙이 느껴지지 않았다.

마치 너무 오래 구운 닭 가슴살 같았다.

몬더와 제릭, 또 가니 형제도 나와 똑같은 것을 느낀 것 같았다.

"……저기, 이거 좀 이상하지 않아?"

몬더가 중얼거리자 제릭도 동의했다.

"퍽퍽해. 실수로 너무 오래 구웠나?"

"판 누나가 구웠는데. 누나가 실수할 리 없잖아?"

판 누나를 무척 좋아하는 나로서는 그녀의 명예를 위해서라도 그렇게 한마디 하지 않을 수 없었다.

그때 고모비로아가 냄비를 뒤적거리면서 생긋 웃었다.

"마법으로 피를 뺄 때 내가 조절을 좀 잘못했나 보군. 혈액도 육즙도 따지고 보면 다 똑같은 체액이니까, 안 그런가?"

아, 그래서 이렇게 퍽퍽한 거구나.

분위기가 착 가라앉은 상황에서 우리 어머니가 웃음을 터뜨리셨다.

"그래, 실은 판과 함께 맛을 봤을 때 퍽퍽하다는 것을 알았는데. 그래도 괜찮아, 전골과 같이 먹으면 딱 좋을 거야. 이쪽에는 국물이 잔뜩 있으니까."

아, 그래서 전골도 따로 준비하신 건가.

역시 우리 어머니, 대단하시다.

전생의…… 아니, 됐다. 그만하자.

아무튼 이렇게 환생해서 정말 다행이다.

그날 밤 고모비로아는 숨겨진 마을에서 하룻밤 묵기로 했다. 가족이 단둘이라 비교적 공간이 넉넉한 우리 집에 그녀를 초대하게 되었다.

우리 집은 멋진 로그하우스 스타일…… 뭐, 한마디로 말해 통나무 오두막집이다.

방은 하나밖에 없지만, 창고 위의 고미다락 같은 공간을 잠자리로 활용함으로써 간신히 나의 개인 공간을 확보한 상태였다. 어머니는 아랫방에 있는 허름한 침대에서 주무셨고.

참 빈곤한 집이었지만, 사실 이 마을의 민가는 거의 다 이랬다.

가족이 많은 집에서는 바닥 전체에 이부자리를 깔고 다들 다닥다닥 붙어서 자야 했다. 우리 집은 그나마 나은 축에 속했다.

"고모비로아 씨, 제 침대에서 주무시겠어요?"

어머니가 제안하자 고모비로아는 웃으며 고개를 저었다.

"아니, 그러면 너무 미안하지 않은가. 내 침상은 알아서 준비할 테니 염려 말게."

그녀는 손수건을 꺼내더니 지팡이를 가볍게 흔들었다.

그러자 손수건이 순식간에 요 크기로 커지면서 허공에 두둥실 떠올랐다. 마치 하늘을 나는 양탄자 같았다.

아니, 이건 하늘을 나는 요인가?

"어머나……."

놀라는 어머니를 보고 고모비로아가 미소 지었다.

"하룻밤 정도는 충분히 떠 있을 거야. 다만 비이슬은 피할 수 없으니까. 이렇게 지붕을 빌려줘서 참으로 고맙구나."

그렇게 말한 다음에 고모비로아는 요 위로 올라가서 모자를 벗었다.

그러자 요가 둥실둥실 더 높이 올라갔다.

역시 진짜 마술사구나.

이런 건 처음 봤다.

나는 고미다락 위로 올라가서 잠잘 준비를 했다. 마침 비슷한 위치에 고모비로아가 둥둥 떠 있었다. 그녀는 엎드린 자세로 누워서 발을 까딱까딱하고 있었다. 아, 왠지 귀여워 보이네.

자꾸만 신경이 쓰였다.

내가 흘끔흘끔 훔쳐보고 있는데, 고모비로아가 이쪽으로 다가왔다. 요 자체가 스르르 날아와서 내가 있는 고미다락 옆에 나란히 붙었다.

"잠이 안 오나 보군."

"저, 마법은 처음 봐서……."

그러자 고모비로아는 약간 수줍은 듯이 웃으면서 대답했다.

"그래, 아마 인랑들 중에는 마술사가 없을 테니까. 그런데 사실 나는 사령술 전문가야. 이런 공중부양술도 연습하고는 있지만."

"저도 연습하면 이런 기술을 쓸 수 있을까요?"

"후후, 글쎄."

고모비로아는 미소를 짓더니 느릿느릿한 말투로 말을 이었다.

"마법이란 것은 상당히 복잡하단다. 실용적인 기술은 몇 가지 단계를 거쳐야 겨우 습득할 수 있어."

"단계요?"

"이를테면…… 음, 이 기술을 쓰려면 먼저 수상보행(水上步行) 기술부터 익혀야 해."

공중부양의 전 단계가 수상보행이라니. 뭐가 뭔지 하나도 모르겠는데.

"그리고 수상보행 기술은 수평을 유지하는 기술, 체중의 증감을 조절하는 기술이 전제되어야 하지. 그 모든 것을 익혀야지만 겨우 원하는 기술을 쓸 수 있는 거야."

거기까지 설명을 듣고 나서 어렴풋이나마 이해했다.

이건 게임에 흔히 등장하는 시스템이다. '불기둥' 마법과 '회오리' 마법을 둘 다 배우면 '불회오리' 마법 스킬이 개방된다든가, 뭐 그런 거다.

나는 잠시 생각해보고 나서 고모비로아에게 말했다.

"체중을 가볍게 만들고 수평을 유지하면, 물결치는 수면 위에서도 걸을 수 있단 말이지요. 그리고 좀 더 가볍게 만들면 수평을 유지하면서 허공에 떠오를 수 있다. 그런 건가요?"

나로선 별생각 없이 중얼거린 말이었지만 고모비로아는 깜짝 놀라면서 몸을 일으켰다.

"뭐라고?! 용케 잘 알아들었구나……."

"네? 아뇨, 뭐."

"바람과 물은 비슷한 성질을 가지고 있지. 그런 까닭에 물을 조종하는 기술은 바람을 조종하는 기술과 연결되는데…… 이것을 직감적으로 이해할 수 있는 자는 그다지 많지 않아."

"그, 그래요?"

예상치 못한 상대의 반응 때문에 오히려 내가 더 놀랐다.

고모비로아는 갑자기 나한테 흥미를 가진 것 같았다. 이어서 이런 질문을 했다.

"그럼 이건 뭔지 알겠나? 적의 검이나 갑옷을 순식간에 녹슬게 만드는 기술을 습득하려면, 먼저 착화 기술을 익혀야 한다. 그 이유는 뭘까?"

중학교 과학 시간에 배운 내용이다. 산화시키는 방법.

그런데 그걸 어떻게 설명하면 좋을까.

나는 잠깐 생각해봤다. 그리고 수상해 보이지 않도록 다음과 같이 대답했다.

"불에 달군 바늘이나 못은 광택이 사라지고 약해집니다. 금속이 녹슬면 광택이 사라지고 약해지니까, 아마도 불과 녹스는 것은 뭔가 관계가 있지 않을까요?"

"흠, 그래. 훌륭하구나."

고모비로아는 감탄한 듯한 소리를 냈다. 나는 약간 마음이 불편해졌다. 이건 실제로 관찰해서 알아낸 것이 아니라, 처음부터 지식으로 배워서 알고 있었던 거니까.

고모비로아는 몇 번이나 고개를 끄덕거리더니 고민하는 것처럼 입을 열었다.

"그대는 초야에 묻혀 살기는 아까운 인재야. 그러나 인랑은 본디 사냥꾼이지. 사냥꾼에게 마법 지식은 필요 없을 터……."

아니, 잠깐만요.

마법을 가르쳐주신다면 저로선 대환영인데요.

인랑들 중에서는 내 실력은 평범한 수준이지만, 만약 마법을 배운다면 좀 더 강해질 것이다. 숨겨진 마을에서의 지위도 높아질 테고. 지금 이대로는 가니 형제한테 계속 무시당하면서 살아가게 될 것이다.

게다가 마법이 있으면 우리 마을을 인간들 눈에 띄지 않게 숨기거나, 사냥 또는 농사일을 좀 더 편하게 할 수 있을지도 모른다.

나는 고모비로아 앞에 공손히 꿇어앉아 양손을 바닥에 대고 간

청했다.

"저, 마술사가 되고 싶습니다!"

고민에 빠져 있던 고모비로아는 깜짝 놀라면서 고개를 들었다.

"뭐? 마술사가 되고 싶다고? 그대는 인랑이 아닌가?"

"저는 별로 강한 편이 아니라서…… 하지만 강해지고 싶어요."

고모비로아는 내 말을 듣고 뭔가를 확인하려는 듯이 내 얼굴을 들여다보았다.

"무엇을 위해서?"

"우리 마을 동료들을 지키기 위해서입니다. 그리고 동료들에게 존경받고 싶다는 사심도 좀 있습니다."

굳이 말하자면 후자가 진짜 목적이지만, 역시 부끄러우니까 적당히 얼버무려봤다.

그런데 고모비로아는 어이없어하는 것 같더니 갑자기 싱긋 웃었다.

"거참, 솔직한 녀석이구먼……. 그래, 좋다. 그대에게 마술의 재능이 있는지 일단 한번 봐주마."

"와! 감사합니다!"

"재능이 없으면 순순히 포기하고…… 이봐, 듣고 있느냐?"

그리하여 나는 경사스럽게도 대현자 고모비로아의 제자가 되었다.

그날 이후로 고모비로아는 정기적으로 숨겨진 마을을 방문했다.

올 때마다 나를 개인적으로 지도해줬고, 다음 번까지 해야 할 숙제도 내주고 갔다.

"우선 어떤 마법을 쓸 수 있는지 알아봐야겠구나. 각 계통의 기초를 배우면서 차근차근 살펴보자꾸나."

"네, 잘 부탁드리겠습니다. 고모비로아 선생님!"

그러자 고모비로아는 턱을 어루만지면서 뭔가 생각하는 것 같았다.

"선생님이라…… 물론 다른 제자들은 나를 그렇게 부르지만, 좀 더 멋있게 불러줄 수 없겠느냐?"

뭔 말씀이세요.

하지만 그렇게 따지면, 나도 꼭 한 번 써보고 싶은 단어가 있었다.

"고모비로아 스승님!"

"옳지, 그거다. 좋아, 좋아. 그대는 참 센스가 있구나."

스승님이 머리를 쓰다듬어주셨다.

그런데 마법 수행은 결코 쉽지 않았다.

나는 몸속에 충분한 마력이 있다는 판정을 받았지만, 내가 쓸 수 있는 마법이 무엇인지 알아내기가 힘들었다.

처음에는 사령술에 도전해봤다.

"사령술은 죽은 자의 영혼과 대화하여 그 영혼을 구제하는 기술이다. 그 대신 죽은 자를 사역할 권리를 얻는 것이지. 결코 남용해서는 안 돼."

"알겠습니다, 스승님!"

마술사 본인도 살거나 죽을 수 있는 존재이므로 사령술을 잘 다룰 가능성이 높은 편이다.

그러나 나는 꽝이었다.

타인이 소환한 언데드를 빌려서 사역하는 것은 그럭저럭 가능했다. 그러나 스스로 언데드를 불러내는 것은 불가능했다.

"오히려 이렇게까지 재능이 없는 경우도 드문데…… 이것도 어찌 보면 재능이구먼."

스승님께서 감탄하셨다.

어쩌면 내가 전생자여서 그런 걸지도 몰랐다.

다음은 환술(幻術).

적은 마력으로도 마술을 쓸 수 있다는 점에서 재능을 발견하기 쉬운 분야이다.

단, 문제가 있었다.

"그대는 그림에 소질이 없나 보군."

"보는 것은 좋아하지만, 그리는 것은 조금 서투른 편이죠."

"조금이 아닌 것 같은데. ……이것은 사과인가?"

스승님은 내가 만들어낸 조그만 환영을 가리켰다. 나는 그 질문에 대답했다.

"스승님, 그건 늑대입니다."

"늑대라니……."

아무리 그래도 사과로 착각하는 건 너무하잖아.

그다음은 파괴마법.

"불덩이를 만들어내려면 먼저 발화 기술, 화력 조절 기술, 그리고 마력 투척 기술을 배워야 해."

"뭔가 귀찮을 것 같은데요."

"그래, 실제로도 귀찮지. 숫자 열을 세는 동안 한 발이라도 쏘면 잘한 거야. 위력은…… 그대의 경우에는, 아마 통나무를 살짝 태우는 정도이려나."

"인랑으로 변신해서 주먹질을 하는 편이 압도적으로 더 낫겠는데요."

"옳은 말이야. 그럼 다음으로 넘어갈까."

전송마법.

"혹시나 하고 물어보는데, 산술(算術)은 잘하나?"

"아뇨."

"눈에 보이는 장소로 자기 혼자만 이동하는 마법을 쓰려면 대충 이 정도의 계산을 암산으로 해내야 해. 어디, 풀 수 있겠느냐?"

스승님이 지면에 적은 수식을 본 순간, 나는 이 마법을 배우기를 포기했다.

"참고로 보이지 않는 장소로 이동하려면 이보다 두 배는 더 계산해야 해. 그리고 거리가 멀어질수록 계산해야 할 양도 많아지지."

"네, 알겠습니다. 그만하세요……."

좌표를 결정하려면 고도의 수학능력이 필요하다. 그래서 스승님도 아직은 이 마법을 잘 다루지 못한다고 하셨다.

"장거리 이동의 경우에는 좌표 고도가 저절로 높아진단다. 그러니까 주의하지 않으면 봉변을 당할 수도 있어."

"봉변이라니, 뭔데요?"

스승님은 눈을 내리깔고 한숨을 한번 내쉬었다.

"실은 이 기술을 처음 배웠을 때, 대낮인데도 밤처럼 어두운 곳으로 이동한 적이 있었다. 공기도 희박하고 추운 곳이었어. 나조차 간담이 서늘해질 지경이었지."

아마도 이 둥그런 행성의 상태까지 고려해서 계산하지 않으면 우주 공간으로 튀어나가게 되나 보다.

"용케 무사히 돌아오셨네요. 스승님."

그러자 스승님은 파들파들 떨었다.

"이 세계는……."

"네?"

"이 세계는, 푸르더구나."

"그렇습니까……."

너무 무섭다.

정신마법.

"나는 못 한다…… 이건 가르쳐줄 수 없다."

"스승님, 왜 그러세요?"

"나에게 타인의 마음이란 영원한 수수께끼야……."

텔레파시나 최면이나 세뇌 지배 등, 재미있어 보이는 마법이 잔뜩 있었지만, 이걸 배우고 싶으면 다른 마술사를 찾아가서 배우라는 소리를 들었다.

스승님은 뾰족모자를 벗고 하늘을 우러러보았다.

우울한 추억에 잠긴 듯한 눈빛이었다.

"바이트."

"네?"

"친구를 만드는 마법이 있으면 참 좋을 텐데 말이다……."

"저는 친구 있는데요……."

그 외에도 다양한 마법들에 도전해봤으나 무엇 하나 잘되지 않았다.

스승님의 제자가 된 지 약 한 달이 지났다. 스승님은 지금 이리저리 떠돌아다니면서 생각에 잠겨 있었다.

"으음, 그대에게 딱 맞는 마법을 찾기가 쉽지 않구나."

스승님은 위태롭게 흔들거리면서도 여전히 허공에 떠 있었다. 나는 흥미를 느꼈다.

"스승님, 공중부양 실력이 많이 느셨네요."

"그래, 나도 열심히 수련을 쌓고 있으니까. 참고로 이것은 강화 마법 중 하나란다."

강화마법이라. 그 어감 때문에 좀 더 전투적인 마법일 거라고 생각했는데.

이제 보니 강화마법이란 것은 전생의 게임 용어를 빌리자면 'Buff' 마법에 가까운 듯했다.

"밖에서 안으로 마력을 흘려 넣어서 자기 자신을 강화하는 마법 계통이지. 인랑은 변신함으로써 자신을 강화시킬 수 있으니까 너에게는 필요 없을 것 같다만."

스승님은 인랑에게는 강화마법이 필요 없다고 생각하시는 것 같았다. 그러나 나로선 왠지 관심이 갔다.

"하지만 하늘을 날거나 물 위를 걸을 수 있다면 좋잖아요. 일상생활에도 도움이 되고."

"그러나 인랑에게 부족한 부분을 채우지는 못할 터인데? 굳이 말하자면 장점을 좀 더 살려주는 쪽이지."

강화마법은 자기 자신을 중심으로 하는 좁은 범위 내에서 발동되므로, 인랑의 취약 분야인 원거리 전투에서는 쓸 수 없다.

인랑은 변신하면 손과 손톱의 형태가 달라진다. 그래서 활이나 투척용 창 같은 무기는 제대로 사용하지 못한다.

"인간들은 약하지만, 성벽이나 말 따위를 이용해 인랑에게서 멀리 떨어질 수 있지. 그 상태에서 집단으로 활을 쏴서 공격하지 않느냐."

그렇다. 그러면 숫자가 압도적으로 적은 인랑은 도저히 이길 수 없다.

게다가 마물들 중에는 독 안개나 포자를 퍼뜨리는 놈들도 있다. 이런 놈들에게 섣불리 접근했다가는 큰코다친다. 또 불을 뿜는 녀석을 만나면 재빨리 도망치는 수밖에 없다.

그렇기 때문에 스승님은 강화마법을 나에게 권하지 않았던 것인데, 과연 이게 정말로 도움이 안 되는 걸까?

"스승님, 강화마법으로 화살을 막거나, 독이나 불 공격에 대항해 제 몸을 지키는 것은 가능할까요?"

"물론 가능하지만……. 설마 제 몸을 지키면서 직접 육탄 돌격을 하려는 게냐?"

"적을 쓰러뜨릴 때에는 그냥 제 이빨과 발톱을 쓰면 되니까요."

내가 그렇게 말하자 스승님은 생각에 잠기셨다.

"으음. 인랑의 변신도 강화마법과 같은 맥락에서 이루어지는 것이니까. 상성은 나쁘지 않을 것 같구나."

그렇다면 더더욱 도전해보고 싶었다.

"이론은 비교적 간단하지만, 자기 몸을 직접 사용해야 한다는 점을 잊어서는 안 된다. 실패하면 자신의 육체를 파괴할 수도 있어."

"네, 알겠습니다."

그리하여 나는 강화마법을 배우게 됐다.

스승님은 이렇게 설명하셨다.

"강화마법 중에서 가장 쉽고도 중요한 것은 몸을 무겁게 만드는 마법이야."

"무겁게 만들어요?"

"시범을 보여줄까. 자, 나를 안아 들어보렴."

스승님은 진정한 로리 할멈이지만 겉으로 보기에는 귀여운 소녀였다.

"응? 왜 그렇게 부끄러워하느냐. 새파랗게 어린 녀석이. 사양할 것 없다."

"아뇨, 그래도 좀…… 저, 그냥 업어도 되죠?"

그러자 스승님은 엄격한 표정으로 고개를 가로저었다.

"안 된다. 그랬다가는 허리나 등뼈가 부러질 위험성도 있으니까. 팔로 끌어안으면 아무리 무거워도 팔을 풀고 내려놓으면 그만이지 않느냐. 자, 어서 안아라."

안전을 위한 행위라는 것은 알았지만, 아무리 그래도 '안아, 안아' 하고 너무 집요하게 구는 것 같은데.

"알았어요, 그럼 실례할게요…… 얍."

인랑으로 변신하지 않은 어린애 완력으로도 우리 스승님은 충분히 들어 올릴 수 있었다.

전체적으로 뼈대가 굵은 인랑과는 달리 스승님의 몸은 툭 건드리면 부러질 정도로 가냘팠다. 달콤하고 은은한 향기가 코끝에 감돌았다.

스승님, 어쩐지 표정이 밝아 보이는데…….

"옳지, 그럼 시작한다. 위험할 것 같거든 당장 놓으렴."

"아, 네."

그 직후, 스승님의 몸이 엄청나게 무거워졌다.

"으악?!"

성인 여성만큼 무거웠다. 어린애 힘으로 들고 있을 수 없었다.

그러나 여성을 안고 있을 때 '무겁다'는 이유로 내려놓으면 실례일 것이다.

나는 인랑으로 태어나기 전부터 남자였다. 남자 중의 남자다.

이 정도는 오기로 버텨낼 테다.

"으으으으윽!"

"이봐, 힘자랑할 때가 아니지 않느냐."

스승님이 그렇게 말하더니 지팡이를 휘둘렀다.

그 순간 부담스런 무게가 사라졌다. 스승님은 가벼운 원래 체중으로 돌아왔다.

스승님의 외모는 아까부터 하나도 변하지 않았다. 그러나 좀 전에는 틀림없이 성인 여성만큼 무거웠다.

"이게 체중을 늘리는 기술이다. 사실 이 기술 자체는 거의 도움이 안 되지만, 강화마법의 기초를 익히기 위한 기본 정석인 셈이지."

스승님은 설명을 마친 후 품속에서 종이를 꺼냈다. 펜으로 몇 자 적어 나에게 내밀었다.

"이것이 훈련법과 기술 발동 순서다. 열심히 연습해봐라."

"네!"

그 후로 한동안 스승님을 뵙지 못했다.

스승님은 조사를 위해 세계 각지를 돌아다니느라 바쁘신 것 같았다. 다음에는 또 언제 만나게 될지 몰랐다.

그래서 나는 오늘도 혼자 연습을 하고 있었다.

"힘 빼고 심호흡."

정신을 맑게 하려면 육체부터 잘 정돈해야 한다.

"두 다리는 어깨너비로 벌리고…… 팔은 편하게 덜렁덜렁."

바른 자세로 서서 수영 준비운동을 하듯이 팔을 덜렁덜렁 흔들었다. 스승님의 메모에 그렇게 적혀 있었으므로 매번 정확히 이 동작을 수행했다. 몸에 쓸데없는 힘이 들어가지 않게 하려는 걸까.

"방긋 웃고…… 멋진 표정!"

미소를 지으면 저절로 마음이 평온해진다. 단, 적당한 긴장감은 중요하므로 마지막에는 정신 차리고 표정을 다잡는다.

자, 준비는 다 끝났다.

이제 주문을 외울 차례다. 전생의 중학생 시절에 내가 직접 고안해낸 오리지널 주문이 아니다. 진짜 마법의 주문이다.

가슴이 두근두근.

좋아, 오늘도 외워보자.

"이――테! 카――안! 비일리――!"

짧다. 이걸로 끝이다.

내가 만든 오리지널 주문은 제일 짧은 것도 노트 세 줄 분량이었는데.

뭐, 이건 그만큼 잘 정제되어서 군더더기가 없다는 뜻인 것 같았다. 주문이 너무 길면 기억하기도 힘들고 읊기도 힘드니까, 딱 필요한 음절만 남겨두고 나머지는 다 삭제했나 보다.

참고로 주문 외우는 데 익숙해지면 좀 더 간략하게 만들 수도 있으므로 발음이 점점 '이테칸빌리'에 가까워진다고 한다.

그러다가 자기 모국어로도 할 수 있게 되고, 마지막에는 아예 주문을 안 외워도 된다고 한다.

"무거워졌어?"

돌연 등 뒤에서 그런 소리가 들렸다. 나는 놀라서 펄쩍 뛰었다.

"으아악?!"

누군가 했더니 몬더였다.

몬더네는 유서 있는 사냥꾼 집안으로, 우리 숨겨진 마을에 고기를 공급해주는 중요한 가문이다. 또 몬더 본인도 꽤 실력 있는 사냥꾼이라고 한다.

그래서인지 몬더는 기척을 없애는 게 특기였다. 그녀는 언제나 사각지대에서 슬금슬금 다가왔다.

진짜 만만치 않은 무서운 소녀였다.

"아주 민첩하시네. 몸이 무거워지지 않았나 봐……?"

몬더가 진심으로 안타깝다는 듯이 말했다. 나도 힘없이 고개를 숙였다.

실은 아직 실감할 만한 효과는 얻지 못했다.

체중계라도 있으면 정확히 알 수 있겠지만, 체감으로는 무게가 늘었는지 어쨌는지 전혀 알 수 없었다.

그보다 확인하고 싶은 게 있었다.

"야, 몬더."

"왜?"

"……주문, 들었어?"

내가 쭈뼛쭈뼛 몬더에게 물어보자, 그녀는 '헤벌쭉' 웃었다.

"주문 외우기 전부터 다 들었어!"

"으윽."

"네가 진지해 보여서 방해하지 않으려고 가만히 지켜보고만 있었는데. 역시 좀 신경 쓰이더라."

몬더의 미묘한 친절함이 내 가슴을 가차 없이 갈기갈기 찢어놓았다.

아니, 부끄러워하는 내가 잘못된 거다. 이건 엄연한 마술사 수행이니까.

내가 전생에서 2차원 세계에 가보려고 했던 것과는 차원이 다른 일이었다.

안 돼, 쓸데없는 과거가 생각나버렸다.

나도 모르게 한숨을 쉬었다.

"이걸 마스터하면 꼼짝도 못할 정도로 무거워진대."

그러자 몬더는 폴짝 뛰어서 가까운 나뭇가지 위로 올라갔다. 인랑 모습이 아닌데도 닌자처럼 민첩한 움직임이었다.

"있잖아, 꼼짝도 못할 정도로 무거워지면 뭐하는데? 무슨 이득이 있어?"

"딱히 이득은 없지……."

"뭐야, 시시하네."

아주 솔직한 감상이었다.

"어쩔 수 없잖아. 이건 연습용 마법이니까. 이걸 먼저 익히지 않으면 다음 단계의 마법은 쓰지 못한단 말이야."

"저기, 번개를 쏘거나 하늘을 날 수는 없어?"

"나도 하고 싶어. 그런 거."

몬더가 노골적으로 흥미를 잃은 태도를 보였으므로 나도 점점 의기소침해졌다.

실은 내가 제일 실망했다고.

이번에도 실패한 건가.

나는 몬더가 올라간 나무의 뿌리 위에 걸터앉아 스승님의 메모를 살펴봤다.

★모비가 직접 가르쳐주는! 마법의 기초★

마력의 흐름을 의식해! 주위에서 흡수한 마력을 몸속에서 잘 순환시키는 것이 강화마법의 비결이야!

마력의 흐름이 뭔지 모르겠다고? 보이지 않아도 상관없어, 마음껏 상상해봐!

의식하다 보면 점점 보이게 될 거야!

아직 어린 나를 배려해서 이런 말투로 써놓았겠지만, 이 가벼운 태도가 오히려 부담스럽게 느껴졌다.

스승님은 말할 때와 글 쓸 때의 말투가 전혀 다르구나.

마치 채팅할 때에만 까불거리는 사람 같았다.

위쪽에서 그 메모를 들여다본 몬더가 조그맣게 중얼거렸다.

"마술사는 이상한 것 같아."

"아마 이분만 이럴 거야."

그렇게 믿고 싶었다.

"상상하라고 해도, 뭐가 뭔지……."

내 몸이 무거워지는 이미지트레이닝이라면 다양한 방식으로 해봤다.

온몸이 쇳덩이로 변하는 이미지, 마력이 물처럼 몸속을 가득 채우는 이미지. 무거운 나무통을 짊어지는 이미지도 상상해봤다.

그러나 무엇 하나 잘되지 않았다.

몬더가 나뭇가지에 거꾸로 매달리면서 살짝 하품을 했다.

"상상을 해도 잘 안 돼?"

"각자에게 잘 맞는 이미지가 따로 있다나 봐."

스승님의 경우에는 우울한 생각을 하면 저절로 몸이 무거워진다고 한다. 어떤 의미에서는 천재인 것 같았다.

나도 지금 우울한데 안 무거워지나?

나는 한숨을 내쉬었다. 그때 몬더가 귀를 쫑긋했다.

"어? 저쪽에서 뭔가 시끄러운 소리가 난다. 누가 다쳤나 봐."

변함없이 귀가 참 밝으시네요.

이 세계에는 구급차가 존재하지 않는다. 의사도 인간들이 사는 도시에나 존재한다. 숨겨진 마을에는 의사가 없다.

그러니까 전생의 세계에서는 생명에 지장이 없을 만한 상처도 이 세계에서는 치명상이 되기도 한다.

인랑은 굉장히 튼튼한 생물이므로 비교적 괜찮은 편이지만, 때로는 감염증에 걸려 허무하게 목숨을 잃기도 한다.

"가자. 우리 도움이 필요할지도 몰라."

"응."

나는 메모를 품속에 집어넣고 몬더와 함께 달려갔다.

시끄러운 소리가 나는 곳에 도착했다. 놀랍게도 그곳은 가니 형제의 집이었다.

"형, 아파……."

"정신 차려, 니베르트! 내가 있잖아! 죽으면 안 돼!"

피투성이가 된 채 벌렁 나자빠져 있는 작은 가니. 얼굴이 새파래진 큰 가니가 셔츠로 지혈을 하고 있었다. 셔츠가 새빨간 색이 되었다.

이미 마을 어른들이 주위에 모여들어 바쁘게 움직이고 있었다.

"물 끓여! 빨리 상처를 소독해야 해!"

"니, 정신 차려라! 지혈 약초를 가져왔으니까!"

평소에는 태평하기만 한 워드 영감님과 친절한 메리 할머니가 무시무시한 얼굴을 하고 있었다.

좀 더 자세히 살펴보려고 했는데 우리 어머니가 막으셨다.

"애들은 오면 안 돼! 밖은 위험하니까 일단 집 안에 들어가 있어!"

"위험하다니? 저 녀석, 뭐 때문에 저렇게 다친 거야?"

아직 어리다고는 하나 인랑이 저토록 심하게 다치다니. 상대는 보통 짐승이 아니었을 것이다.

마력을 가진 특별한 들짐승, 즉 '마물'임에 틀림없었다.

그때 어머니가 낮은 목소리로 대답하셨다.

"미친 멧돼지인 '황금의 광기(狂氣)'가 나타난 것 같아. 애들아, 절대로 집 밖으로 나가면 안 된다."

"헉……."

인랑이 가장 껄끄러워하는 상대. 그것이 '황금의 광기'였다.

이 근처에 사는 동물들 중에는 특이하게도 금빛 털을 가진 개체가 있다. 그 이유는 밝혀지지 않았지만 아무튼 이놈들은 매우 흉포하다.

단순히 흉포한 것으로만 따지자면 인랑도 결코 뒤지지 않는다.

그런데 '황금의 광기'한테는 골치 아픈 특징이 있었다.

그놈 근처에만 가면 어째서인지 우리들은 인랑 형태를 유지하지 못하고 저절로 인간이 되어버리는 것이다. 더 나아가 기절하는 경우도 있다고 한다.

나와 몬더는 서로 얼굴을 마주 보았다. 그때 완전히 의기소침해진 큰 가니가 돌계단 위에 걸터앉아 머리를 싸쥐고 괴로워하기 시작했다.

"니베르트…… 미안해, 내가 좀 더 잘했어야 했는데……."

이 마을 최고의 악동이 몰라볼 정도로 몹시 초췌해져 있었다.

인랑은 동료를 소중히 여긴다. 하물며 친동생이라면 자기 목숨만큼이나 소중한 존재인 것이다.

나는 우리 집으로 돌아가기 전에 큰 가니에게 말을 걸어봤다.

"저기, 무슨 일이 있었던 거야?"

"아, 바이트…… 실은……."

그의 말에 의하면 그들은 평소처럼 미친 멧돼지를 사냥하고 있었다고 한다.

수풀 속에 거대한 사냥감이 있기에 그놈을 사냥하려고 몰아갔는데, 알고 보니 그놈이 '황금의 광기'였던 것이다.

지근거리에서 갑자기 딱 마주쳤기 때문에 도망칠 틈도 없었다고 한다.

그래서 작은 가니는 인간 모습인 채로 분노한 '황금의 광기'에게 콱 들이받혔다. 꼼짝 못할 정도로 심하게 다쳐서 하마터면 그 자리에서 죽을 뻔했다고 한다.

그런데도 어찌어찌 도망칠 수 있었던 것은 그때 큰 가니가 스스로 미끼가 됐기 때문이다.

"둘 중 하나만 있었으면 틀림없이 죽었을 거야."

"그래…… 2인 1조는 역시 강하구나."

이 형제는 혼자가 되면 실력이 평소의 절반으로 뚝 떨어져버린다. 실제로 지금도 전혀 패기가 없어 보였고.

나는 사촌 형을 위로했다.

"일단 지금은 니베르트 옆에 있어줘. '황금의 광기'는 아줌마, 아저씨들이 어떻게든 해치워줄 테니까."

"응, 그래……."

풀이 죽은 큰 가니는 순순히 고개를 끄덕이고 다시 동생을 간호하러 갔다. 마치 딴사람처럼 보였다.

나는 우리 집으로 돌아가면서 이런저런 생각을 했다.

인랑이 마물의 습격을 받아 목숨을 잃는 경우는 의외로 많았다. 아무리 인랑이 강하다 해도 불사신은 아니기 때문이다.

이 문제를 어떻게든 해결하지 않으면 우리 인랑들의 숫자는 끊임없이 줄어들 것이다.

다음 날이 되자 니베르트의 상태가 안정됐다. 간신히 고비는 넘긴 것 같았다. 가베르트가 재빨리 구조하고 응급처치를 해준 덕분이었다.

단, 온몸의 뼈가 부러져서 몇 달 동안은 제대로 움직이지 못할 것이라고 한다.

작은 가니가 목숨을 건진 것은 다행이었지만, 저 숲 속에서 미친 멧돼지 '황금의 광기'가 어슬렁거리고 있다는 것은 간과할 수 없는 문제였다.

그래서 아침 일찍부터 마을 어른들이 모두 나서서 사냥하러 가기로 했다. 인랑으로 변신하지 못하더라도, 희생자가 나올 것을 각오하고 그놈을 잡기로 한 것이다.

"얘들아, 다녀올게. 문 꼭꼭 닫고 얌전히 있어. 알았지?"

떠나가는 어머니를 나는 그저 지켜볼 수밖에 없었다.

나는 아버지 얼굴도 모른다. 어머니가 이 세계에서의 유일한 육친이었다. 그런데 어머니마저 잃어버린다면, 나는 이 낯선 세계에서 외톨이가 되어버릴 것이다.

그러나 현재의 나에게는 어머니 하나 지킬 힘조차 없었다.

"……잘 다녀오세요."

내가 그렇게 말하자, 어머니는 내 머리를 거칠게 쓰다듬으셨다.

"걱정하지 마. 다른 동료들도 있잖아. 그보다 이상한 것이 마을 안에 들어오지 못하도록, 정신 바짝 차리고 감시하고 있으렴."

어머니는 토벌대에 합류하여 숲 속으로 사라져 갔다.

나는 우리 집에서 마법을 연습하고 있었다. 그때 문 두드리는 소리가 났다.

"바이트, 나야. 문 열어."

"제릭?"

나는 문을 열었다. 대장장이의 아들이 긴장한 얼굴로 서 있었다.

"무슨 일이야?"

"일단 안으로 들어가자. 여긴 위험해."

위험해?

무슨 뜻인지 묻기도 전에 제릭이 간결하게 대답했다.

"마을 근처에 그놈이 와 있어."

그가 뭔가를 내밀었다. 대형 동물을 잡기 위한 덫이었다.

덫은 완전히 부서진 상태였다.

그 뾰족뾰족한 톱니에는 금색 털이 달라붙어 있었다. '황금의 광기'였다.

'황금의 광기'가 숨겨진 마을 근처에 와 있다고? 이건 보통 일이 아니었다. 지금 이곳에는 어린애들만 남아 있었다.

"이거, 어디에 설치해놓았었어?"

"공동밭 서쪽. 땅에 쓰러져 있는 커다란 나무 부근. 마을을 둘러보다가 발견했는데. 덫을 설치해둔 곳 근처에 떨어져 있었어."

제릭이 만든 덫은 상당히 강력했다. 인랑의 괴력으로도 쉽게 처리하기 어려운 물건이었다. 사냥용이라기보다는 맹수를 물리치기 위한 덫이므로 그게 당연한 걸지도 모르지만.

그런데 이 강력한 덫에서 멧돼지가 빠져나왔다면, 아마 코와 다리의 힘만 써서 빠져나왔을 것이다. 인랑보다 더 굉장한 파워였다.

게다가 이 덫에는 피가 거의 묻어 있지 않았다. 이토록 강력한 덫에 치였는데도 별로 다치지도 않은 것 같았다.

"이건 괴물이잖아……."

"맞아, 괴물이야."

나는 몇 번인가 제릭의 대장간 일을 도와준 적이 있었다. 그래서 제릭은 나를 전적으로 신뢰했다.

"바이트, 어떡하지? 어른들을 부르러 가야 하나?"

"아냐, 애들끼리 숲 속에 들어가는 것은 위험해. 그놈은 토벌대한테는 손대지 않았어. 상대가 이길 만한 상대인지 아닌지 정확히 판단하고 있는 거야."

그 이름에 걸맞게 어리석은 미치광이일 줄 알았는데, 실은 보통 미친 멧돼지보다도 지능이 더 높은 것 같았다.

자세히 보니 이 덫도 깔끔하게 파괴해놓았다. 지레의 원리를 잘 이용해서 그다지 힘들이지 않고 덫을 풀고 간 모양이다.

그렇다면 적어도 인간 어린애와 비슷한 수준의 지능일 것이다.

"어떡하지……."

나는 덫에 남아 있던 '황금의 광기'의 털을 손가락으로 집어 들었다. 황금빛으로 빛나는 불길한 털이었다.

어?

이 금색, 벗겨지는데?

뻣뻣한 멧돼지 털을 손가락으로 비비자 노란색 연기가 피어올랐다.

"뭐야, 이거?"

이건 본 적이 있는데.

나는 기억을 곰곰이 더듬어봤다. 그 옆에서 제릭이 초조한 듯이 나에게 물었다.

"바이트, 이대로 집 안에 숨어 있어도 괜찮을까?"
"아니, 니베르트를 그렇게 심하게 다치게 만든 놈이잖아. 이런 통나무집 정도는 쉽게 박살내버릴걸?"
이 마을의 가옥은 하나같이 별로 튼튼하지 않았다. 미친 멧돼지 중에서도 특히 사나운 그놈이라면 몇 번만 돌진해도 박살낼 수 있을 것이다.
나는 얼른 머리를 굴렸다. 그리고 제릭에게 물어봤다.
"지금 마을에 남아 있는 게 몇 명이야?"
"30명쯤 될 거야. 애들밖에 없을 텐데."
마을 어른들은 총력전을 벌일 작정으로 일제히 마을 밖으로 나갔다. 그만큼 적이 강력하기 때문이다. 심지어 판 누나도 어른의 일원으로 참가했다.
여기 남아 있는 인랑들 중에서는 우리가 가장 전투력이 강한 편일 것이다.
그러니까 어떻게든 해봐야지.
"바이트, 너 표정이 무섭다. 싸울 거야?"
제릭이 내 얼굴을 들여다보았다.
나는 고개를 끄덕였다.
"덫을 준비해줄래?"
"그래, 너라면 그럴 줄 알았다."
그가 창밖을 가리켰다. 밖에는 수레가 놓여 있었다.
"창고에 있는 덫과 크로스보를 준비해 왔어. 그리고 별 도움은 안 되겠지만 손도끼와 창도 가져왔고."

"제릭, 역시 넌 최고야."

물론 나는 무기를 다룰 줄 몰랐다. 무장을 해봤자 맨손일 때보다 조금 형편이 나아질 뿐이다.

그래도 일단 창을 받아 가기로 했다.

"좋아, 애들 다 모아서 가니 형제의 집으로 가자."

"가니 형제의 집? 왜?"

제릭이 의아해했다. 그래서 나는 그 질문에 대답했다.

"'황금의 광기'가 이 숨겨진 마을을 찾아낸 것은 피 냄새를 맡고 가니 형제를 쫓아왔기 때문이야. 그리고 인랑 어른들은 공격하지 않고 마을 부근에 잠복하고 있지. 그러니까 그놈은 아직도 가니 형제를 노리고 있을 거야."

그놈은 광기에 사로잡힌 짐승이 아니라 교활하고 집요한 사냥꾼이었다. 아니, 물론 이 편집광 같은 추적 행위에서는 광기가 느껴지기도 했지만.

"빨리 가자. 지금 가면 준비할 수 있어."

"으, 응."

제릭이 허둥지둥 고개를 끄덕였다. 그리고 조그맣게 한마디 덧붙였다.

"네가 적이 아니라서 다행이야……."

숨겨진 마을에는 10대 초반 이하의 꼬맹이들만 남아 있었다.

제일 나이가 많은 것은 큰 가니였지만, 그는 지금 동생을 간호하는 데 정신이 팔려서 싸울 만한 상황이 아니었다. 게다가 이 녀석도 '황금의 광기'의 목표물일지도 몰랐다. 우리가 그들을 지켜줘야 했다.

"그 형제를 지켜줘야 한다는 게 좀 마음에 안 드는걸."

제릭이 쓴웃음 지으면서 그런 농담을 했다. 이전에 그가 만든 검을 가니 형제가 보고 형편없다고 놀려댔던 것이다.

그때 내가 끼어들어 가니 형제한테 따끔하게 한마디 했다. 그 날 이후로 나와 제릭은 사이좋게 지내게 되었다.

"바이트, 네가 정한 곳에다가 덫을 설치해놓았어. 네가 시킨 대로 표시는 안 해놓았으니까. 실수로 밟으면 안 된다?"

"응, 애들한테도 가까이 가지 말라고 해놨어."

가니 형제의 집 주위에는 다른 민가들이 군데군데 자리 잡고 있었다.

나는 이 마을에 남아 있는 아이들을 그 민가에 잠복하게 했다.

"서로 잘 보이는 위치에 있으니까 여차하면 도와주러 갈 수 있을 거야. 절대로 고립되면 안 돼. 너도 내 옆에 붙어 있어."

내가 그렇게 말하자, 제릭은 이상하리만치 환한 얼굴로 고개를 끄덕였다.

"응, 알았어."

그때 몬더가 다가왔다.

"북쪽 숲에서 뭔가 반짝반짝 빛나는 것이 보였어. 이쪽으로 접근하고 있어."

"좋아, 예상대로 되고 있어."

마을 입구에 가니 형제의 피가 묻은 셔츠를 놔뒀다. 그놈은 그

냄새를 맡고 이 마을에 들어올 것이다.

적이 어디에서 나타날지 몰라 벌벌 떠는 것보다는 차라리 적을 유인하는 게 나았다.

그런데 몬더가 나를 보고 고개를 갸웃거렸다.

"바이트, 넌 무섭지 않아? 상대는 마물이잖아?"

"응? 어, 무섭긴 무섭지. 하지만 그래 봤자 그냥 마물이잖아."

"그냥 마물이라니……."

이제는 그놈의 정체가 대충 짐작이 갔다. 아직 확신은 없어도, 내 생각이 옳다면 그렇게까지 무서워할 필요는 없을 것이다.

다른 동료들은 '황금의 광기'를 신이나 정령 같은 초월적인 존재라고 믿는 것 같았지만, 실은 그렇지 않을 것이다.

그놈은 그냥 짐승이다. 평범한 생물이다.

생물이라면 반드시 죽일 수 있다.

"몬더, 걱정하지 마. 혹시 지더라도 죽지는 않을 테니까."

이 작전이 실패하면 다 함께 숲 속으로 도망치기로 했다.

숲 속에는 어른들이 있으니까 어떻게든 될 것이다.

"'황금의 광기'를 쓰러뜨리지는 못해도 최소한 여기에 붙잡아 둘 수는 있을 거야. 그 틈에 우리는 다 함께 어른들을 찾으러 가면 돼."

나는 겁쟁이니까. 언제나 퇴로는 확보해둔다.

그런데 몬더는 아직도 미심쩍어하는 것 같았다.

"저기, 그냥 처음부터 도망치면 되잖아?"

"그놈을 꼼짝 못하게 해놓지 않으면 금방 추격당할 거야. 게다가…….”

“게다가?”

“가니 형제는 바보지만, 그래도 내 사촌형제들이니까. 그놈들의 원수를 갚아줘야 분이 풀릴 것 같아.”

몬더가 푸훗 하고 웃음을 터뜨렸다.

“아하, 그래, 재미있네! 좋아. 바이트, 네 말대로 할게. 뭐든지 시켜봐.”

“응, 그럼 가서 망을 봐줄래? 혹시 위험할 것 같으면 너 먼저 도망가.”

“네, 알겠습니다. 바이트 대장님.”

몬더는 장난스럽게 웃으면서 경례했다. 그리고 다시 망을 보러 갔다.

나는 가니 형제의 집으로 가서 집 옆에 있는 커다란 과일나무 위로 올라갔다. 쭉 뻗어나간 굵은 나뭇가지 바로 밑에 건물 지붕이 위치해 있었다.

여기 있으면 집이 무너져도 안전하고, 적의 행동도 자세히 관찰할 수 있다.

그리고 머리 위에서 공격하는 것도 가능하다.

또 다른 나뭇가지에는 크로스보를 짊어진 제릭이 자리 잡고 있었다.

나는 그러지 말라고 했는데, 저 녀석이 무조건 나와 같이 가겠다고 고집을 부린 것이다.

"야, 바이트. 진짜로 할 거야?"

"응. 내 마법으로 해치울 거야."

그래, 이 무거워지는 마법을 사용하면.

본인의 체중과는 상관없이 마력만 있으면 한없이 무거워질 수 있다고 한다. 물론 그게 너무 과하면 자기 무게에 짓눌려 짜부라질 테지만, 잘하면 적에게 큰 충격을 줄 수 있을 것이다.

"어떻게든 성공해야 하는데……."

내 나름대로 '무거워지는 이미지'를 포착하지 않으면 이 마법은 익힐 수 없다.

무거워진다는 것이 대체 뭘까.

나는 전생의 중학교에서 배웠던 과학 지식을 떠올렸다.

몸무게는 장소에 따라 달라진다. 지구에서는 60킬로그램이어도, 중력이 1/6밖에 안 되는 달 표면에 가면 무게가 10킬로그램으로 줄어든다.

이 세계의 중력이 정확히 어떤 것인지는 몰라도 아마 지구랑 비슷할 것이다.

아아, 옛날 기억이 떠오른다. 화살표를 쭉 당기거나 딱 붙이거나 했었는데.

그 기억이 되살아난 순간, 내 머릿속에 뭔가가 번뜩 떠올랐다.

"어? 혹시……?"

그때 저 멀리서 몬더의 울음소리가 들려왔다.

『**적. 접근.**』

그녀의 울음소리가 적의 접근을 알렸다.

고개를 돌려 살펴보니, 마을 입구에서 거대한 금색 멧돼지가 느릿느릿 걸어 들어오고 있었다.

멀리서 봐도 엄청난 거구였다. 왜건보다도 더 큰 것 같았다. 멧돼지라기보다는 거의 코끼리에 가까운 사이즈였다.

금빛 미친 멧돼지는 군데군데 떨어져 있는 셔츠 조각에 코를 대고 킁킁 냄새를 맡으면서 점점 이쪽으로 다가왔다.

몬더의 울음소리는 근처에 잠복해 있는 동료들 전원에게 들렸을 것이다. '황금의 광기'가 가니 형제의 집에 도착했을 때 일제히 도망치기로 되어 있었다. 이곳에 남는 것은 나와 제릭, 가니 형제뿐이다.

솔직히 말하자면 나도 빨리 도망치고 싶었다.

하지만 여기서 '황금의 광기'에게 한 방 먹이지 않으면, 숲 속으로 도망치고 나서 추격을 당할 것이다. 그러면 틀림없이 몇 명은 죽을 테고.

그건 싫었다.

나는 얼굴에 천을 감았다. 늘어진 천이 바람에 휘날렸다.

제릭이 물었다.

"할 거야?"

"응. 뭐, 어떻게든 되겠지."

어차피 한번 죽은 몸이다.

두려울 건 없었다.

금색으로 빛나는 커다란 멧돼지는 가니 형제의 집을 발견한 것 같았다. 그놈은 망설임 없이 이쪽으로 달려왔다.

중간부터 속도가 엄청나게 빨라졌다.

"역시 보통 미친 멧돼지하고는 달라."

제릭이 중얼거렸다. 나도 동의했다.

"맞아. 저 녀석, 대담해."

미친 멧돼지는 아무한테나 덤벼들지만, 근거리에서 사냥감을 정확히 노리기 전까지는 의외로 신중하게 행동하는 편이다. 보통은 주변에서 집요하게 냄새를 맡고 돌아다니면서 먹잇감이나 적의 정보를 열심히 수집하는 것이다.

행동 패턴은 다르지만, 그래도 역시 멧돼지는 멧돼지. 돌진이 가장 강력한 무기였다.

온다, 온다.

나는 떨어지지 않도록 조심하면서 창을 끌어안고 나뭇가지에 딱 달라붙었다. 제릭도 로프로 몸을 고정시키고 크로스보의 활시위를 당겼다.

거대한 멧돼지가 집과 격돌한 순간, 건물이 흔들렸다. 지진이 난 것 같았다. 이 커다란 나무까지 흔들흔들했다.

그와 동시에 '철컥!' 하는 금속음이 한꺼번에 울려 퍼졌다.

덫이 작동하는 소리였다.

살짝 아래쪽을 훔쳐보니, 제릭이 만든 덫이 멋지게 '황금의 광기'를 붙잡아놓고 있었다.

딱 하나라면 쉽게 뿌리칠 수 있는 덫이라도 세 개가 한꺼번에 들러붙으면 결코 만만치 않았다. 아, 아니. 이제는 네 개다.

거대한 금빛 멧돼지는 미친 듯이 날뛰었다. 그러나 아무래도 저 덫을 다 뿌리치려면 시간이 걸릴 것 같았다.

지금이 기회였다.

단, 저놈 주위에는 금빛 입자가 안개처럼 떠돌고 있었다.

저건 아마도 균류 포자일 것이다.

나의 추리에 의하면 저놈은 곰팡이 포자 때문에 금빛으로 변한 것이다. 저놈의 털은 원래 금색이 아닌 갈색이다. 평범한 멧돼지 색깔이다.

건드리면 금칠이 벗겨진다.

그리고 가루가 날린다.

그렇다면 저건 곰팡이의 일종일 것이다. 저 곰팡이에 감염되면 어떤 작용으로 인해 행동이 이상해지는 것이다.

저놈의 신체 구조 자체는 평범한 미친 멧돼지와 똑같을 터. 그러니까 코에서 정수리에 걸친 부분이 약점이다.

나는 포자를 들이마시지 않으려고 천으로 입을 가렸다. 이미 변신능력은 봉인됐지만, 이대로 기절까지 해버린다면 정말 위험했다.

내가 떠올려야 할 이미지는 '아래를 향하는 화살표'이다. 전생의 중학교 시절에 역학을 배우면서 열심히 잡아당겼던 그 화살표.

나는 평범한 이들과는 다르다.

이전 세계에서 다른 것을 경험하고, 다른 삶을 살아왔다.

그러니까 마법을 사용할 때 떠올려야 할 이미지도 다르다.

내가 생각하는 '무거워지는' 이미지란, '밑으로 내려가려는 힘이 발생하는' 것이다.

나는 눈에 보이지 않는 마력이 내 안으로 흡수되어 화살표로 변해서 아래쪽을 향해 쭉 늘어나는 모습을 상상했다.

그리고 천천히 주문을 외웠다.

"이——테, 카——안, 비일리——."

끝까지 외운 순간, 몸이 무거워졌다.

보이지 않는 누군가가 보이지 않는 모래주머니를 내 등에 올려놓기 시작했다.

"우오오!"

힘이 급격히 발생하자 나는 깜짝 놀라 온몸에 힘을 주고 버텼다. 엉뚱한 곳에 떨어지면 내가 덫에 치여 죽을 판이었다.

나는 정확히 그놈의 머리 위를 목표로 나뭇가지 끝을 향해 슬금슬금 기어갔다. 꼴사납긴 해도 어쩔 수 없었다. 나는 몬더처럼 몸놀림이 가볍지 않으니까.

지금 내 밑에는 '황금의 광기'의 머리통이 있다. 그놈은 덫을 풀려고 코를 들이민 채 이빨로 마구 씹어대는 중이었다.

기회는 지금이었다.

나는 이미지 속 화살표를 힘껏 잡아당겼다.

땅속 깊숙한 곳까지 파고드는 엄청나게 긴 화살표였다.

이 화살표를 저놈에게 꽂아 넣는다!

그렇게 생각한 순간, 나뭇가지가 뚝 부러졌다.

"어?!"
"바이트?!"
제릭의 목소리가 멀리서 들려왔다. 그 직후 굉장한 충격이 느껴졌다.
금빛 포자가 어지러이 흩날렸다. 나는 그대로 의식을 잃었다.

돌이켜보면 별 볼 일 없는 인생이었다.
아니, 불행한 것은 아니었다. 그냥 평범하게 살다가…… 조금, 아니 꽤 빨리 인생이 마무리됐을 뿐이다.
현생의 이야기가 아니다.
전생의 이야기다.
그에 비해 인랑으로서의 삶은 의외로 나쁘지 않았다.
다들 내 동료였다. 그래서 나를 친절하게 대해줬다.
마족이니까 힘의 우열을 기준으로 발언력이 결정되긴 하지만, 강자라고 해서 약자를 괴롭히는 것은 아니었다. 서로 집안싸움이나 하고 있을 여유는 없으므로.
그러니까 전생의 삶보다는 지금이 훨씬 낫다고 생각한다.
응, 맞아.
그러니까 가능하다면 아직 죽고 싶지 않았다.

"바이트, 바이트!"
세계가 흔들린다.
"바이트, 정신 차려!"

"야, 바이트, 일어나! 살아 있는 거 맞지?!"
살아 있어. 아마도.
또 전생……을 하지는 않았구나. 이름이 여전히 바이트니까.
게다가 몬더와 제릭의 목소리 같기도 했고.
"바이트, 정신 차리라니까!"
이건 큰 가니의 목소리였다. 그가 꽉 끼는 몬더의 옷을 입고 있는 것은 냄새를 감추기 위해서였다. 의외로 잘 어울리는데.
아무래도 나는 정말로 환생하지 않은 것 같았다. 확정이다.
멍하니 그런 생각을 하다 보니 점점 의식이 또렷해졌다.
나는 손을 흔들면서 대답했다.
"어—— 난 괜찮아. 방금 일어났어. 아마 무사할걸?"
친구들의 걱정스런 얼굴이 바로 코앞에 있었다.
"그런데 너희들, 안 도망가도 돼? '황금의 광기'가……."
그렇게 말하다 말고 나는 입을 다물었다.
내가 지금 깔아뭉개고 있는 것이 '황금의 광기'였다.
정확히는 '황금의 광기의 시체'였다.
금빛 멧돼지의 등에는 부러진 창이 박혀 있었다. 정신없는 와중에 내가 찌른 걸까.
그런데 치명상은 그게 아니라 목인 것 같았다. 목이 이상한 방향으로 꺾여 있었다.
그놈의 목 주변만 금빛이 흐려져 있었고, 내 무릎은 금색 가루로 뒤덮여 반질반질 빛나고 있었다. 아마도 저놈의 목에 나의 강력한 무릎공격이 작렬한 모양이다.

그런데 이런 괴물의 목을 뚝 부러뜨리다니. 내가 얼마나 강력한 '아래쪽 화살표'를 발현시켰던 걸까? 나 참, 내 몸뚱이가 용케도 그걸 견뎌냈구나.

"인랑은 변신하지 않아도 참 튼튼하네."

내가 스스로 감탄하면서 내 무릎을 찬찬히 살펴보자, 다들 기막힌 표정을 지었다.

"이봐, 들었어?"

"이 자식, 아주 여유가 넘치는데……?"

몬더와 큰 가니가 서로 얼굴을 마주 보고 한마디씩 했다.

그때 제릭이 자랑스럽다는 듯이 웃었다.

"역시 대단해, 바이트. 너 정말 굉장하다."

주위에 흩날리는 금빛 포자가 환상적인 분위기를 자아냈다.

뭐, 사실 이놈은 환상적인 존재가 아니지만. 포자와 모피의 금빛 광채는 순식간에 약해지기 시작했다. 숙주가 죽었기 때문일까.

음, 혹시 모르니 나중에 술이나 식초로 열심히 소독을 해야겠다. 곰팡이는 무서우니까.

그런 생각을 하고 있는데 어른들이 허둥지둥 마을로 돌아왔다.

"바이트——!"

제일 먼저 달려온 것은 까만색 인랑. 우리 어머니였다.

그 뒤를 따라오는 것은 아마 판 누나일 것이다.

"바이트 군, 뭐 하는 거야?!"

아, 나중에 잔소리 폭탄이 터지겠군.

아무튼 난리도 아니었다. 온통 금색 가루를 뒤집어쓴 상태였다.

"혼나기 전에 우선 씻고 오면 안 될까?"

내가 침울하게 중얼거리자 다들 폭소를 터뜨렸다.

내가 해치운 '황금의 광기'는 스승님께서 무사히 회수해주셨다.

"그래, 그대도 이놈의 정체를 간파했구나."

스승님이 손에 들고 있는 조그만 병에는 예의 포자가 들어 있었다. 그때의 반짝임을 잃고 이제는 완전히 갈색으로 변해버린 가루였다.

"강한 마력을 띤 포자다. 틀림없이 어딘가 쓸모가 있을 터. 흥미로운 연구 과제가 또 하나 늘었구나."

"마비되기도 하고 변신이 풀리기도 하니까요. 분명히 약으로 활용할 수 있을 거예요."

"그렇지. 독도 잘 사용하면 약이 되니까."

만족스럽게 동의하시는 스승님. 그분은 병을 잘 챙기고 나를 쳐다봤다.

"그런데 듣자 하니, 그대는 그런 마법으로 '황금의 광기'와 맞서 싸웠다고 하던데."

앗, 또 혼나겠다.

나는 엉거주춤한 자세로 슬금슬금 뒷걸음질 치기 시작했다.

"아, 그게요, 그때는 긴급사태였거든요. 그리고 결국 잘 끝났으니까 됐잖아요. 저, 이미 충분히 혼났거든요?"

"그런 어설픈 기술만 가지고 싸우려고 하다니, 이 어리석은 것——!"

스승님이 내 머리를 찰싹찰싹 때렸다. 조금 아프다.

"용기와 무모함은 다른 것이다! 내가 아무리 대단한 사령술사여도, 죽은 자를 부활시키지는 못해! 만일 그대가 또다시 이런 어리석은 짓을 저지른다면 절대로 마법을 가르쳐주지 않을 것이다, 알겠느냐? 각오해라!"

"알겠습니다, 다시는 안 할게요!"

"정말이냐! 정말로 알겠느냐?!"

"알았다니까요! 누가 시켜도, 이런 마법으로는 두 번 다시 싸우지 않겠습니다!"

뭐, 대충 이런 식으로 나의 마술사로서의 첫 번째 전투는 불명예스러운 형태로 막을 내렸다.

*　　　*

〈바이트의 성적표〉

소생 고모비로아는 마법 교육학적인 관점에서 제자 바이트의 마법 적성에 관하여 다음과 같은 결론을 내렸다.

몇 가지 마법 분야에서 약간의 적성이 발견됐으나, 강화마법 적성이 가장 눈에 띈다.

최초의 마법을 습득함과 동시에 충분한 강도로 발현시키는 데에 성공했다.

더 나아가 그것을 전투에 적절히 활용하는 실전적인 센스도 뛰어나다. 가장 초보적인 체중 증가 기술을 전투에 응용한 예는 소생도 본 적이 없는 것이었다.

단, 이는 면밀한 실험계획이나 논리적 검증에 바탕을 둔 것이 아니므로 매우 위험한 행위이다.

바이트의 소질은 걸출하나, 마술 교육은 통상적인 경우보다 좀 더 신중하게 진행해야 할 것이다.

이로 인해 그는 자신에게 마술사로서의 소질이 없다고 생각하여 비관할 가능성이 있다. 그러나 무모한 실천행위 때문에 소중한 제자를 잃을 수는 없다.

이자는 흥미로운 존재다. 과연 어디까지 성장할지 궁금하다. 무한한 가능성이 엿보인다.

이런 제자를 만나게 해준 운명의 수레바퀴에 감사해야 할 것이다.

그에게 은혜로운 진리와 지식이 주어지기를 간절히 바란다.

※비고란

이놈은 지나치게 무모하므로 앞으로 엄중히 감독하기로 했다.

틀림없이 또 뭔가 기막히게 무모한 짓을 저지를 것이다…….

후기

처음 뵙겠습니다. 효게츠라고 합니다.

아직 전생(轉生)한 지 얼마 되지 않아 얼떨떨합니다만, 전생(前生)의 지식을 활용해 마음껏 활약할 수 있으면 얼마나 좋을까 하고 헛된 꿈을 꾸고 있습니다.

이 작품은 '소설가가 되자'에서 연재한 것입니다. WEB판을 가필해서 이렇게 책으로 내게 되었습니다.

7월 하순부터 WEB연재를 시작했는데, 그로부터 한 달이 지나기도 전에 출판이 결정됐습니다.

책을 내자는 제안을 받았을 때에는 저도 깜짝 놀랐습니다. 언젠가 책으로 내면 좋겠다고 생각이야 했지만, 설마 이렇게 기회가 빨리 올 줄은 몰랐거든요. 혹시 누가 장난치는 건가 했습니다.

그러나 어스스타노벨이라는 이름은 들어본 적이 있었으므로, 상대의 말에 조심조심 대답했던 기억이 납니다.

다행히 장난은 아니었나 봐요. 지금 이렇게 후기를 쓰고 있는 것을 보면.

하지만 실은 아직도 '장대한 몰래 카메라 아냐?'라는 의문을 떨치지 못하고 있습니다.

네, 그건 그렇고요. 모처럼 책을 내게 됐는데 가필만 하면 좀 아쉬우니까 특별 보너스 에피소드도 열심히 써서 추가해봤습니다.

WEB연재 당시에 많은 분들이 보고 싶어 하셨던 '바이트의 과거에 관한 에피소드'입니다. 어떻게 보셨나요?

참고로 WEB판(특히 초반)에서는 템포를 가장 중시했습니다.

점심시간이나 어딘가로 이동할 때 날마다 조금씩 읽을 수 있는 소설. 그런 하루하루의 사소한 기쁨을 여러분께 전해드리고 싶었습니다.

스마트폰 화면을 통해서는 긴 글을 읽기 힘드니까요. 일부러 글을 짧게 쓰면서 스토리를 빠르게 진행시키려고 했습니다.

그러다 보니 이 작품은 바이트가 마왕군 내에서 그럭저럭 괜찮은 지위를 구축한 시점에서 시작되고 있습니다.

물론 그 전에도 다양한 에피소드가 존재했죠. 앞으로도 이렇게 보너스 신작 형태로 여러분께 소개해드릴 수 있으면 좋겠네요.

한편 WEB판을 책으로 낼 때에는 '읽는 즐거움'을 중시하여 여기저기 가필을 했습니다. 집에서 편안히 엎드려서 느긋하게 읽고 즐기실 수 있도록 묘사도 좀 더 추가했습니다.

가필 과정에서는 이나가키 편집장님과 사이토 담당 편집자님께 큰 도움을 받았습니다.

이 작품의 비주얼 설정에 관해서는 거의 신경도 안 쓰고 있었는데요. 출간 작업 전반에 걸쳐 두 분과 여러모로 의논할 수 있었습니다.

또 매번 새로운 글을 올릴 때마다 감상을 보내주셔서 정말 기뻤습니다. 덕분에 기운이 났습니다. 자신의 작품이 사랑받고 있음을 실감하는 것은 작가에게는 커다란 기쁨입니다.

여담입니다만, 사이토 담당자님은 늘 유쾌하고 든든한 분이세요. 조언을 구하면 친절하고도 정확하게 조언해주시고, 물 흐르듯이 원활하게 일을 처리하시고, 게다가 연락도 빠르시고. 진짜 완벽한 초인이십니다.

그런데 또 가끔은 온통 글자가 깨진 메일을 보내거나, 메일 첫머리에 "안뇽하세요"라는 인사를 적기도 합니다. 이런 점이 은근히 귀엽다니까요. 저도 모르게 '이분을 모델로 한 캐릭터를 작품 속에 등장시키고 싶다……'는 생각이 들 정도로 캐릭터성이 확고한 분이십니다.

이분의 눈부신 활약이 없었더라면 이토록 짧은 기간 내에 이만큼 괜찮은 책을 내지는 못했을 것입니다. 정말로 감사합니다.

담당자님이 저의 희망입니다. 믿습니다. 앞으로도 잘 부탁드릴게요.

이 책을 펴내는 과정에서 많은 도움을 받았던 것을 생각하면, 이 작품을 어스스타노벨에서 출판하게 된 것이 저에게는 최고의 행운이었는지도 모릅니다.

그리고 일러스트를 맡아주신 니시E다 선생님께서는 매력적이고 약동감 넘치는 인물들을 그려주셨습니다.

예를 들면 바이트의 외모에 관해서는 막연한 이미지밖에 없었는데요. 처음 그려주신 러프스케치를 본 순간, "맞아, 이런 얼굴이었어!" 하고 깨달음을 얻었습니다.

그 외에도 다양한 캐릭터들의 러프스케치를 보고 사이토 님과 둘이서 신나게 "아일리아가 늠름하고 멋있어!", "제릭 섹시하다!" 등등, 법석을 떨었습니다. 정말 감사합니다.

출간 작업과 병행했던 WEB연재도 이 일러스트의 영향을 많이 받았습니다.

마지막으로 '소설가가 되자'에서 이 작품을 발굴해주시고 또 지금도 응원해주시는 독자 여러분께 진심으로 감사드립니다. 여러분의 감상도 전부 다 잘 보고 있습니다.

WEB에서는 앞으로도 '가볍게 읽을 수 있는 연재소설'을 목표로 글을 게재할 것입니다(하지만 이제는 매일 업데이트하기는 힘들 것 같아요).

그리고 책에서는 바이트의 과거나 주변의 이야기 등등, 작품에 깊이 파고드는 에피소드를 소개할 예정입니다. 앞으로도 책을 사주세요! 사주세요! 하고 집요하게 계속 어필할 것입니다. 니시E다 선생님의 아름다운 일러스트도 있으니까요. 네? 잘 부탁드립니다!

그럼 2권 후기에서 또 만나요!

※일부, 실제 디자인과 다른 부분이 있습니다..(by.편집자)

인랑 전생, 마왕의 부관 1 마도 탄생

2016년 8월 1일 1판 1쇄 발행
2016년 12월 1일 1판 3쇄 발행

저 자 효게츠
일러스트 니시E다
옮 긴 이 한수진
발 행 인 유재옥
담당편집자 김진아
편 집 김민지, 김진아, 박찬솔, 정영길
라이츠담당 오유진
발 행 처 ㈜소미미디어
등 록 제2015-000008호
주 소 서울시 마포구 토정로 222,403호 (신수동, 한국출판콘텐츠센터)
판 매 ㈜소미미디어
마 케 팅 한민지
전 화 편집부 (070)4164-3962, 3963 기획실 (02)567-3388
판매 및 마케팅 (070)4165-6888, Fax (02)322-7665

ISBN 979-11-5710-459-8 04830
ISBN 979-11-5710-458-1 (세트)